KB265538

독보군림

임영기 新무협 판타지 소설

FANTASTIC ORIENTAL HEROES

독보군림 4

임영기 新무협 판타지 소설

초판 1쇄 찍은 날 § 2007년 8월 9일
초판 1쇄 펴낸 날 § 2007년 8월 19일

지은이 § 임영기
펴낸이 § 서경석

편집장 § 문혜영
편집 § 최하나 · 문정흠 · 김동화

펴낸곳 § 도서출판 청어람
등록번호 § 제1081-1-89호
등록일자 § 1999. 5. 31
어람번호 § 제2-1261호

주소 § 경기도 부천시 원미구 심곡1동 350-1 남성B/D 3F (우) 420-011
전화 § 032-656-4452 팩스 § 032-656-4453
http://www.chungeoram.com
E-mail § eoram99@chollian.net

ⓒ 임영기, 2007

ISBN 978-89-251-0834-6 04810
ISBN 978-89-251-0745-5 (세트)

임영기 新무협 판타지 소설

FANTASTIC ORIENTAL HEROES

무공존림

4

살수행(殺手行)

도서출판 청어람

第三十章
어머니, 그리고 사부

예진은 방바닥에 거의 엎드리듯이 무릎을 꿇은 채 감히 고개조차 들지 못했다.

그녀의 앞에 신봉각주의 친동생인 은리가 단정한 자세로 앉아 있기 때문이었다.

예진은 검풍루에 매인 몸이다.

올해로 십구 세.

십사 세 어린 나이에 겨우 몇 푼의 은자에 신봉각에 팔려왔다가 검풍루의 하녀가 된 이후 오 년 동안 단 한 발자국도 신봉각 경내를 벗어나 본 적이 없었다.

그나마도 삼 년 전부터 한 달에 한 번 정도 면회를 오기 시작하는 가족들 덕분에 검풍루를 벗어나 신봉각의 땅을 딛는 것이 고작이었다.

그런 그녀가 오 년 만에 느닷없이 신봉각주의 친동생의 부름을 받고 이곳에 불려온 것이다.

신봉각에 대한 지식은 별로 없는 그녀지만, 신봉각주의 친동생이 어떤 존재라는 것쯤은 알고 있다.

은리가 하늘이라면 자신은 땅이고, 은리가 봉황이라면 자신은 벌레인 것이다.

"일어나라."

그때 희고 섬세하며 따스한 손이 예진의 손을 잡고 일으키며 부드럽게 말했다.

"아! 이소저……."

예진은 황송하여 어쩔 줄을 몰라 했다. 자신도 모르는 사이에 온몸을 와들와들 떨고 있었다.

그런데 은리는 예진을 친히 일으킨 것으로도 모자라서 그녀의 손을 잡고 부드럽게 탁자로 인도하여 의자에 앉히고는 자신은 그 옆에 나란히 앉았다.

예진은 이대로 숨이 멎어버릴 것만 같았다. 어쩌면 자신이 지금 꿈을 꾸고 있는지도 모른다는 생각이 들 정도였다. 어떻게 이런 일이 현실에서 가능하겠는가.

"영 언니 알지?"

은리가 예진 앞에 차를 따르며 운을 뗐다.

“네……?”

예진은 숨소리를 크게 내지 않으려고 거의 숨을 멈추고 있다가 의아한 표정을 지었다.

“백칠십칠호를 말하는 거야. 지금 네가 검풍루에서 모시고 있는 사람.”

“아! 네…….”

그제야 예진은 낮은 탄성을 터뜨리며 잘 알고 있다는 표정을 지어 보였다.

검풍루에서는 예검녀나 영검낭자들 모두가 번호로 불리기 때문에 설영을 삼 년 동안이나 모셨지만 예진은 설영의 이름을 아직까지도 알지 못했다.

은리는 가만히 예진을 바라보았다.

키가 보통보다 훌쩍 큰 데다가 마른 듯하면서도 몸매는 아주 풍만했다.

십구 세면 소녀 티를 거의 벗고 여인이라고 불릴 만한데, 예진은 몸이 나이보다 훨씬 성숙했다.

눈가에 깨알 같은 주근깨가 있고 약간 작은 듯한 눈이지만 선한 눈빛이며 겁이 많고 잘 웃는 눈을 지니고 있었다.

평범하면서도 어딘가 귀여운 얼굴이었으며, 한눈에도 순박함이 가득했다.

“백칠십칠호 말이야. 뭔가 이상한 점이 없더냐?”

은리는 은근히 그녀를 떠보았다.

그녀의 말에 예진의 눈빛이 가볍게 흔들리는 것을 은리는 놓치지 않았다.

그리고 그 직후에 예진의 입에서는 전혀 뜻하지 않은 대답이 흘러나왔다.

"없어요."

너무도 단호했다.

눈빛이 가볍게 흔들린 것도 아주 잠시, 예진은 딱 부러지게 대답했다.

"내겐 말해도 괜찮다. 나와 백칠십칠호, 아니, 영 언니하고는 무척 친한 사이야."

"말씀드릴 것이 없어요."

예진의 대답은 요지부동 앵무새 같았다.

은리는 적잖이 마음이 놓였다.

"예진이라고 했느냐?"

"네."

예진은 은리가 무엇 때문에 설영에 대해서 묻는지는 모르지만, 은리가 그에 대해서 무언가 캐내려고 자신을 부른 것이라고 판단했다.

은리는 예진이 필요 이상으로 입을 꼭 다물고 있는 모습을 보고, 그녀가 설영에게 피해를 줄 수도 있는 말은 한마디도 하지 않으려는 각오라는 것을 느꼈다.

그럴수록 은리는 마음이 놓였다. 예진이 갈대처럼 이리저리 흔들리는 성격이었다면, 지금부터 은리가 예진에게 해야 할 말을 마음 편하게 할 수가 없을 것이다.

"집이 어디지?"

은리가 설영에 대해서 묻다가 갑자기 집을 묻자 예진은 적잖이 당황했다.

"악양 춘예 대로에 있어요."

"응?"

예진은 은리가 깜짝 놀라는 것을 보고 아차, 하는 마음이 들었다.

춘예 대로는 악양의 내로라하는 부호들만 대거 모여 사는 거리인 것이다.

사실 삼 년 전까지만 해도 예진네 가족은 북문(北門) 밖 상전하(桑田河) 근처에 살았다.

그곳은 악양 인근에서 가장 최악의 마을이다. 그곳에서는 최고 좋은 집이 판잣집이고 대부분이 움막집이다.

그 마을을 대표하는 한마디는 '가난'이다. 똥구멍이 찢어지게 가난한 사람들만 모여 사는 곳이 상전하 유역에 자리 잡은 상전촌인 것이다.

은리는 예진을 부르기 전에 그녀에 대해서 좀 알아본 것이 있었다.

오래전에 그녀의 집은 지독히도 가난한 데다 부친은 중병에 걸렸으나 약 한 첩 변변하게 써보지도 못하는 처지였다.

그래서 밥 먹는 입이라도 하나 덜어보자고 부모는 어린 예진을 은자 열 냥을 받고 신봉각에 팔았던 것인데, 그녀는 미색하고는 거리가 멀어서 기녀가 될 수 없었고, 결국 하녀가 된 것이었다.

은리는 예진에 대해서 알아낸 것이 별로 없었다. 아니, 집이 상전촌이며 은자 열 냥에 팔려왔다는 것이 전부였다.

팔려왔다면 집이 가난했다는 뜻인데, 몇 년 사이에 횡재라도 한 것인가?

그러지 않고서는 집이 춘예 대로라는 것을 달리 설명할 방법이 없었다.

"어떻게 된 거지?"

은리의 물음에 예진은 머뭇거렸다. 하지만 그녀는 거짓말을 할 줄 모른다.

"사실은……."

예진은 자신이 하려는 말 때문에 혹시 설영이 불이익이라도 당하지나 않을까 잠시 동안 고심했지만 머리가 어지러워 결론을 내릴 수가 없었다.

"소인이 모시고 있는 백칠십칠호 영검낭자께서 저희에게 도움을 주셨어요."

"어떻게?"

"예전에… 백칠십칠호께서 소인에게 집이 어디냐고 물으시기에 말씀드린 적이 있어요."

은리는 호기심 가득한 표정으로 귀를 기울였다.

예진이 다시 망설이자 은리는 눈을 조금 더 크게 뜨며 재촉했다.

"그랬더니?"

"백칠십칠호께서 저희 가족들을 모두 춘예 대로의 그분 장원으로 데려다가 별채에서 살게 해주셨어요……."

"응? 정말?"

은리는 하얀 두 손을 맞잡고 입을 오므리며 물었다.

"네, 그뿐만이 아니라… 중병에 걸린 아버지를 치료해 주신 후에 부모님은 장원의 하인으로 거두셨어요. 그때부터 소인의 가족들은 그곳에서 지금껏 쭉 살고 있어요."

은리는 가슴이 벅차올랐다.

"소인은 그 사실을 까맣게 모르고 있다가… 어머니가 이곳으로 소인을 찾아와 말해줘서 알게 됐어요. 가족들 모두 호의호식하고 있다고… 소인은 은자 열 냥에 소인을 팔았던 가족이 찾아올 줄은 꿈에도 몰랐어요……."

예진의 두 눈에 눈물이 가득 차올랐다. 그녀는 잔뜩 겁먹은 눈으로 은리를 바라보았다.

"설마… 그 일 때문에 백칠십칠호께서 벌을 받는 것은 아니겠지요, 네?"

은리는 아름다운 눈을 깜빡거렸다. 이 한 편의 너무도 감동적인 이야기는 여린 심성의 그녀의 가슴을 울리기에 부족함이 없었다.

그녀의 눈에서는 예진보다 더 빨리, 그리고 더 큰 눈물방울이 후드득 떨어져 내렸다.

"과연 오빠다워……."

은리는 가슴이 너무 따뜻해져서 옆에 설영이 있다면 그 품에 뛰어들어 펑펑 울고 싶어졌다.

"네? 무슨 말씀이신지……."

예진은 훌쩍이느라 은리의 말을 제대로 듣지 못했다.

"내 말 들어봐."

"네……."

은리는 마음을 가라앉히려고 애쓰며 희고 긴 검지를 하나 세워 보였다.

"사실은 나… 너를 포섭하려고 했어."

"네? 무슨 말씀이신지……."

예진은 놀라서 눈을 커다랗게 떴다.

"하지만 이제는 그럴 필요가 없다는 생각이야."

"……."

"너는 이미 마음속으로부터 백칠십칠호를 좋아하고 있지?"

예진은 화들짝 놀라며 두 손을 내저었다.

"아, 아니에요! 절대 그렇지 않아요!"

"그럼?"

"소인은 그분을 존경해요."

존경.

그녀의 말이 옳다. 은리는 표현을 잘못했다. 예진은 몸종이 아닌 한 인간으로서 설영을 존경하고 있는 것이다.

은리는 잠시 침묵을 지킨 후 차분한 어조로 입을 열었다.

"지금부터 내가 하는 말은 비밀이야. 여태까지는 백칠십칠호와 나, 둘만 알고 있었던 것인데 이제는 예진, 너도 알게 되는 거야."

예진이 바짝 긴장하고 있다는 것이 얼굴에 그려졌다.

"사실, 백칠십칠호는 남자야."

너무도 엄청난 사실에 비해서 은리의 목소리는 지나칠 정도로 차분하고 조용했다. 그래서 예진은 자신의 귀를 의심할 수밖에 없었다.

"네? 소인이 뭔가를 잘못 들은 것 같은데……."

"백칠십칠호는 남자야."

은리는 똑같은 어조로 다시 한 번 말해주었다.

"……."

예진이 아무 말도 못하고 얼굴 가득 놀라움을 떠올리는 것을 보며 은리는 계속 말을 이었다.

"너도 알다시피 검풍루에는, 아니, 신봉각 전체가 여자들뿐이야. 남자는 한 명도 없어. 백칠십칠호가 남자라는 사실이 드러나면 쫓겨날 수밖에 없을 거야."

예진은 금세 냉정을 찾고 빤히 은리를 응시했다.

"나는 삼 년 전에 백칠십칠호가 처음 이곳에 왔을 때부터 그가 남자라는 사실을 알고 있었어. 하지만 그와 나는 둘도 없는 친한 사이가 되었지. 우린 친남매 이상으로 친해."

은리는 설영에게도 하지 않았던 말을 마치 자신에게 주문을 걸 듯이 조용히 읊조렸다.

"나는 그분 없이는 살지 못해."

영특한 은리는 예진의 얼굴에 떠올라 있는 표정이 '소인도 그분 없이는 못 살아요' 라는 것을 알아차렸다.

"예진아, 그분이 남자라는 사실을 제발 비밀로 해줘. 그래 줄 수 있겠어?"

예진은 은리의 간곡한 표정을 말끄러미 바라보다가 잠시 후에 침착한 어조로 입을 열었다.

"소인은 그분이 남자라는 사실을 이미 알고 있었어요."

"정… 말이니?"

은리는 깜짝 놀라서 눈을 동그랗게 떴다.

"우린 삼 년 동안 한방에서 살았어요. 어떻게 그걸 모를 수 있겠어요?"

"그렇구나……."

은리는 한순간 머릿속이 하얘지는 것을 느꼈다. 그 간단한 것을 깨닫지 못하다니…….

예진은 설영의 몸종이다. 설영의 일거수일투족을 예의 주시하면서 입 안의 혀처럼 굴어야 하는 것이다.

바보 멍청이가 아닌 다음에야 설영이 남자라는 것을 어찌 모르겠는가?

조금 전에 은리가 설영의 비밀을 말했을 때 예진이 놀랐던 이유는 그것 때문이 아니라 그 사실을 은리가 알고 있다는 사실 때문이었던 것이다.

"소인은 이미 오래전에 그 사실을 알았어요. 그리고 지금까지 줄곧 기다렸어요. 그분이 직접 그 사실을 소인에게 말씀해 주시기를……."

예진의 얼굴이 슬픔으로 물들었다.

"그런데 아무 말씀도 해주지 않으셨어요. 소인이 아직도 모르고 있다고 생각하시는 것인지… 아니면 소인을 남이라고 여기시는지……."

은리는 둘 다 아니라고 생각했다.

"그는 단지 둔한 거야."

"네?"

"오빠는 원래 그래. 여자에겐 둔하거든."

"그… 런 것인가요? 그렇군요. 그렇게밖에는 생각할 수 없겠어요."

예진은 슬픔에 찬 얼굴을 조금 환하게 펴며 중얼거렸다.

"그래서 얼마 전에는 백칠십칠호님께 왜 월경을 하지 않느냐고 소인이 노골적으로 물었는데… 조금 당황하면서 얼버무리시더군요."

"그랬구나."

예진은 자세를 똑바로 하고 은리를 향해 고개를 숙이면서 단호하게 말했다.

"이소저께서 무얼 염려하시는지 알겠어요. 하지만 그런 염려는 하지 마세요. 소인은 죽는 한이 있어도 백칠십칠호님께 해가 되는 말이나 행동은 하지 않을 거예요."

꼭 그 말이 아니더라도 은리는 예진을 믿을 수 있었다.

원인과 목적은 전혀 다르지만, 그것은 같은 여자로서의 느낌이었다.

설영은 양어머니인 한효령의 표정이 지금처럼 심각한 것을 한 번도 본 적이 없었다.

"영아, 너는 신봉각주의 제자가 된다는 것이 무엇을 뜻하는지 알겠느냐?"

한참 만에 입을 연 그녀의 목소리는 목이 잠겨서인지 조금 메말라 있었다.

"모르겠어요."

설영은 고개를 가로저었다. 모르는 것이 당연했다. 그는 지금껏 무공 연마에만 전념했을 뿐, 그 외에 것들은 알려고 하지 않았으며 궁금하지도 않았다.

설영과 한효령은 설영의 거처에 바깥쪽으로 난 노대의 탁자에 마주 보고 앉아 있었다.

쟁반을 든 예진이 조심스럽게 다가와 두 사람 앞에 차를 따르고 다과와 예쁘게 깎은 과일을 내려놓았다.

그러고는 물러가면서 그녀는 어제까지와는 다른 눈길로 슬쩍 설영을 바라보았다. 존경과 흠모, 그리고 자상함이 듬뿍 담긴 눈빛이었다.

예진은 설영이 남자라는 것 말고도 또 다른 비밀마저 알고 있었다.

일 테면, 설영과 검풍루 총교위녀인 한효령과의 관계가 매우 깊다는 사실 같은 것이다.

물론 두 사람이 의모녀 간이라는 구체적인 사실까지 알 수는 없었지만, 순전히 느낌만으로 두 사람이 가족처럼 가깝다는 것을 알 수 있었다.

두 사람이 서로를 바라보는 눈빛에서, 그리고 표정에서, 두 사람이 의모녀 간이라는, 아니, 의모자지간이라는 사실을 넘치도록 충분히 느낄 수 있었다.

"영아, 당금 천하에는 네 개의 하늘이 있단다. 너는 그런 말을 들은 적이 있느냐?"

예전의 설영은 학문 외에는 아무것도 관심도 없었다. 하지만 무림에 세 개의 하늘, 즉 삼천이 있다는 사실 정도는 알고 있었다.

"네. 무림에 삼천이 있고, 천하에 일천이 있다고 들은 적이 있어요.”

한효령은 고개를 끄덕였다.

“큰 의미에서의 천하를 다른 말로 오계(五界)라고도 한단
다. 그것들은 무림계(武林界), 상계(商界), 군벌계(軍閥界), 선
화계(仙花界), 정계(政界)인데, 무림계에 삼천이 있고, 나머지
사계를 또 하나의 하늘이 지배하고 있지.”

무림인들에게는 무림이 가장 큰 세계이다.

그러나 무림에 속하지 않은 사람들에게는 무림이란 오계
에 속한 일계일 뿐이다.

“무림계를 제외한 사계를 지배하는 세력이 바로 사령단이
란다. 들어봤니?”

“네.”

“사령단에는 네 개의 단(團)이 있는데, 무엇인지 아느냐?”

“사령이 전설의 네 마리 동물 기린(麒麟), 봉황(鳳凰), 거
북[龜], 용(龍)이고, 사령단의 각 단들은 그들의 이름을 땄다
고 들었어요.”

“맞다.”

그리고 한효령은 아주 진지한 표정과 어조로 중요한 사실
을 말해주었다.

“바로 이곳 신봉각이 사령 중 하나인 봉황, 즉 봉황단의 총
단이란다.”

“네?”

설영은 크게 놀랐다. 자신이 우여곡절 끝에 흘러들어 온 곳이 사령단 중 봉황단, 그것도 총단일 줄은 방금 전까지만 해도 상상조차 하지 못했다.

설영의 뇌리를 번뜩 스치는 것이 있었다.

“그럼… 신봉각주님이 봉황단주인가요?”

“그렇단다.”

“아…….”

설영은 커다란 불기둥이 머리를 관통하는 충격을 받고는 잠시 동안 멍한 기분이었다.

한효령이 정색을 하며 설영의 얼굴을 빤히 응시했다.

“어떠냐? 아직도 네가 신봉각주의 제자가 되는 것이 어떤 의미인지 모르겠느냐?”

그녀는 손가락 하나를 세워 보였다.

“신봉각주는 아직까지 한 명의 제자도 거두지 않았다. 네가 그녀의 제자가 되면 수제자가 되거나 후계자가 될 가능성이 크단다.”

“아…….”

설영은 자신도 모르게 낮은 탄성을 흘려냈다.

한효령은 몸을 일으켜 노대의 난간 앞에 서서 어두운 동정호를 응시했다.

“영아, 잘 생각해서 결정해라.”

그런데 설영은 생각해 볼 것도 없다는 듯 그녀의 말이 끝나자마자 즉시 말을 이었다.

"저는 지금껏 어머니를 사부님이라고 생각했어요."

한효령은 가볍게 움찔했다.

"사부는 어머니 한 분만으로 충분해요."

한효령은 잠시 사이를 두었다. 즉시 말하면 목소리가 떨려 나올 것 같아서였다.

"각주가 전개하는 무공을 보았느냐?"

"네."

"무엇이었느냐?"

"음봉신력의 장법이었어요."

"음! 각주 연공실의 석대 하나가 순식간에 얼음 가루로 화했겠군!"

"네."

한효령은 초승달을 바라보며 과거의 어느 날을 떠올렸다.

사 년 전, 검풍루 최고의 살수인 혈인살수가 살행에 실패하여 부상을 당한 채 표적으로 삼았던 자가 우두머리로 있는 방파의 뇌옥에 갇혀 버린 사건이 있었다.

한효령과 검풍루주가 검풍살수 열 명을 이끌고 재차 살행에 나섰으나 또다시 실패하고 말았다.

뿐만 아니라 네 명의 검풍살수를 잃었으며, 한효령과 검풍루주는 가벼운 상처까지 입고 말았다.

검풍루 사상 그런 치욕은 최초였고 마지막이었다.

그래서 결국 신봉각주인 은자랑이 몸소 나섰다.

결론부터 말하자면, 표적은 은자랑에게 살해당했다. 단 이 초식 만에.

봉령신공의 검법인 난봉무린검(鸞鳳舞鱗劍)에 오른팔이 잘린 직후, 음봉신력 장법에 얼음 가루로 화해 불귀의 객이 되고 만 것이다.

그때 한효령은 음봉신력 장법의 진가를 생생히 목격했고, 아직까지도 기억하고 있었다.

"굉장한 위력이지 않느냐?"

"정말 굉장했어요."

한효령이 슬쩍 떠보자 아직 어린 설영은 그 당시의 홍분이 다시 떠올라 들뜬 목소리로 칭찬했다.

"배우고 싶지 않느냐?"

설영의 얼굴에서 홍분이 즉시 사라졌다. 그는 한효령 뒤에서서 조용히 대답했다.

"사실 저는 어머니께 배우고 있는 아미파 절학들 중에서 적멸검법(寂滅劍法)을 현재 구성 정도 터득했어요. 그리고 옥룡신장(玉龍神掌)은 팔성, 태천신위강(太天神威罡)은 구성, 또 경공인 백설풍운연(白雪風雲鳶)은 팔성, 그리고……."

"너, 이 녀석! 어미를 속였구나!"

한효령은 설영의 말이 끝나기를 기다릴 수가 없어서 홱 돌아서서 설영을 마주 보며 격한 목소리를 토해냈다.

그녀의 말의 내용은 꾸지람이었지만, 그녀의 표정은 전혀 그렇지 않았다. 오히려 커다란 놀라움과 감탄, 대견함이 얼굴에 가득했다.

"죄송해요, 어머니. 놀라게 해드리려고……."

"이 녀석아! 지난 삼 년 동안 나는 네 덕분에 이미 충분히 놀랐다! 여기서 더 놀라게 되면 어미는 가슴이 터져서 죽고 말 게다!"

그것은 죽어도 기뻐서 죽는 것일 게다. 그런 죽음이라면 백 번 죽어도 사양하지 않을 한효령이었다.

설영은 진심 어린 표정으로 조용히 말을 이었다.

"봉령신공이, 아니, 사령신공이 얼마나 대단한지는 모르지만 저는 아미절학이 더 훌륭하다고 생각해요. 그러니까 굳이 각주의 제자가 되고 싶은 생각은 없어요."

"그래?"

"네. 사실 각주의 음봉신력을 볼 때는 놀랍고 흥분한 것이 사실이지만, 나중에 곰곰이 생각해 보니까 음봉신력의 장법이 아미파의 옥룡신장보다 월등하다는 생각은 들지 않았어요. 무공이라는 것이 어차피 상대를 쓰러뜨리는 것이라면, 음봉신력보다는 빠르고도 파괴력이 강한 옥룡신장이 더 우위에 있다고 생각해요."

그것은 설영의 말이 옳았다. 그러나 그는 음봉신력의 또 다른 강점 하나를 아직 모르고 있었다.

설영은 한효령을 물끄러미 바라보다가 두 팔을 벌려 그녀의 허리를 안으면서 가슴에 뺨을 묻었다.

"저는 어머니만 계시면 돼요."

"영아……."

한효령은 흐뭇한 미소를 지으면서 설영의 머리를 부드럽게 쓰다듬었다.

그때 그 광경을 실내에 있던 예진이 물끄러미 바라보고 있는 것을 한효령이 발견하고는 가볍게 움찔했다.

그러자 예진은 가볍게 얼굴을 붉히면서 살짝 미소를 지어 보였다.

'뭐지, 저 미소는? 마치 저 아이가 다 알고 있다는 듯한 미소 같지 않은가?'

예진은 몸을 돌려 총총히 주방으로 들어갔다.

그러나 한효령은 예진을 잠시 잊기로 했다. 지금의 이 훈훈함과 가슴 벅찬 기쁨을 그런 시시콜콜한 것 때문에 방해받고 싶지 않았다.

그녀는 부드럽게 설영을 떼어내고 진짜 친어머니 같은 미소를 지어 보였다.

"영아, 너는 각주의 제자가 되는 것이 좋겠다."

"네?"

한효령의 미소가 더욱 자애로워졌다.

"너의 마음을 알았으니 이 어미는 네가 누구의 제자가 된다 한들 상관이 없단다."

"하지만……."

"각주의 제자가 되면 사령신공을 배울 수 있을 뿐 아니라 봉황단주의 후계자가 될 수도 있다. 어미는 너의 총명함이라면 십 년 안에 사령신공을 모조리 터득할 뿐만 아니라 봉황단주의 후계자, 아니, 장차 사령단 총단주까지 될 수도 있을 것이라고 믿는다."

"어머니, 저는 그럴 욕심이 없어요."

설영은 생각해 볼 필요도 없다는 듯 말했다.

한효령은 설영의 손을 잡고 난간 가에 나란히 선 후 밤하늘을 바라보았다.

"영아, 너는 무엇보다 강한 힘을 갖기를 원하지 않았느냐? 물론 아미 절학은 훌륭한 무공이지만, 사령신공 역시 개세적인 절학임에는 분명하단다."

물론 아미 절학만 익힌 것보다는 사령신공까지 터득한 것이 복수를 위해서라면 더 유리할 터이다.

"너는 무공만이 힘이라고 생각하느냐?"

설영은 한효령의 말뜻을 금세 이해하지 못하고 의아한 표정을 지었다.

"그럼……."

"제아무리 극강한 무공을 지녔어도 무공으로 할 수 있는 것과 도저히 이룰 수 없는 것이 있단다. 즉, 무공으로 할 수 있는 것에는 한계가 있다는 뜻이지.”

그래도 설영은 한효령의 말이 잘 이해가 되지 않았다. 그는 힘이 없어서 아직껏 형의 복수를 하지 못하고 있다. 지금이라도 충분한 힘만 있다면 당장 복수를 하러 중천무림으로 달려갈 생각이다.

“예를 들자면 재물이나 수천의 수하들을 거느린 세력 같은 것을 말하는 것이지.”

“그것은…….”

“천하에서 재물, 즉 금력(金力)으로 할 수 없는 것이란 거의 없다. 그리고 너는 적들의 숫자가 개미 떼처럼 많다면 어쩔 셈이냐? 그들을 일일이 다 죽일 생각이냐? 그리고 또…….”

설영은 한효령의 말이 옳다는 것을 깨달았다.

그는 아직 복수를 해야 할 대상을 정확하게 모른다. 어쩌면 중천무림 전체를 상대해야 할는지도 모르는 일이다. 그러므로 한효령의 말처럼 막대한 금력과 세력이 절실하게 필요할 수도 있는 것이다.

그러나 그런 금력과 세력을 얻자면 반드시 치러야 할 희생도 있는 법이다. 그런 것들은 거저 얻어지는 것이 아닐 테니까 말이다.

“어머니.”

설영이 침착한 표정으로 한효령의 말을 끊었다.

“어머니께선 장차 저에게 어떤 막중한 과업을 지시하거나 저를 이용할 생각이 있으신가요?"

한효령은 무슨 소리냐는 듯 눈을 크게 떴다.

"그런 일은 절대 없을 게다. 나는 그저 네가 내 딸이라는 사실만으로도 더없이 행복하단다."

설영은 아름다운 미소를 지었다.

"바로 그거예요. 우둔한 저는 조금 전에야 한 가지 사실을 깨달았어요."

"그게 무엇이냐?"

"제가 각주의 제자가 되면 장차 자유롭지 못한 신세가 될 거예요."

한효령은 놀라 속으로 가볍게 숨을 들이켰다.

"운이 좋아서 제가 사령신공을 모두 배우고 각주의 후계자가 된다고 하더라도 저는 각주의 제자라는 신분의 한계 때문에 금력과 세력, 심지어는 제가 배운 무공마저도 제 마음대로 사용할 수 없는 상황이 될는지도 몰라요. 아마 기회가 생긴다고 하더라도 오랜 세월이 흐른 후겠지요. 저는 그렇게까지 기다릴 수가 없어요."

한효령은 아! 하는 표정을 지었다. 그녀는 하나만 알고 둘은 알지 못했는데, 그것을 설영이 깨우쳐 주었다.

그렇다. 설영이 사령단의 막대한 금력과 세력을 마음대로 사용하려면 그에 따른 마땅한 희생을 지불해야만 가능할 것이다. 세상의 이치란 주고받는 것이 아니겠는가?

"그렇겠구나."

설영은 빙그레 미소를 지었다.

"천하 어느 하늘 아래 어머니 같은 분이 또 계시겠어요?"

한효령은 설영의 말뜻을 알면서도 짐짓 모르는 체했다.

"뭐? 내가 뭐가 어때서?"

"어머니는 제게 목숨보다 더 소중한 분이에요."

한효령은 설영의 눈빛과 표정에서 세상의 그 무엇보다 진실한 무엇을 발견했다.

한효령은 계속 모른 체할 수가 없었다. 그녀의 가슴은 잔잔한 감동으로 두근거렸다.

"나 역시 그렇단다."

한효령은 가만히 설영을 안았다.

그녀는 아미파에서 파문된 후 오늘날까지 한 올의 희망도 없이 그저 허위허위 살아왔지만, 지금에서야 살아 있기를 참 잘했다는 생각이 들었다. 그랬기에 이런 행복을 누릴 수 있는 것이다.

第三十一章
천추혈의맹(千秋血義盟)

설영은 아미 절학을 연마하다가 자정이 다 돼서야 연공실에서 나와 욕실로 들어갔다.

뜨거운 물이 가득 담긴 욕통 속에 알몸으로 들어가 앉아 있으니 나른하면서 피로가 풀리는 것 같았다.

그는 눈을 감고 오늘 있었던 일들을 돌이켜 보았다.

신봉각주의 제자가 되지 않기로 결정한 것은 다시 생각해 봐도 잘한 것 같았다.

끼이.

"……?"

그때 욕실 문이 조심스럽게 열리자 설영은 상념을 멈추고 움찔 놀라며 번쩍 눈을 떴다.

"진아, 내가 목욕할 때는 들어오지 말라고 했잖느냐?"

그것은 예진이 설영을 모시게 된 지난 삼 년 동안의 불문율 같은 것이었다.

"이젠 괜찮아요."

들어선 사람은 예진이었다. 이제는 괜찮다니, 무슨 뜻인지 금세 알아들을 수 없는 말이었다.

그녀는 무릎까지 이르는 데다 위아래 하나로 이어진 길고 얇은 면의를 입었으며 끈으로 허리를 질끈 묶은 모습이었는데, 손에는 몸을 닦을 때 쓰는 작은 나무 물통과 행인유(杏仁油:비누)가 담긴 통, 그리고 수건을 들고 있었다.

"너……."

설영은 물에서 나올 수도, 그렇다고 그대로 있을 수도 없는 상황이라서 좌불안석, 어쩔 줄을 몰라 했다.

슥―

"괜찮아요."

예진이 욕통 속에 있는 설영의 옆에 무릎을 꿇고 앉으며 타이르듯 말했다.

"나는 안 괜찮다! 어서 나가라!"

설영이 버럭 소리를 지르는 데도 예진은 꿈쩍도 하지 않고 손에 듬뿍 행인유를 묻혀서 설영의 머리에 발라주었다. 어제까지만 해도 상상도 못할 행동이었다.

“너… 너…….”

설영은 몸을 잔뜩 웅크리며 본능적으로 다리를 오므리면서 두 손으로 사타구니를 가렸다.

“저는 다 알아요.”

예진은 열 손가락을 세워서 설영의 머리를 감겨주며 알 수 없는 말을 했다.

“뭐, 뭘 안다는 거야?”

설영은 도둑이 제 발 저린다고 펄쩍 뛰었다.

예진은 얼굴이 빨개져서 당황하는 설영의 모습이 너무도 귀여워서 조금 놀려주고 싶은 마음이 들었다.

“말씀해 보세요. 저에게 숨기는 게 있죠?”

“어, 없어! 그런 것!”

설영의 머리에 잔뜩 인 거품이 얼굴을 타고 흘러내리자 그는 눈을 뜰 수가 없었다.

“눈… 따가워…….”

예진이 욕통 바깥쪽 아래에 있는 마개를 뽑아버리자 욕통 속의 뜨거운 물이 소리 없이 콸콸 빠져나왔다.

그녀는 행인유를 설영의 머리뿐 아니라 얼굴과 상체에도 듬뿍 발라 마구 문질러서 거품을 일으켰다.

“진아! 너, 왜 이러는 거야? 당장 그만두지 못해?”

설영은 소리를 지르면서 물로 얼굴을 닦아내려고 했지만 욕통에는 물이 남아 있지 않았다.

"뭐, 뭐야? 너, 어떻게 한 거지?"

그는 욕통 속에서 허둥거렸다. 눈은 따가워서 뜨지도 못하고, 물은 하나도 없어서 씻어내지도 못하는 데다 남자의 상징인 음경을 가려야 하기 때문에 정신이 없었다.

"진아! 너, 혼날래?"

예진의 대답이 없다.

"장난하지 말고 어서 물 줘!"

그래도 대답이 없다.

설영은 눈을 문지른 후 가만히 눈을 떠보았다.

예진이 있었다. 욕통 옆에 무릎을 꿇고 허리를 꼿꼿하게 편 자세로 설영을 응시하고 있었다.

그런데 그녀의 눈빛이 슬펐다. 원망하는 듯, 서운한 기색이 완연했다.

"너… 왜 그래?"

"말씀해 주세요. 저에게 감추고 있는 것을."

예진은 설영의 입으로 자신이 남자라는 사실을 직접 듣고 싶었다.

은리의 입을 통해서가 아닌, 자신이 알아낸 것이 아닌, 설영이 직접 말해주기를 원했다.

그것은 믿음인 것이다.

"너……."

설영의 머리를 번뜩 스치는 것이 있었다. 그는 오늘 예진을 은리에게 보냈다. 예진은 은리에게서 무슨 얘기를 듣고 온 것이 분명했다.

'그걸 이제야 생각해 내다니…….'

그는 하루 종일 신봉각주의 제자가 되는 것에 대해서, 그리고 그녀가 펼쳐 보였던 음봉신력에 대해서 생각하느라 정신이 없었다.

은리와 예진의 얘기가 어떤 결말을 봤는지 알 수가 없었다.

'그게 아니다!'

설영은 고개를 가로저었다. 그는 원래 누군가를 회유한다는 행위를 좋아하지 않았다.

또한 다 알고 있는 듯한 사람 앞에서 아닌 체 내숭을 떨고 있는 짓은 더욱 싫어했다.

그는 예진에게서 시선을 거두며 차분하게 중얼거렸다.

"그래, 나는 남자야."

예진의 얼굴에 기쁨이 잔물결처럼 번지는 것을 설영은 발견하지 못했다.

"그게 다예요?"

설영은 예진을 쳐다보았다. 그녀의 얼굴에는 설영을 놀리거나 협박하는 듯한 기색은 추호도 없었다. 대신 간절함이 가득 떠올라 있었다.

또한 설영이 남자라고 밝혔는 데도 예진은 조금도 놀라지 않았다.

그것은 그녀가 그 사실을 이미 알고 있었다는 뜻이 아니고 무엇이겠는가?

설영은 예진의 눈을 응시하며 조용히 말했다.

"네가 이 사실을 아무에게도 말하지 않을 것이라고 믿어."

그의 말은 예진의 간절함을 충족시키고도 남음이 있었다. 그녀의 두 눈에서 샘물처럼 방울방울 눈물이 떨어지고 있는 것이 그 증거였다.

"됐어요. 이제는 원이 없어요."

예진은 상체를 앞으로 숙여 이마를 바닥에 대며 설영에게 큰절을 했다.

"소녀 예진은 목숨이 다하는 그날까지 당신을 주인님으로 모시겠어요."

설영은 무슨 말인가 하려다가 그만두었다. 지금은 어떤 말로도 예진을 설득하거나 타이르지 못한다고 생각했다.

"내 이름은 영이다."

예진은 설영의 이름을 처음 알게 됐다. 그것도 그의 입을 통해서 직접.

물론 설영은 자신의 성을 말해주지는 않았다. 예진에게뿐만 아니라 그 누구에게도 그는 자신의 진짜 성을 밝히지 않았다.

"네."

대답하는 예진의 목소리가 꾀꼬리 같았다.

“그만 나가봐라.”

검풍루의 교위녀들이나 영검낭자들에게는 하녀가 딸려 있지만 주종 관계는 아니다.

그런데 이들 두 사람은 방금 주종 관계가 됐으며, 설영이 최초의 명령으로 예진을 나가라고 했다.

그런데 그 첫 명령이 거절당했다.

“그럴 수 없어요.”

“어째서?”

“종이 주인님을 씻겨 드리는 것은 너무나 당연해요. 소녀가 주인님을 씻겨 드리겠어요.”

설영의 온몸 솜털이 곤두섰다.

“아… 아냐. 난……..”

그는 욕통 속에서 또다시 버둥거렸다. 생각만 해도 등줄기에서 식은땀이 흘러내렸다.

“주인님.”

그렇게 부르는 예진의 음성이 차분하게 가라앉아 있었다.

“왜?”

“우린 남녀 사이가 아니에요.”

“그럼?”

“주인님과 종일 뿐이지요.”

“……..”

“충분히 몸을 따뜻하게 하셨을 테니까 욕통에서 나오세요.

몸을 닦아드리겠어요."

"……."

설영은 반박할 말을 찾지 못하고 있었다.

"알몸을 보는 것은 조… 좋지 않아."

기껏 그 정도의 항변이 전부였다.

사르르—

그때 예진이 일어나더니 말릴 사이도 없이 허리의 끈을 풀고 걸쳤던 옷을 벗자 놀랍게도 십구 세 싱싱한 나신이 고스란히 드러났다.

"너… 진아……."

설영은 말을 잇지 못하고 급히 외면했다.

"이러면 공평하지요? 다시 말씀드리지만, 소녀는 주인님의 종일 뿐이에요."

예진은 천천히 설영에게 다가왔다.

그녀의 탱탱한 젖가슴이 걸음을 옮길 때마다 파도처럼 출렁거렸고, 풍만한 엉덩이가 좌우로 흔들렸다.

설영은 예진을 외면한 채 남몰래 안도의 한숨을 내쉬었다. 지금 상황이야 어떻든 그는 고비 하나를 넘겼다.

이제는 양어머니 한효령에게만 자신이 남자라는 사실을 밝히면 된다.

그 외의 사람들은 어떻든 상관이 없었다. 중요한 것은 믿음을 주는 사람에게는 언젠가는 꼭 진실을 밝혀야 한다는 사실이다.

다음날 설영은 은자랑을 찾아가 제자가 되지 못한다고 정중하게 거절했다.

은자랑은 뜻밖이라는 표정을 지었으나 더 이상 아무 말도 하지 않았다.

"그만 가보아라."

설영은 공손히 예를 갖춘 후 방을 나갔다.

은자랑은 잠시 창을 바라보며 그제야 아쉬운 듯한 표정을 잠깐 떠올렸으나 곧 설영에 대한 일을 잊어버렸다.

지금 그녀의 머릿속에 가득 들어차 있는 것은 오직 한 사람에 대한 생각뿐이었다.

그 사람을 한 번 생각하기 시작하면 깊이를 알 수 없는 늪에 빠진 것처럼 며칠씩이나 그 생각에서 헤어나질 못했다.

육 년 전.

은자랑은 우연한 기회에 한 사내를 만났고, 그 순간 믿을 수 없는 일이 벌어졌었다.

신봉각주가 된 지 일 년.

강호에서는 신봉가인(神鳳佳人)이라고 불릴 정도의 대단한 미명을 얻었던 그녀가 그 사내를 보는 순간 단번에 그의 매력에 사로잡혀 버린 것이었다.

그녀가 사내를 보고 한눈에 반한다는 것은 그녀를 알고 있는 사람이라면 아무도 믿지 않을 일이었다.

지금도 그렇지만, 십구 세 시절의 그녀는 더했다. 대부분의 미녀들이 그렇듯이 오만함과 자존심은 태산보다 높았고, 미모는 하늘을 오시할 정도였으며, 천하의 잘난 남자들을 모조리 벌레 보듯 했다.

그런데 중요한 문제는, 그 사내가 은자랑을 좋아하지 않는다는 데에 있었다.

그 사내는 이미 다른 여자를 사랑하고 있었다.

당시의 그 사내는 무림에서 가장 유명한 인물이었으며, 젊은 나이에 하늘이 되어 있었다.

중천의 절대자, 중천절 설무검이 바로 그였다.

그리고 그가 사랑하고 있는 여인은 설란궁주 설란후였다.

은자랑은 어떻게든 설무검을 자신의 남자로 만들기 위해서 그의 곁에 다섯 달 동안이나 머물면서 온갖 정성을 쏟았지만 그는 태산처럼 꿈쩍도 하지 않았다.

그녀는 자신이 설란후보다 더 젊고 또 아름답다고 생각했기 때문에 설무검의 사랑을 차지할 자신이 있었다.

그러나 그런 자신감은 다섯 달 만에 꺾이고 말았다. 결국 그녀는 눈물을 흘리면서 설무검의 곁을 떠나야만 했다.

신봉각으로 돌아온 은자랑은 강호와 담을 쌓은 채 오직 사령신공의 연마에만 전념했다.

그 결과, 그녀는 사령단 '십대고수' 안에 꼽히는 절정고수
가 될 수 있었다.

그리고 다시 이 년여의 세월이 흘렀다.

은자랑은 설무검을 잊었다고 생각했다. 아니, 그를 깡그리
잊지는 못하더라도 최소한 그 사내 때문에 가슴 아파하지는
않게 되었다고 판단했다.

그러나 그때 날아든 놀라운 보고가 그런 사실들을 한순간
에 허물어 버렸다.

중천절 설무검이 죽었다는 것이다.

이제야 설무검 때문에 아파하지 않게 됐다고 판단했던 그
녀는 그의 죽음이라는 비보 앞에서 너무도 허무하게 무너져
내렸다.

보고를 접한 즉시 은자랑은 모든 것을 제쳐 둔 채 중천군림
성이 있는 낙양으로 달려가 어떻게 된 일인지 백방으로 알아
보았다.

그러나 중천오세의 사세(四勢)의 지존들만이 중천절이 죽
었다고 앵무새처럼 반복할 뿐, 정말 중천절이 죽었다는 증거
나 징후는 그 어디에서도 찾을 수가 없었다.

더구나 중천오세 중 설란궁주 설란후는 아예 은자랑을 만
나주지도 않았다.

은자랑은 낙양에서 석 달 동안 머물렀다. 그동안 낙양 인근
의 백봉령루 수하들을 동원하여 중천절에 대한 모든 정보를

입수하게 했다.

결과는 형편없었지만 그래도 수확은 있었다. 수하들이 모아온 정보 그 어디에도 중천절이 죽었다는 내용이 없었다.

은자랑은 설무검이 죽지는 않았다는 한 가지 확신만을 안고 신봉각으로 돌아왔다.

그러나 도무지 일이 손에 잡히지 않았다. 입맛도 없었고, 무공 연마도 흥미를 잃었다.

자신을 사랑하지도, 관심도 보이지 않았던 사내 때문에 그녀는 거의 무기력증에 빠져 오랫동안 소견세월(消遣歲月)해야만 했다.

은자랑은 너무도 깊이 설무검을 사랑하고 있었던 것이다. 그리고 그런 사실을 이 년이 흘러서야 깨달았다.

그렇게 반년 즈음이 흘렀을 때 북방 경붕현에 있는 만화루로부터 비합전서가 날아들었다.

이 년 전에 느닷없이 알게 된 사실이 비보였다면, 이번 것은 낭보(朗報)였다.

비합전서에는 그녀가 죽어서도 잊지 못할 남자인 설무검의 친서가 담겨 있었다.

슥—

은자랑은 탁자에 놓여 있는 누렇게 색이 바랜 서찰 한 통을 집어 들었다.

그녀는 설영이 찾아오기 직전까지 그 서찰을 읽고 있었다.

지난 삼 년 동안 너무나도 많이 읽어서 색이 바랄 대로 바랬고 너덜너덜해진 서찰은 은자랑의 보물 일호였다.

랑아.

나는 설무검이다.

진천방이 고수를 보내 만화루를 공격하려고 하니 조속히 조치를 취해주기 바란다.

나를 찾지는 마라. 몇 년 동안 은둔해 있을 생각이다.

부탁이 하나 있다.

중천오세를 감시해 다오. 그러나 그것 때문에 너나 사령단이 곤란해진다면 하지 않아도 좋다.

서찰의 내용은 그게 전부였다.

서찰을 쓴 사람이 설무검이라는 것을 증명할 만한 내용은 한 군데도 없었다.

그저 '나는 설무검이다' 라는 글이 고작이다. 그런 글은 누구라도 쓸 수가 있다.

그러나 은자랑은 서찰을 쓴 사람이 설무검이라는 것을 확신할 수 있었다.

서찰을 이 따위로밖에 멋대가리없이, 그리고 몇 줄의 글에서마저 무뚝뚝함이 풀풀 풍겨날 수 있게 쓸 수 있는 사람은 아마 천하에 설무검 한 사람뿐일 것이다.

그리고 또 하나, '랑아' 라는 호칭이다. 그 당시 이십육 세였던 설무검은 십구 세의 은자랑을 아이 취급을 하여 늘 '랑아' 라고 불렀다.

그때는 그 호칭이 그토록 싫었건만, 지금은 왜 이리도 정겨운지, 아무리 보고 또 봐도 좋았다.

서찰을 받은 이후 은자랑은 마음이 급했다. 만화루주인 보화를 직접 만나야겠다고 생각했다.

그래서 그녀를 신봉각으로 부를 수도 있는데 굳이 자신이 직접 경붕현으로 한달음에 달려갔다.

물론 그전에 경붕현 인근 수백 리 안에 있는 백봉령루의 고수들을 모조리 만화루로 가게 하여 진천방으로부터의 공격에 대비했다.

그것으로써 진천방은 만화루를 공격하지 못했다. 그들도 정보가 있으니, 백봉령루의 고수들이 만화루로 집결하고 있다는 정보를 입수했던 것이다.

만화루에 도착한 은자랑은 보화에게 설무검에 대해서 하나에서 열까지 모두 들을 수 있었다.

은자랑은 보화의 설명을 토대로 설무검이 간 요동 일대를 샅샅이 뒤질 수도 있었지만 그러지 않았다.

사령단의 봉황단주인 신봉황은 무림에서, 아니, 천하에서 유명한 존재다.

그런 그녀의 행동은 아무리 비밀스럽다고 해도 드러날 수밖에 없었고, 관심의 초점이 되기 마련이다.

그런데 그녀가 설무검을 찾는답시고 요동을 벌집처럼 뒤지고 다닌다면 그 정보가 중천오세의 귀에 들어가는 것은 시간문제일 테고, 그들이 가만히 있지 않을 것은 불을 보듯이 뻔한 일이었다.

한 가지는 분명했다.

설무검은 살아 있었다.

그가 말했던 몇 년 동안의 은둔을 끝내고 강호로 돌아온다면, 이번에는 반드시 자신을 찾아올 것이라고 은자랑은 굳게 믿었다.

그렇게 삼 년의 세월을 한 움큼의 희망을 안고 살아왔다.

뽀드득.

다시 서찰을 읽던 은자랑은 자신도 모르게 이를 갈았다.

"중천오세……."

*   *   *

하남 등봉현(登封縣) 숭산(嵩山) 소실봉(少室峰).

소실봉 북쪽 숲 속에 있다고 하여 소림(少林)이라고 불리게 된 천년 고찰 소림사(少林寺).

아담하고 고풍스러운 지객당(知客堂) 안에 소림 방장 원공 선사(元空禪師)를 비롯하여 다섯 명의 명숙(名宿)이 탁자 둘레에 앉아 있었는데, 무거운 침묵이 반 시진째 이어지고 있는 중이다.

이들은 이른바 무림오대문파의 장문인들이다.

고래로 무림 전체를 대표하는 문파들은 구파일방이지만, 하남성을 중심으로 한 소위 중천무림에 속하면서도 무림의 기둥으로 군림해 온 다섯 문파를 오대문파 혹은 중천오문(中天五門)이라고 한다.

소림사, 무당파(武當派), 화산파(華山派), 아미파(峨嵋派), 종남파(終南派)가 바로 그들이다.

소림사를 제외한 네 문파의 장문인들은 이곳에 오기 전에 이미 비밀리에 회합을 갖고 한 가지 결론을 내렸으며, 그것을 논의하기 위해서 소림사를 찾은 것이다.

아니, 논의라기보다는 소림사에 일방적인 통보를 하기 위해서라는 의미가 더 강했다. 그들은 이미 모종의 결론을 내렸으므로.

"아미타불. 정녕 그 방법뿐이오?"

이윽고 원공 선사의 나직하지만 묵직한 불호가 오랜 침묵을 깼다.

"무량수불. 그렇소이다."

대답하는 무당파 장문인 현천 진인(玄天眞人)은 말을 아끼고 있었다.

"우리가 추구하는 것은 무림의 평화와 안녕이며, 궁극적으로는 사바세계의 중생을 구제하는 것이오. 과연 어떻게 하는 것이 우리의 추구하는 바를 충족시킬 수 있겠소?"

원공 선사의 말을 화산파 장문인 자하 도장(紫霞道長)이 굵고 낮은 목소리로 받았다.

"그래서 빈도들이 숙의를 거쳐서 결론을 내린 것이오. 삼천무림 따윈 없애 버리자고 말이오."

"음!"

원공 선사는 낮고 무거운 신음을 흘렸다.

반백의 수염을 길게 기르고 부리부리한 호목인 자하 도장은 외모만으로도 용맹하고 성격이 급해 보였다.

그는 사대문파 장문인들의 오랜 설득에도 쉽게 결단을 내리지 못하고 있는 원공 선사가 답답하다는 듯 가볍게 눈살을 찌푸리며 말을 이었다.

"무림은 무림일 뿐이거늘, 언제부터 북천이니, 중천, 남천 따위로 나뉘어졌소? 무림이 삼분(三分)된 근본적인 원인은 지난날 우리 구파일방이 너무 무력하기 때문이었소!"

구파일방은 무력했을 뿐만 아니라 서로 사이도 좋지 않았고, 지나치게 서로를 견제했다.

그래서 결국 그런 것들이 삼천무림을 탄생시키게 된 빌미를 제공했던 것이다. 이들은 그것을 지금에서야 뼈아프게 반성하고 있었다.

말을 하는 도중에 자신도 모르게 흥분하여 언성이 높아지고 있는 자하 도장을 현천 진인이 손을 저어 진정시키면서 말을 이었다.

"구파일방은 삼천무림을 괴멸시키고 원래의 무림으로 환원시킬 막중한 책임을 지니고 있소. 그것을 중천에 속해 있는 우리 오대문파가 먼저 시도하자는 것이오."

원공 선사는 뭔가 집히는 것이 있었다.

"혹시 이 계획은 구파일방의 다른 다섯 문파도 알고 있는 것이오?"

"그렇소이다. 소림을 제외한 아홉 개 문파는 모두 뜻을 하나로 모았소."

원공 선사는 더 이상 물러설 곳이 없음을 느꼈다. 이들은 지금 그를 낭떠러지 끝으로 내몰고 있었다.

현천 진인이 최후의 통고를 했다.

"우린 이 모임을 천추혈의맹(千秋血義盟)이라고 명명했소. 선사, 소림사가 선봉에 서주시오. 그리고 선사께서 맹주가 돼주셔야겠소."

원공 선사는 이들 사대문파 장문인들이 주장하고 있는 바가 옳지 않다고 여겼다.

무림은 삼천으로 정비되고 나서 오히려 예전에 비해서 많이 평화로워졌다.

특히 중천무림은 전례 없는 평화와 질서를 구가했다.

물론 중천절이 지배했던 시절의 이야기지만.

이들 소림사를 제외한 팔파일방(八派一幇)은 이제 와서 자신들의 잃었던 설 자리를 되찾으려고 봉기한 것이다.

구파일방의 무기력과 반목이 삼천무림을 탄생시킨 빌미가 되었다면, 중천절의 죽음 혹은 실종이 구파일방에게 과거의 무림을 탈환시키려는 계기를 제공하고 있었다.

그런 사실을 짐작하기 때문에 원공 선사는 쉽사리 이들의 모임에 가담할 수 없었다.

"아미타불. 본 파가 거절한다면 어쩌시겠소?"

현천 진인이 나직하지만 강한 어조로 대답했다.

"그렇다면 소림을 제외하고 우리끼리 거사를 도모하겠소."

소림사를 낭떠러지 끝으로 내몬 것으로도 모자라서 벼랑 아래로 밀어버리겠다는 뜻이다.

그리고 그 말은 소림사도 삼천과 함께 적으로 간주할 수 있다는 경고였다.

원공 선사는, 아니, 소림사는 외톨이가 될 수는 없었다.

第三十二章
강상(江上)에서의 해후

일 년 후 겨울.

호북성 종상현(鐘祥縣).

장장 삼천여 리에 달하는 한수(漢水)를 북으로 거슬러 오르
는 배가 이곳 포구에 삼십여 명의 승객을 와르르 쏟아놓은 것
은 일몰이 반 시진이나 지난 늦은 저녁 나절이었다.

청해성과 감숙성의 남쪽 성계(省界) 산악 지대에서 발원한
한수는 동쪽으로 천여 리를 흐르면서 섬서성을 횡단한 후에
방향을 남쪽으로 꺾어 호북성으로 진입하여 이천여 리를 더
흐르다가 장강(長江)과 합류하는데, 종상현은 한수의 하류에
위치해 있었다.

장강이 대륙의 허리라면 한수는 등줄기다. 안휘성과 호북성, 호남성, 강서성의 사람들이 배를 이용하여 북쪽의 하남성과 섬서성, 감숙성 등지로 이동하는 데에는 한수를 오르내리는 것보다 더 좋은 방법이 없다.

하지만 원칙적으로 밤에는 배가 운항하지 않기 때문에 지금처럼 포구에 승객들을 내려놓고 동이 트면 다시 승객들을 싣고 목적지를 향해 출발하는 식이다.

포구에 하나뿐인 객잔은 하루 종일 파리를 날리다가 갑자기 몰려든 승객들 덕분에 북새통을 이루었다.

일층은 주루, 이층은 객잔으로 사용하는 봉래각(蓬萊閣) 구석자리에 일남일녀가 마주 앉아 묵묵히 식사를 하고 있었다.

두 사람은 배를 타고 오는 동안 내내 방갓을 쓰고 면사로 얼굴을 가렸지만 식사를 하는 동안에는 그것들을 벗었다.

그 바람에 주루에는 때 아닌 작은 소동이 벌어졌다.

일남일녀의 외모는 너무도 아름다워서 주루의 다른 사람들로 하여금 식사를 하는 것도 잊은 채 넋을 빼놓고 바라보게 만들었다.

여자는 이십대 초반에 일신에 산뜻한 백의 경장을 입었으며 어깨에는 한 자루 검을 멨다.

그녀는 도도한 아름다움의 소유자였다. 눈매가 날카로웠으며 오뚝한 콧날에 작고 가늘며 얄팍한 입술은 그녀의 성격이 도도하며 냉정하다는 것을 대변했다.

긴 머리를 늘어뜨렸으며 가느다란 귀밑머리가 두 가닥 흘러내려 마치 눈 속에서 피어난 한 송이 매화 같은, 차가우면서도 상큼한 매력을 풍겼다.

그런데 사람들의 시선은 백의녀보다는 그녀의 맞은편에 앉은 십칠팔 세가량의 흑의소년에게 집중되어 있었다.

백의녀에 비해서 앉은키가 반 뼘 정도 더 큰 소년은 한 번 그를 쳐다본 사람들이 절대 시선을 거두지 못할 만큼 지독하게 아름다웠다.

더구나 눈보다 더 흰 살결을 지녔는데, 입고 있는 흑의 때문에 겉으로 드러난 얼굴과 두 손이 더욱 희고도 투명하게 보였다.

더구나 사람들의 눈길을 끄는 것은 미소년과 미녀가 한겨울인 지금 얇은 경장만 달랑 입고 있는 모습이었다.

또한 두 사람이 어깨에 검을 메고 있었으므로 사람들은 두 사람을 단번에 무림인이라고 간파했다.

만약 그렇지 않았더라면 심성 고약한 건달이나 호색한들이 두 사람을 집적거렸어도 몇 번은 집적거렸을 것이다.

소년은 사람들의 시선이 불편한지 식사를 하면서도 가끔씩 가볍게 눈살을 찌푸렸다.

소년은 다름 아닌 설영이었으며, 백의녀는 정미였다.

올해로 설영은 십팔 세, 정미는 이십일 세가 되었다.

설영이 검풍루의 영검낭자가 된 후 두 명의 친구가 생겼는데, 바로 정미와 혜윤이었으며, 육 년이 지난 지금까지도 친구는 그녀들 둘뿐이었다. 그리고 그녀들 역시 친구라곤 설영밖에 없었다.

정미는 어렸을 때부터 미색이 고왔지만 십삼 세 나이에 검풍루에 들어오고 난 이후 자신이든 타인이든 아름다운 것에 대해서 무관심한 성격으로 변해 버렸으며, 오직 최고의 살수가 되기 위해서 온몸을 불살랐다.

그러나 한 가지에서만큼은 예외였다. 그것은 바로 설영의 아름다움이었다.

설영과 정미는 사람들의 시선 때문에 식사도 하는 둥 마는 둥 서둘러 계산을 마치고 점소이에게 객방을 두 개 달라고 부탁했다.

"죄송합니다. 남은 방이 하나뿐입니다."

점소이는 말은 그렇게 하면서 조금도 미안한 표정이 아니었고, 오히려 묘한 미소를 지어 보였다.

더구나 선남선녀를 한방에 묵도록 해주었으니 고마워하라는 듯한 눈짓을 설영에게 해 보였다.

"됐어. 우리 사이에 방 두 개를 빌려서 따로 잔다는 것이 더 이상하잖아?"

그런데 정미가 한술 더 떠서 설영의 손을 잡고 이층으로 오르는 계단으로 이끌며 점소이에게 명령조로 말했다.

"피곤하니까 어서 방을 다오."

점소이는 한 대 맞은 듯한 표정으로 정미를 쳐다보더니 총총히 앞장섰다.

정미의 목소리는 낭랑해서 점소이뿐만 아니라 주루에 있던 모든 사람들이 다 들었다.

그래서 그들은 음험한 상상을 하면서 계단을 오르는 설영과 정미에게서 시선을 떼지 못했다.

그러나 정작 당사자인 설영과 정미는 자신들의 행동과 그것으로 인한 사람들의 반응에는 조금도 개의치 않았다. 아니, 그들이 왜 자신들을 쳐다보는지 알지 못했다.

두 사람은 어렸을 때 검풍루에 들어가 오랜 세월 외부와 단절된 생활을 했기 때문에 자신들만의 독특한 생활 방식이 형성된 상태였다.

또한 세상에 대해서는 자신들이 검풍루에 들어가기 전인 십이 세와 십삼 세까지의 기억밖에 남아 있지 않았다. 그나마도 너무 오래전의 일이라 가물가물했다.

다시 말해서 바깥세상에서는 지금 자신들 또래가 어떤 처신과 몸가짐, 대인 관계를 하는지 거의 알지 못했다.

검풍루에서는 오직 살인을 위한 수십 가지 방법만을 가르칠 뿐이었으며, 설영과 정미도 그것 외에 다른 것을 배우기를 원하지 않았다.

그나마 사 년 전부터 한 달에 한 번씩 외출을 했던 설영이 정미보다는 조금 낫다고 할 수 있었다.

하지만 그 역시 사람들과의 접촉 없이 줄기차게 신봉각과 벽파장만 오갔을 뿐이었으므로, 따지고 보면 정미보다 크게 나을 것도 없는 형편이었다.

정미는 여자인 설영이 필요에 의해서 잠시 남장을 했다고만 여기고 있었기 때문에 자연스럽게 그런 행동을 할 수밖에 없었다.

그러나 남자인 설영은 정미와 한방에서 잘 것이라고는 전혀 예상하지 않았다.

그렇게 두 사람은 외지에 나와서 맞게 된 첫날밤을 함께 보내게 되었다.

"뭐 하려고?"

"운공이나 하게."

잘 준비를 하려고 겉옷을 벗던 정미가 침상 아래 방바닥에 가부좌로 앉아 자세를 잡고 있는 설영을 보며 묻자 설영은 태연하게 대꾸했다.

정미의 얼굴에 어이없다는 표정이 떠올랐다.

"운공이 지겹지도 않니?"

만약 각방을 썼더라면 설영은 객지에서의 첫날밤을 창문을 열고 밤하늘이라도 바라보면서 사색에 잠겼을 터이다.

하지만 정미와 한방을 쓰게 된 이상 사색이나 혼자만의 호젓함은 이미 물 건너가 버렸다.

객방에는 침상이 하나, 그리고 옷장과 탁자가 각각 하나씩이며, 의자가 두 개 있을 뿐이었다.

잠을 자려면 정미와 한 침상에 누울 수밖에 없는 상황인 것이다.

그러니 그 불편한 상황을 모면하려면 운공이라도 하는 수밖에 없었다.

한 가지 다행스런 일이라면, 운공이나 무공 연마는 설영이 아무리 해도 지겨워하지 않는다는 사실이었다.

만약 보통의 청춘남녀가 객지에서 첫날밤을 보낸다면 손을 잡고 강변을 거닌다든지 분위기있게 술잔을 마주한다든지 여러 방법들이 있을 터이다.

그러나 그런 것을 모르기는 정미도 마찬가지였다.

"운공은 그만두고 그냥 누워서 우리들의 첫 번째 임무에 대해서 얘기하다가 잠이나 자는 것은 어때?"

설영은 못 들은 체 눈을 감았다. 제 풀에 지치면 자겠지라고 생각했는데 그게 아니었다.

여자에 대해서는 무관심한 설영이지만 정미와 같은 침상에서 자다가 자신이 남자라는 사실이 드러나게 될까 봐 염려하는 것이었다.

"너, 왜 그래? 이상하네?"

겉옷을 벗은 정미가 설영 앞에 두 손을 허리에 얹고 서서 그를 굽어보며 가볍게 아미를 찡그렸다.

설영과 정미는 한 번도 같은 방에서 자본 적이 없었다. 물론 그래야 할 이유도 없었지만, 그것은 검풍루에서 철저히 금지하는 사항이었다.

설영은 눈을 뜨고 정미를 보다가 가볍게 놀랐다. 그녀가 매미 날개처럼 얇디얇고 하늘하늘한 명주옷 나의(羅衣)를 입고 있었기 때문이다.

그는 검풍루 영검낭자들의 거처인 영절창에서 정미, 혜윤과는 거의 허물없이 지냈지만 그것은 어디까지나 자신들의 사생활 외적에서였으며, 함께 보낸 시간들은 거의 무공에 대한 토론과 수련으로 일관했다.

정미가 입은 나의는 속이 훤히 내비쳤으므로 옷을 입지 않은 것이나 같았다.

설영이 같은 여자라고 철석같이 믿고 있기 때문에 아무 거리낌이 없었다.

그녀는 나의 속에 단풍잎 크기만 한 작은 젖가리개와 고의만을 입은 상태였다.

이미 여인으로 성숙한 정미지만 젖가슴은 그리 크지도 작지도 않은 적당한 크기였는데, 너무 작은 젖가리개는 가슴을 채 다 가리지도 못했다.

또한 떡가루처럼 희고 매끈한 허벅지가 합쳐지는 부위에 살짝 가려져 있는 너무 작은 고의는 아슬아슬한 상태여서 걸음을 옮기기만 해도 그 속의 은밀한 부위가 보이지나 않을까 염려스러울 지경이었다.

나의 속에 한 마리 꽃뱀처럼 똬리를 틀고 있는 정미의 몸은 늘씬했다.

설영이 일 년여 동안 목욕을 할 때면 늘 봐왔던 예진의 몸과는 또 달랐다.

예진의 몸이 풍만하다면 정미는 가녀린 듯 늘씬했다. 젖가슴과 둔부는 아담했으며, 허리는 매우 가늘었고, 상체에 비해서 하체가 매우 길고 미끈했다.

검풍루의 혹독한 교육이 여자들에게 무관심을 심어주었다면, 설영에게는 여자들을 보는 눈을 무관심하게 만들었다.

남자들로 하여금 욕정을 불러일으키기에 부족함이 없는 정미의 반라의 몸을 보면서도 설영은 무덤덤한 표정이었다.

"후우, 알았다."

설영은 일어서며 나직한 한숨을 토해냈다. 이어서 정미에게서 시선을 거두면서 탁자로 걸어가며 일러주었다.

"하지만 옷은 입어라, 미아."

아무래도 눈에 거슬렸다.

"왜? 난 검풍루에서도 잘 때는 늘 이런 차림으로 잤어. 이게 뭐 어때서?"

설영은 탁자 앞 의자에 앉았다.

"여긴 검풍루가 아냐."

"그런가? 알았어."

정미는 더 이상 토를 달지 않고 옷을 입었다. 정미나 혜윤은 한 번도 설영의 말을 거스른 적이 없었다.

설영은 그녀들에게 친구라기보다는 스승과 같은 존재다. 그녀들에게 설영의 나이는 무의미했다.

그는 그녀들에게 사사건건 간섭하지는 않지만, 그가 하지 말라고 할 때에는 다 그만한 이유가 있었다.

"검풍월령사(劍風月令師)께서 말씀해 주셨어. 이번 임무에 네가 날 지목했다고."

검풍루의 오십여 검풍살수들은 삼 개 대(隊)로 구성되어 있으며 검풍령사들이 각 대를 관리하는데, 일대는 검풍혈령사(劍風血令師), 이대는 검풍흑령사(劍風黑令師), 삼대가 검풍월령사다.

즉, 설영과 정미는 검풍루 삼대에 소속됐다는 뜻이다.

정미는 영검낭자가 된 지 육 년 만에 전 과정을 수료하고 검풍살수가 됐다.

사실 그녀는 이미 이 년 전에 전 과정을 마쳤지만, 십팔 세에 검풍살수가 되는 설영을 기다리느라 일부러 수료를 이 년씩이나 늦추었다.

그녀를 담당한 검풍교위녀가 더 이상 가르칠 것이 없다고 했지만 정기적으로 석 달에 한 차례 치르는 수료 시험을 보기만 하면 그녀는 번번이 자격 미달로 수료하지 못했다.

물론 수료 시기를 설영과 맞추느라 수료 시험 때마다 일부러 전력의 절반만 사용했기 때문이다.

그래서 그녀는 이 년을 기다린 끝에 설영과 같은 시기에 검풍살수가 될 수 있었고, 더구나 운 좋게도 설영과 같은 삼대에 소속됐다.

어차피 피도 감정도 없는 치열한 살수가 된 마당에 같은 시기에 검풍살수가 된다든지 같은 대에 소속되는 것이 무에 좋으며 무슨 의미가 있을 것인가라고 생각한다면 그럴 수도 있을 것이다.

하지만 정미와 혜윤은 달랐다. 그녀들에게 있어서 설영은 너무도 각별한 존재였다.

서로 간의 교제가 엄격하게 금지된 검풍루 내에서 그들은 우정을 나누었다.

더구나 보통 우정이 아니었다. 뭐라고 설명하기 어려운, 그런 특별한 관계였다.

"그래."

설영은 짧게 대답했다.

정미는 의자를 끌어다 설영 옆에 앉아서 머리를 그에게 기대고 눈을 사르르 감으며 나른한 미소를 지었다.

"너랑 함께 여행하니까 너무 좋아."

"여행이 아니잖아."

설영이 일깨워주었지만 정미는 아랑곳하지 않은 채 행복한 표정이 더욱 짙어졌다.

"어쨌든 좋아. 너랑 함께 있으면 죽어도 좋아."

설영은 어이없는 표정으로 정미를 보다가 그녀의 눈빛 가득 진실함이 담겨 있는 것을 발견하곤 더 이상 뭐라고 할 수가 없었다.

"개봉(開封) 금호방(金虎幫)의 방주, 금호도패왕(金虎刀覇王) 형곤(邢昆)이 우리 표적이야."

설영이 진지한 어조로 입을 열자 정미는 자세를 똑바로 하고 정색으로 그를 바라보았다.

"어떤 자야?"

"그건 나도 몰라."

설영도 정미도 이번이 첫 번째 임무다. 수없이 교육, 훈련받은 것을 처음으로 실행에 옮기는 것이다.

살수는 표적에 대해서 알아야 할 것과 몰라도 되는 것이 명확하게 구분되어 있다.

알아야 할 것은 표적을 가장 빠르고도 완벽하게 죽이기 위한 정보와 자료들이고, 몰라도 되는 것은 표적에 대한 사사로운 것들이다.

"삼급(三級) 임무야."

일급은 다섯 명 이상의 검풍살수가 합동으로 수행하는 살행이고, 이급은 세 명. 삼급은 두 명. 사급은 한 명이다.

대부분의 살행은 사급과 삼급 수준이다.

수료 시험에서 오 점 이상을 받아야만 통과할 수 있는데, 설영은 십이 점 만점을 받았다.

검풍루 사상 만점을 받은 사람은 설영과 혈인살수, 단 두 명뿐이다.

이후 일 년 동안의 살행에서의 성패 여부에 따라 검풍살수들은 특등과 일, 이, 삼등으로 나뉜다.

정미는 수료 시험에서 십일 점을 받았다. 그 역시 높은 점수여서 설영과 정미는 나란히 검풍루 모든 사람들의 주목을 받기에 부족함이 없었다.

"자, 이것이 표적에 대한 자료야."

설영이 품속에서 세 장의 종이를 꺼내 탁자에 차례로 펼쳐 놓았다.

그중 한 장에는 금호방의 세부적인 도면과 금호도패왕의 거처, 호위 고수들의 위치와 숫자 등이 상세히 적혀 있었고, 나머지 두 장에는 금호도패왕의 하루 일과와 외출할 경우 자주 가는 장소들, 습관과 가족 관계, 금호방 내에서 은둔, 그리고 암살을 할 경우의 최적지 몇 군데 등이 비교적 자세히 빼곡하게 적혀 있었다.

"이것들은 태워 버려야 하니까 완벽하게 외워야 해."

설영은 그렇게 말하면서 금호방의 도면을 집어 들어 살피기 시작했다.

일각 즈음 지났을 때 설영은 세 장의 내용을 모두 외우고 숙지했지만, 정미는 반 시진이 지나서야 끝마쳤다.

"미아, 이것은 실전이야. 한순간의 작은 실수나 방심 때문에 임무를 실패할 수도, 목숨을 잃을 수도 있어."

"명심할게."

설영의 말에 정미는 차분히 대답했다.

그녀는 살수행에 대한 경험이 전무해서 어떤 것인지 잘은 모르지만 몹시 삭막하고 위험하며 고독한 일이라는 것쯤은 짐작하고 있다. 훈련받은 대로만 하면 실패하지 않을 것이라고 생각했다.

그러나 설영과 함께라면 어떤 임무든, 어떤 상황에 처하든 든든할 것 같았다.

"미아, 너하고 나는 오랫동안 함께 무공 수련을 해왔으니까 손발이 잘 맞을 거야. 그래서 너와 함께 임무를 수행하겠다고 월령사에게 말했던 거야."

월령사란 검풍월령사를 가리킨다.

"알았어. 실망시키지 않을게."

정미가 설영보다 세 살이나 연상이지만, 오히려 그녀는 설영을 보호자 정도로 여기는 듯했다.

결국 정미는 검풍루 영검낭자 시절처럼 거의 벗은 것이나 다름이 없는 나의 차림으로 잠을 자지 못했다.

잠을 자다가 무슨 일이라도 생기면 옷을 입을 틈조차 없을 것이라는 설영의 충고를 받아들인 것이다.

그 대신 한 침상에서 설영과 나란히 누워서 잘 수 있었다.

어떤 상황에서든, 그리고 어떤 자세로든 잠을 자겠다고 마음만 먹으면 즉시 잘 수 있거나 휴식을 취할 수 있도록 수련하는 것은 살수가 되기 위한 기초적인 수련이었다.

두 사람은 침상에 나란히 누워서 이불을 덮고 손을 꼭 잡은 채 잠이 들었다.

그러나 동이 트기 직전에 설영이 언제나 습관처럼 운공을 하기 위해서 눈을 떴을 때, 정미는 설영 쪽을 향해 옆으로 누워 팔과 다리로 그를 친친 감듯이 안은 자세로 자고 있었다.

그 바람에 설영은 꼼짝도 할 수 없는 상태가 돼버렸다.

설영은 어이없는 얼굴로 그녀를 보다가 그녀의 얼굴이 매우 천진난만하며 좋은 꿈이라도 꾸는 듯 입가에 미소가 떠올라 있는 것을 발견했다.

정미의 팔은 설영의 가슴을 안았고, 발은 하체의 중요한 부위에 올려 있는 상태였다.

정미는 평소에 이따금 설영더러 가슴이 절벽이라면서 가벼운 농담을 했다.

그럴 때면 설영은 발육이 부진해서 그렇다든지, 가슴이 무공 수련에 방해가 되기 때문에 천으로 잔뜩 동여맸다는 식으로 얼버무리곤 했다.

사실 여자는 무공, 특히 살수 수련을 하기에 적합하지 않은 신체 구조를 갖고 있다.

가느다란 팔과 다리, 좁은 어깨, 굳건하지 못한 허리와 등줄기, 큰 젖가슴과 엉덩이.

특히 젖가슴이 크면 클수록 불리했다. 젖가슴을 제대로 간수하지 못한 상태에서 격렬하게 수련을 하다 보면 심하게 출렁인다든지 두 팔을 움직일 때 거치적거려서 여간 성가신 게 아니다.

그래서 무림의 여자들은 젖가슴을 꽁꽁 압박하여 동여매거나 심할 경우에는 특수한 비법을 배워서 꾸준히 운공을 하여 젖가슴의 크기를 작게 하거나 아예 없애 버리는 경우까지도 있다고 한다.

정미는 난생처음 길고 험한 여행을 하고 있는 탓에 몹시 피곤해서 세상 모르게 자느라고 설영의 가슴이 밋밋한 것이나 하체에 불룩 튀어나온 것을 전혀 느끼지 못했다.

그녀는 설영의 어깨를 베고 자는 자세였기 때문에 그녀의 입술이 설영의 뺨에 거의 붙다시피 했다.

그런 상태에서 새근새근 콧김을 토해내자 달착지근하면서도 젖내 비슷한 내음이 솔솔 풍겨왔다.

설영은 정미가 깨지 않도록 조심하면서 그녀에게서 빠져나와 크게 심호흡을 한 후 운공조식에 들어갔다.

그가 두 차례의 운공을 끝내고 점소이에게 물을 가져오게 하여 소세(梳洗:머리를 빗고 세수함)를 한 후에야 정미는 부스스 일어나 설영에게 잘 잤느냐고 물었다.

종상현을 떠난 배는 때마침 불어오는 순풍에 돛을 활짝 올리고 빠른 속도로 강을 거슬러 올랐다.

배는 종상현 포구에서 중원삼대상단 중 하나인 구룡대운방(九龍大運幫)의 상단 하나를 더 태운 상태였다.

상단의 행수 이하 호위무사들까지 삼십여 명, 수레 열 대 분의 짐이 실린 탓에 승객들은 이리저리 움직이기에도 비좁음을 겪고 있었지만, 구룡대운방의 위세가 워낙 대단하여 아무도 불평을 하지 못하는 상황이었다.

설영과 정미는 사람들 눈에 잘 띄지 않는 배의 앞쪽 갑판 난간 가에 나란히 서 있었다.

검풍루가 있는 악양에서 금호방이 있는 개봉까지는 이천여 리의 먼 길이다.

살수들은 그들만의 특수한 복장이 있지만, 설영과 정미가 이천여 리의 먼 길을 가는 보름여 동안 그런 복장으로 있다가는 어디에서나 사람들의 눈길을 끌 것이 분명했다.

그래서 삼대주인 검풍월령사의 지시에 따라 평상복을 입은 것이었다.

승객들과 화물은 모두 배의 뒤쪽 갑판에 싣기 때문에 설영과 정미가 있는 앞쪽 갑판은 호젓했다.

정미도 큰 키였지만 설영에 비해서는 반 뼘이나 작았다.

그녀는 설영 옆에 바짝 붙어서 그의 팔을 가슴에 안고 그의 어깨에 뺨을 기댄 채 스쳐 지나가는 강안의 겨울 풍경을 그윽하게 감상하고 있었다.

설영의 머릿속에는 첫 임무의 표적인 금호도패왕을 어떻게 죽일 것인가에 대한 계획으로 꽉 차 있었다.

그런데 같은 임무를 띤 정미는 그런 생각은 조금도 하지 않고 마치 유람이라도 나온 듯한 모습이고, 표정이었다.

그러나 설영은 정미를 잘 알고 있었다. 만약 그녀가 단독으로 사급의 임무를 맡고 혼자 살행을 나간다면, 깨끗하게 성공할 것이라는 사실을.

"……!"

문득 정미가 설영의 어깨에 기댔던 뺨을 떼고 뒤쪽을 바라보았다.

이층의 선실이 가로막고 있기 때문에 두 사람이 있는 곳에서 뒤쪽 갑판은 보이지 않았다.

"들었어?"

"응."

정미가 소곤거리듯이 묻자 설영은 고개를 끄덕였다.

두 사람은 방금 전에 허공을 가르는 어지러운 파공음을 감지했던 것이다.

파공음은 정확하게 스물다섯 개였으며 사람이었다. 또한

옷자락이 바람에 마구 펄럭이고, 소리가 어지러운 것으로 미루어 그들은 삼류에 속하는 무사들이라고 설영과 정미는 동시에 간파했다.

"수적(水賊)일 거야."

설영은 가볍게 눈썹을 찌푸리며 중얼거렸다.

설영과 정미는 살수 수업 중에 천하의 지리와 방, 문파, 절정고수로부터 일류고수들에 이르기까지의 인물들에 대해서도 두루 자세히 배웠다.

그러므로 한수에 얼마나 많은 수적의 무리가 있는지도 잘 알고 있었다.

그들의 구 할은 녹림에 속해 있고, 나머지는 각자 행동하는 무리들이다.

아마도 그들 중 한 무리가 뒤쪽에서 배를 추격해 와 공격을 개시한 모양이었다.

설영과 정미로서는 배의 승객들이나 상단이 수적에게 당하든 말든 알 바가 아니었다.

하지만 혹시 수적들이 약탈한 후에 배를 불태우고 선원들마저 죽임을 당해서 더 이상 배를 운항하지 못하게 될까 봐 그게 염려가 됐다.

또한 검풍루의 살수들에게는 목숨에 위협을 느낄 때 외에는 어느 누구와도 싸움을 해서는 안 된다는 규정이 있다.

"내버려 둬. 운항을 못하게 되면 다른 배를 타지 뭐."

현재의 호젓한 분위기가 깨지는 것을 싫어하는 정미가 관심을 거두고 다시 설영의 어깨에 뺨을 기대자 설영도 신경을 쓰지 않기로 했다.

살수에게 의협심이나 정의감 같은 것이 있을 리 만무했다.

차차차창! 챙챙챙!

"으아악!"

"흐악!"

"크액!"

그때 배의 뒤쪽 갑판에서 요란하게 병장기 부딪치는 소리와 어지러운 비명성이 터지기 시작했다.

설영은 그것이 수적들과 구룡대운방 호위무사들 간의 싸움일 것이라고 생각했다.

"영아! 눈이야!"

그때 갑자기 정미가 하늘을 올려다보며 나직한 탄성을 터뜨렸다.

과연 하늘 전체에 날벌레들이 뽀얗게 날아다니는 것처럼 몇 개의 눈송이가 보이더니 오래지 않아서 함박눈이 펑펑 내리기 시작했다.

원래 정미는 정서라든가 감정이 메마른 편이었다. 그런데다 육 년여에 걸쳐서 혹독한 살수 수업까지 받았으니 그나마 남아 있던 정서나 감정마저도 깡그리 사라져 버렸다.

오죽하면 감정이 풍부한 혜윤이 그녀더러 차가운 돌이라

는 뜻의 '한암(寒巖)'이라는 별명을 지어주었겠는가.

그런 그녀가 지금 눈이 온다고 마치 순수한 소녀 같은 표정으로 하늘을 바라보고 있었다.

그녀 곁에 설영이 있기 때문에 가능한 일이었다. 이제 그런 것은 정미에게 더 이상 새삼스러운 일도 아니었다.

정미뿐 아니라 혜윤마저도 설영과 함께 있으면 응석도 애교도 아닌 기묘한 행동들을 했다.

"너무 아름답지?"

"응."

그렇게 건성으로 대답하는 설영은 그때부터 만약 목적지에도 눈이 온다면 임무에 지장이 있을 것인가 아닌가를 생각하기 시작했다.

그때 세 명의 수적이 선실을 돌아 앞 갑판 쪽으로 달려오다가 설영과 정미를 발견하곤 주춤 멈추었다. 그들의 손에는 이 빠진 엉성한 도검 따위가 쥐어져 있었다.

두 사람이 워낙 옥골선풍의 미남미녀들이었고, 어깨에는 검을 메고 있어서 무림인이라고 판단한 것이었다.

그러나 그들은 자신들의 머릿수가 많다는 사실 하나만을 믿고서 용기를 내어 두 사람에게 우르르 다가가며 버럭 호통을 쳤다.

"네놈들도 갖고 있는 것을 모조리 내놔라!"

설영과 정미는 천천히 돌아섰다. 설영은 담담한 표정이었지만 정미는 설영과의 호젓함을 방해당했다는 것 때문에 기분이 상했다.

세 명의 수적은 서너 걸음 앞에 늘어섰는데, 가까이에서 보니 설영과 정미가 더욱 아름다웠기 때문에 잠시 넋을 잃은 표정들이었다.

"버러지 같은 놈들이 감히……."

정미가 오른손으로 어깨의 검파를 잡으면서 한 걸음 걸어나가며 싸늘하게 중얼거렸다.

"아!"

그때 들려온 설영의 나직한 탄성이 정미의 다음 동작을 멈추게 만들었다.

그녀가 돌아보자 설영은 저만치 강 상류 쪽에서 파도를 가르며 빠르게 쏘아오고 있는 한 척의 배에 시선을 고정시킨 채 가볍게 기쁜 표정을 짓고 있었다.

그 배는 그리 크지도 작지도 않은 중간급이었는데 전체가 먹처럼 검은 흑선(黑船)이었으며, 선두(船頭)에 한 사람이 우뚝 서 있었다.

정미가 안력을 돋우어 쳐다보니 그 사람은 일신에 흑의 경장을 입고 어깨에 한 자루 검을 멘 청년이었다.

약간 각진 듯한 얼굴에 구레나룻을 길렀으며, 서글서글한 눈과 우뚝 솟은 코, 두툼한 입술을 지닌 준수한 용모였다.

키는 매우 커서 육 척이 넘을 듯했고, 후리후리하면서도 약간 마른 듯한 체구였다.

순간 정미는 흑의청년이 이쪽을 향해 한 손을 들고 가볍게 흔드는 것을 발견했다.

정미가 의아한 표정으로 설영을 바라보자 그도 흑의청년을 향해 마주 손을 흔들고 있었다.

그리고 두 사람의 입가에 떠올라 있는 것은 흐릿하지만 부드러운 미소.

정미는 더욱 의아한 얼굴로 설영과 흑의청년을 번갈아 쳐다보았다.

하지만 흑의청년은 정미가 처음 보는 사람이었다. 아니, 검풍루에서 보낸 지난 육 년여 동안 그녀는 남자라곤 한 번도 본 적이 없었다.

흑선이 오륙 장 거리로 좁혀졌을 때 갑자기 흑의청년이 번쩍 신형을 날려 곧장 이쪽을 향해 쏘아왔다.

척!

그는 한 마리 매처럼 포물선을 그으며 날아와 설영 앞에 가볍게 내려섰다.

"영아!"

"무야!"

덥석!

두 사람은 가깝게 마주 선 채 흑의청년은 설영을, 설영은 그를 부르며 서로의 손을 마주 잡았다.

흑의청년은 다름 아닌 태무였다.

혈월단주의 제자인 그는 현재 이십이 세의 헌앙한 청년으로 변모해 있었다.

설영이 십이 세 때, 태무가 십육 세 때 처음 만난 이후 두 사람은 두세 달에 한 번씩은 만날 수 있었다.

은리를 남몰래 연모하고 있던 태무에게 설영이 전폭적인 도움을 주었다.

지난 육 년 동안 혈월단의 흑마함이 신봉각에 찾아온 횟수는 이십오륙 차례였으며, 그중 태무와 설영이 만난 것은 십여 차례였다.

태무가 운 좋게 설영을 만난 날은 어김없이 은리도 만날 수 있었다.

설영이 태무의 손을 잡고 은리의 방으로 함께 놀러갔기 때문에 가능한 일이었다.

그리고는 설영은 태무와 은리가 가까워질 수 있도록 자신이 할 수 있는 모든 노력을 아끼지 않았다.

하지만 설영이 쏟은 노력에 비해 태무와 은리는 좀처럼 가까워지지 않았다.

두 가지 이유 때문이었다.

첫째, 어찌 된 일인지 태무는 은리 앞에만 서면 한없이 작아지고 수줍어져서 말도 더듬거렸고 툭하면 얼굴이 홍당무처럼 붉어지기 일쑤였다.

둘째, 은리는 처음부터 태무를 무서워했다.

그런데도 설영은 태무를 만나기만 하면 꾸준히 은리의 방으로 데리고 왔다.

은리는 십여 차례의 만남에도 불구하고 태무에 대해서는 여전히 벽을 쳐두고 있었으며 가까워지려고 하지 않았다.

그녀는 태무에 대해서 궁금하게 여기지도 않았고, 태무 역시 자신의 해적 생활에 대해서 밝히고 싶어 하지 않았다.

다만 태무가 강인한 체격과 성격을 지니고 있으면서도 은리 자신에게는 더없이 순진하고 헌신적이라는 것 정도는 느낄 수 있었다.

그러나 태무의 다른 일면에 어둠과 슬픔, 냉혈 같은 것들이 도사리고 있는 것을 문득문득 발견해 내고는 속으로 작게 몸서리를 쳤던 은리였다.

결론적으로, 설영의 노력에도 불구하고 은리는 조금도 태무를 좋아하지 않았다.

다만 처음에는 은리를 쳐다보지도 못했던 태무가 이제는 더듬거리면서 먼저 말을 걸 정도가 됐다는 것이 진전이라면 진전이었다.

그 반면에 육 년여가 지난 지금, 설영과 태무는 몹시 가까워진 상태였다.

태무를 은리와 가깝게 해주려다가 오히려 설영과 태무가 가까워진 것이었다.

지금 설영과 태무는 다섯 달 만에 다시 만났다. 검풍살수가 된 설영이 최종적인 교육과 훈련을 받느라 석 달 동안 외출을 하지 못했기 때문이다.

더구나 두 사람은 신봉각이 아닌 강호에서, 그것도 실로 우연히 만났으니 얼마나 반갑겠는가.

그러나 두 사람이 나눈 대화는 서로의 이름을 부른 것이 전부였다.

그들은 손을 잡은 채 서로의 얼굴을 응시할 뿐 아무 말도 하지 않았다.

둘 다 말이 많은 성격이 아니었다. 게다가 딱히 할 말이 있는 것도 아니었다.

그렇다고 두 사람이 친하지 않은 것은 아니다. 두 사람은 서로를 몹시 각별한 존재로 여기고 있었다.

굳이 많은 말을 하지 않아도 두 사람은 눈빛과, 표정과, 맞잡은 손을 통해서 나누는 체온만으로도 교감하고 있었다.

태무는 설영이 마침내 검풍살수가 되어 임무를 띠고 강호에 나왔을 것이라고 짐작했고, 설영 역시 태무가 혈월단에 관계되는 임무를 수행하는 중일 것이라고 추측했다.

정미는 태무의 얼굴부터 발끝까지 자세히 살펴보았다.

어느 곳 하나 흠 잡을 데 없이 준수하며 완벽한 청년이었다.

그런데 정미가 아는 한 설영은 분명한 여자다. 그것도 천하에 짝을 찾기 어려울 정도로 아름다운.

배를 타고 마주 다가오던 준수한 청년이 설영을 발견하고는 단숨에 허공을 날아와 설영의 손을 맞잡은 채 말없이 미소만 짓고 있다. 그리고 설영도 거의 흡사한 표정으로 바라보기만 하고 있다.

그것이 무얼 의미하는지, 아무리 세상 경험이 없는 정미라도 짐작할 수 있었다.

'맙소사! 서로 사랑하는 사이라는 거야?'

정미는 놀라서 한 걸음 뒤로 물러섰다.

거의 뇌옥이나 다름이 없는 검풍루에서 어떻게 설영이 남자를 사귈 수 있었다는 말인가?

그게 아니다. 설영은 삼 년여 전부터 한 달에 한 번씩 외출을 하는 특권을 누렸다.

그것도 그냥 외출이 아니라 악양성으로의 사흘 동안의 외출이었던 것이다.

'그랬군. 외출 때마다 이 남자를 만났던 거야……!'

정미는 그렇게밖에는 생각할 수가 없었다.

"잘 있었어?"

"응, 너는?"

한참 만에야 태무가 설영의 손을 놓으며 묻자 설영은 고개를 끄덕였다.

"나야 늘 그렇지."

그때 태무의 시선이 한곳으로 향했다. 설영과 정미의 시선도 그가 보는 곳으로 향했다.

세 사람의 시선이 멈춘 곳에는 이십여 명의 사내가 바닥에 납작하게 엎드려 절을 올리고 있었다.

방금 전까지 무차별 휘둘러 살인을 저질렀던 도검은 얌전히 어깨에 메여 있는 상태였다.

그들은 태무에게 절을 올리고 있었다.

최초에 설영과 정미를 윽박질렀던 세 명의 녹림인은 물론이고, 우두머리로 보이는 인물 이하 이 배를 공격했던 모든 녹림인들이 엎드려 있었다.

그들은 태무를 모른다. 본 적도 없다.

하지만 태무가 타고 온 흑선은 너무도 잘 알고 있다.

방금 전에 먹물의 바다 속에서 솟구쳐 오른 것처럼 칠흑의 배. 돛대 꼭대기에서 펄럭이는 핏빛 달[血月]이 수놓인 삼각의 깃발.

바로 해적 혈월단의 표기였다.

"누가 선조령(船組令)이냐?"

태무의 입에서 싸늘한 중얼거림이 흘러나왔다. 그의 그런 목소리를 설영은 처음 들었다.

선조령이란 녹림 휘하의 수적들 조장(組長)을 가리키고, 조장은 배 한 척을 지휘한다.

"소… 속하입니다……."

맨 앞에 엎드린 자가 와들와들 떨리는 목소리로 겨우 입을 열었다. 그는 목소리뿐 아니라 온몸을 떨어댔다.

"자결해라."

태무는 짧게 내뱉었다.

한 사람의 목숨을 끊으라는 말의 내용과는 달리 아무렇지도 않은 듯 무미건조한 어조였다.

설영과 정미는 흠칫 표정이 변했다. 특히 정미는 태무의 표정이 무심하기 짝이 없는 것을 보고 자신도 모르게 흠칫 가볍게 몸을 떨었다.

문득 설영은 한 척의 배가 주위를 빙빙 맴돌고 있는 것을 발견했다.

태무가 타고 온 흑선이었다. 설영의 시선이 흑선의 돛대에 펄럭이고 있는 혈월이 수놓인 삼각 깃발로 향했다.

순간 설영의 뇌리로 스쳐 가는 뭔가가 있었다.

한효령은 혈월단이 해적이라고 말했다. 해적의 주무대는 바다이지 강이 아니다.

그런데 강이 주무대이며, 녹림 휘하인 수적이 혈월단주의 제자인 태무를 마치 염라대왕 대하듯 하고 있다.

'혈월단이 한수의 녹림 무리를 장악한 것인가?

설영의 총명한 두뇌는 거기까지 추측했다. 그리고 그래야지만 지금의 상황이 설명될 수 있다.

느닷없이 자결하라는 명령을 받은 선조령은 온몸을 사시나무 떨듯 떨어댔다. 보고 있는 설영과 정미가 가련하다고 느낄 정도였다.

선조령은 자비를 바라듯 태무의 얼굴을 보고 나서 수하들의 얼굴을 돌아보았다.

태무은 더 이상 그를 보고 있지 않았고, 이십여 명 수하의 얼굴에는 거의 한결같은 표정이 떠올라 있었다.

어서 자결하라는, 그래서 자기들에게까지 화가 미치지 않게 해달라는 간절한 염원이 담긴 표정들이었다.

선조령은 안다. 혈월단이 얼마나 공포스러운 존재인지를.

태무의 명령에 불복한다면 자신을 포함한 수하들이 모두 죽임을 당하는 것은 물론 자신이 속한 수적 전체가 몰살을 당하고 말 것이다.

또 추측할 수 있다. 흑마함 중선(中船)이 지금 주위를 맴돌고 있는 것으로 미루어 태무가 혈월단 요직의 인물이라는 사실을 말이다.

그런 인물에게 수적의 일개 선조령의 목숨 따윈 파리 목숨일 뿐이다.

수적의 본분은 강을 오가는 배를 약탈하는 것이다. 그것은 송충이가 솔잎을 먹어야 하는 것과 같다.

이들은 자신들의 본분에 충실했을 뿐인데 이런 지경에 처하고 말았다.

파아!

언제 도를 뽑아 자신의 목을 베었는지 절반쯤 잘려서 뒤로 젖혀진 선조령의 목에서 피분수가 쏟아지고 있었다.

선조령의 얼굴에는 공포와 분노가 뒤섞인 채 떠올라 있었다.

그리고 그 광경을 보고 있는 수적들의 얼굴에는 두려움과 안도가 뒤섞여 있었다.

"가라."

태무가 나직이 중얼거리자 수적들은 다시 한 번 큰절을 올린 후 선조령의 시신을 수습하여 발이 보이지 않게 사라졌다.

설영이 자기보다 반 뼘 정도 더 큰 태무의 어깨에 손을 얹으며 미소 지었다.

"고맙다."

"뭘……."

태무는 쑥스러운 듯 가볍게 얼굴을 붉혔다.

정미는 그런 태무를 보면서 그가 방금 전에 소름 끼치도록 무심한 표정을 지었다는 것이 믿어지지 않았다.

"올 수 있으면 이십 일 후쯤에 한 번 와라. 리아와 악양 근교에 원족(遠足:소풍)이라도 가자."

태무의 얼굴에 가벼운 흥분이 떠올랐다가 사라진 것은 순간이었다.

"알았어."

그는 힐끗 흑마선을 돌아보고 다시 설영을 쳐다보며 나직이 물었다.

"어디로 가지?"

“개봉.”

“뭔가 도움이 필요하면 낙양 낙영루(落英樓)의 낙화귀(落花鬼)를 찾아가 봐.”

“알았어.”

태무는 슉— 몸을 돌렸다.

“잘해.”

임무를 잘하라는 뜻이고, 다치지 말라는 뜻이며, 무사히 귀환하라는 뜻일 게다.

“또 보자.”

설영은 난간으로 걸어가면서 뒤 돌아보는 태무에게 손을 흔들었다.

이즈음 정미는 머리가 어지러웠다. 두 사람이 손을 맞잡고 반가워할 때에는 영락없이 서로 사랑하는 연인 같았는데, 그 이후에는 말도 몇 마디 나누지 않았고, 헤어지는 것 역시 밋밋하기 짝이 없는 것을 보면 그도 아닌 것 같았다.

‘역시… 잘못 짚은 것인가?

태무는 흑마선이 가깝게 다가왔을 때 훌쩍 몸을 날렸다가 흑마선에 가볍게 내려서더니 이후로는 한 번도 설영을 쳐다보지 않았다.

흑마선이 하류 쪽으로 멀어지고 있었지만 설영 역시 미련 없이 몸을 돌렸다.

‘그럼 그렇지. 영아가 사랑은 무슨 얼어 죽을…….’

결국 정미는 그렇게 결론을 내렸다.

정미가 설영과 태무 사이의 각별하고 기이한 감정을 어찌 단 한 번 보고 이해할 수 있겠는가.

구룡대운방 사람들은 절반 정도 살아남았으며 운송하던 짐도 약탈당하지 않았다.

그리고 승객들이나 선원들은 한 명도 죽거나 다치지 않았다. 모두 태무 덕분이었다.

수적의 목표는 구룡대운방이 운송하던 짐인 것 같았다.

구룡대운방이나 승객들, 선원들은 어떻게 해서 자신들이 살아났는지 잘 알고 있었다.

그러나 아무도 전면에 나서서 설영에게 고맙다는 인사를 하지 않았다.

그들 역시 흑마함이 혈월단이라는 것, 그리고 혈월단이 무엇을 의미하는지 알고 있기 때문이다.

모르던 사람들은 구룡대운방 호위무사들의 설명으로 알게 되어 으스스 몸서리를 쳤다.

그들 모두는 흑마함을 타고 온 태무가 설영과 친분이 있다면, 그 역시 좋은 사람은 아니라고 판단한 것이다.

第三十三章
초살행(初殺行)

　지난밤 사이 내린 폭설로 개봉 전역은 온통 은색의 천지로 변해 있었다.

　개봉 교외에 위치한 금호방도 예외가 아니어서 이십여 채에 달하는 전각과 가산, 정원 등이 모두 한 자 이상 두께의 눈으로 뒤덮였다.

　삼층으로 이루어진 금호각(金虎閣)은 금호방의 한복판에 위치한 금호방주 금호도패왕의 집무실이다.

　금호도패왕 형곤은 잠자는 시간을 제외한 하루의 대부분을 금호각에서 보낸다.

　일층은 전체가 거대한 대전이고, 이층은 집무실과 서가, 회의실이며, 삼층은 귀빈 접견실과 연실(燕室:휴게실)로 이루어져 있다.

설영과 정미는 지난 이틀 동안 금호각 주변에 은둔한 채 꼼짝도 하지 않고 지켜보았다.

그 결과 월령사가 준 자료의 내용과 다른 두 가지를 발견해 낼 수 있었다.

자료에는 금호각 지하에 연공실이 있는데, 형곤은 지난 몇 해 동안 한 달에 한 번 남짓 연공실을 찾을 만큼 연공에 소홀하다고 적혀 있었다.

그러나 설영과 정미가 지켜본 바에 의하면 형곤은 이틀 내리 연공실에 들어갔다.

한 번 들어갈 때마다 세 시진 이상 머물렀으며, 나올 때는 기진맥진한 모습에 온몸이 땀에 흠뻑 젖어 뜨거운 김이 무럭무럭 뿜어졌다.

연공실에 들어가는 이유는 무공 연마를 하기 위해서다.

즉, 형곤은 근래에 들어서 부쩍 무공 연마에 열중하고 있다는 뜻이다.

이틀 내리 무공 연마를 했다는 것은 이틀 전에도, 그리고 앞으로도 당분간은 무공 연마를 할 확률이 높다는 예측을 가능하게 했다.

형곤에 대한 자료가 작성된 것은 최소한 두 달 전이므로 그가 무공 연마를 시작한 시기는 길어도 두 달을 넘기지 않았을 것이다.

자료와 다른 또 하나는, 자료에는 형곤이 많은 무림의 명사들과 교분이 두터워서 하루에도 수십 명의 무림 고수가 형곤을 찾아와서 차와 술을 마시곤 하는데, 한 달에 이십 일 이상은 술에 만취한 상태라고 적혀 있었다.

그런데 이틀 동안 지켜본 바에 의하면 형곤을 찾아오는, 아니, 금호각으로 안내되는 무림인은 단 두 명뿐이었다.

그것도 그들 두 명은 일행이었고, 이틀 내리 오직 그들만이 금호각에 출입한 외부인의 전부였다.

그들이 방문하면 형곤은 삼층 귀빈 접견실에서 두세 시진 이상 그들과 함께 있었다.

설영과 정미가 귀를 기울였으나 대화는 흘러나오지 않았다. 전음입밀의 수법으로 대화를 나누는 듯했다.

이틀 동안 지켜본 결과 형곤은 자신을 찾아오는 두 명과 대화를 하고, 그 후에 연공을 하는 것으로 하루 전부를 보내고 있었다.

상황이 변했다.

검풍월령사가 준 자료는 무용지물이 됐다.

월령사는 형곤이 만취한 채 잠들어 있을 때 암살하는 것이 최상의 방법이라고 했는데, 지금으로 봐서는 형곤은 술을 마실 기미가 전혀 보이지 않았다.

그렇다고 그가 술에 만취될 때까지 무작정 기다릴 수는 없는 노릇이었다.

금호각 전체를 지키는 호위무사의 수는 정확하게 이십일 명이었다.

금호각의 유일한 출입구인 대전 입구를 여섯 명이 부동자세로 지키고, 여섯 명이 두 명씩 짝을 지어 금호각 뒤쪽과 좌우를 지킨다. 그러니까 일층은 열두 명이 지키는 것이다.

이층은 계단 입구에 두 명, 집무실과 회의실, 서가 입구에 각 한 명씩 도합 다섯 명.

그리고 삼층 계단 입구에 두 명, 귀빈 접견실과 연공실 입구에 각 한 명씩 네 명이 지키고 있다.

그래서 총 이십일 명이다.

일층과 이층, 삼층은 사방에 창문이 있지만 지금은 겨울이라서 닫혀 있는 상태였다.

금호방에는 모두 일곱 등급의 무사들이 있다. 최상급이 홍의 경장을 입는데, 금호각의 호위무사들은 홍의 경장을 입고 있다. 즉, 그들은 일류고수인 것이다.

오늘로서 설영과 정미가 금호각 근처에 은둔하여 감시한 지 사흘째다.

만약 지난 이틀 동안과 같은 상황이라면 오늘도 형곤을 암살하는 일은 쉽지 않을 것이다.

살수는 결코 무리를 하지 않는다.

표적을 암살할 장소와 시간, 주변의 환경, 표적의 몸 상태

등을 면밀하게 조사하여 계산하기 때문에 운이 좋은 경우에
는 오 할의 실력만으로도 십 할의 표적을 암살할 수가 있는
것이다.

이른바 어두운 곳에서 찔러오는 창을 밝은 곳의 사람이 막
지 못한다는 얘기다.

형곤은 금호각 후원에 위치한 복호거(伏虎居)라는 자신의
거처에서 잠을 잔다.

부인과 같은 침실에서 잠을 자며, 복호거에는 형곤의 가족
은 물론이고, 금호각의 총관과 수석당주를 맡고 있는 두 동생
의 가족들도 함께 기거하고 있다.

더구나 경호가 금호각보다 더 삼엄하기 때문에 설영은 복
호거를 암살 장소에서 일찌감치 제외시켰다.

그렇다고 무한정 은둔만 하면서 지체할 수는 없었다.

좀 더 기다리면 지금보다 나은 상황이 될 수도 있겠으나 설
영은 그리고 싶지 않았고, 상황도 그리 녹록치 않았다.

사시(巳時:오전 10시) 무렵.

지난 이틀 동안 형곤을 찾아왔던 예의 그 두 명이 사흘째인
오늘도 찾아와 형곤과 함께 삼층 귀빈 접견실로 들어간 지 두
시진이 지나고 있었다.

설영은 금호각 좌측에 있는 한 그루 키 큰 노송(老松)의 위
쪽, 나무가 급격하게 금호각 쪽으로 굽어지는 아랫부분에 은

둔한 상태다.

노송은 금호각과 삼 장 정도 떨어져 있고, 설영이 은둔한 곳은 금호각의 좌측 이층 창문 높이이며, 노송이 전각 쪽으로 굽은 상태기 때문에 그와 창문과의 거리는 이 장 남짓에 불과했다.

정미는 대전 입구 전면에 곧게 뻗은 청석로(靑石路) 오른쪽의 정원 안 마른 잡목 숲 속에 은둔해 있었다.

굳이 폭설이 내리지 않았더라도 두 사람이 은둔하고자 마음만 먹으면 금호방 내에서는 그들을 찾아낼 만한 인물이 없을 것이다.

눈은 상황에 따라서는 단기간 은둔해 있을 경우에 더 이상 최상일 수 없을 정도로 좋은 은폐막이 되어준다.

하지만 해가 뜨거나 날이 따스해져서 눈이 녹아버린다면, 눈이 오지 않은 것만 못한 상황이 돼버리고 만다.

반면에 날이 추워져서 눈이 녹지 않으면 그곳을 벗어나지 않는 한 언제까지고 최상의 상태로 은둔할 수가 있다.

그러나 지금은 태양이 쨍쨍 내리쬐고 있는, 최악의 상황이 벌어지고 있는 중이었다.

대신 암살이 성공했을 경우에 도주는 염려하지 않아도 좋을 것이다.

눈이 내린 지형만큼 흔적을 감추기 힘든 곳도 없다. 그러나 눈이 녹아버리면 흔적 또한 남겨지지 않는다.

투둑! 툭!

전각의 지붕, 그리고 나무에 쌓였던 눈이 녹아서 물이 되어 떨어지고 있었다.

설영과 정미가 은둔한 첫날은 눈이 오지 않았기 때문에 그 상황에 맞게 적당한 은폐술을 펼치고 은둔을 했다.

거기에 이틀째에 눈이 내렸다가 이제는 녹고 있다. 눈이 녹아 물이 되어 흘러내리면서 애써 쳐놓은 위장을 흐뜨려 놓을 것이다. 그것이 문제였다.

이 암살 임무의 주(主)는 설영이고, 정미는 부(副)다. 즉, 모든 결정, 명령권은 설영에게 있으며, 암살도 설영이 실행한다는 뜻이며, 임무의 성패 여부와 두 사람의 생사 여부가 설영의 손에 달려 있다는 뜻이다.

"결행한다."

눈이 걷잡을 수 없이 빠른 속도로 녹는 바람에 잡목 숲 속에 은둔해 있는 정미가 극도로 초조한 심정이 됐을 때 실로 오랜만에 설영의 전음이 전해져 왔다.

설영의 목소리는 정미가 언제나 들어왔던 것처럼 조용했고 차분했다.

정미는 그가 흥분하거나 소리를 지르는 것을 한 번도 들은 적이 없었다.

"……."

설영의 전음을 듣는 순간 정미는 깜짝 놀랐다.

지금은 해가 쨍쨍한 백주대낮이다.

또한 금호각 주변은 몇 그루 노송만이 서 있을 뿐 사방이 탁 트인 개활지(開豁地)다.

가장 가까운 전각이 무려 십오륙 장이나 떨어져 있을 정도다. 그것은 금호각에 침입하는 외부인들을 쉽게 발견하기 위한 조치가 분명했다.

설영이 이층 창문으로 날아가다가 누군가의 눈에 띄든가 형곤을 죽이다가 무슨 소리라도 새어 나온다면 순식간에 금호방의 사백여 무사들이 벌 떼처럼 몰려들 것이다.

"안 돼!"

정미는 설영이 전음을 보내는 것과 동시에 결행을 할까 봐 다급한 목소리로 전음을 보냈다.

"손님이 금호각을 떠난 후 표적이 집무실로 돌아가면 결행하겠다."

설영의 지나칠 정도로 차분한 전음이 정미의 외침을 묵살하며 다시 들려왔다.

형곤은 이틀 연속 자신을 찾아온 손님을 금호각 일층 대전 입구까지 배웅했다.

직후 하루는 집무실로 올라갔다가 일각 후에 다시 내려와 연공실로 갔으며, 또 하루는 배웅을 하자마자 연공실로 직행했다.

만약 오늘 형곤이 손님을 배웅한 후 집무실로 올라간다면 바로 그때가 살행을 감행할 적기라고 설영은 판단했다.

확률은 반반이다.

대화가 길어지고 있었다. 두 명의 손님은 지난 이틀 때보다 한 시진이나 더 지났지만 어쩐 일인지 떠날 기미를 보이지 않고 있었다.

"미아, 지금 즉시 금호방 수하의 옷 두 벌을 확보했다가 손님이 떠난 후 표적이 집무실로 올라가자마자 이층으로 올라오너라."

설영으로부터 세 번째 전음이 정미에게 전해졌다.

정미는 바짝 긴장했다. 백주 대낮에 사방이 탁 트인 금호각 주변에서 무슨 수로 금호방 수하의 옷 두 벌을 확보한다는 말인가?

그러나 같은 조건에서 표적을 암살해야 하는 설영에 비하면 정미가 할 일은 땅을 짚고 헤엄치는 일이다.

주르르, 뚝뚝뚝.

설영의 몸을 뒤덮고 있는 눈이 녹으면서 여러 줄기의 물방울이 흘러내렸다.

그는 이층 창에서 시선을 떼지 않았다. 눈이 그의 온몸을 덮고 있지만 눈구멍만은 뻥 뚫려 있었다.

그가 주시하고 있는 창 안쪽은 귀빈 접견실이다. 세 사람의 말소리는 들려오지 않았다.

지난 이틀 동안처럼 전음으로 주고받는 모양이었다. 그러나 세 사람의 호흡과 맥박이 똑똑히 느껴졌다.

두 사람 것은 정상적이었고, 한 사람은 빠르고 불규칙했다.

설영은 빠르고 불규칙한 것이 형곤이라고 판단했다. 그가 적잖이 흥분을 하고 있다는 뜻이다.

설영은 형곤을 찾아온 두 사람에 대해서 아무것도 모르고 있다.

심지어는 형곤에 대해서도 아는 것이 거의 없다. 그가 금호방주이며 암살 대상이라는 것, 도를 사용한다는 정도만 기본적으로 알고 있을 뿐이다.

금호방은 중천무림의 중천십이지파 중 하나다.

중천십이지파 지존들 각자의 실력은 중천오세 지존들과 비교하면 칠, 팔 할에 미칠 정도다.

그렇지만 중천십이지파 전체와 중천오세 전체의 규모와 세력은 막상막하다.

그래서 무림인들은 말한다. 중천십이지파는 중천무림이 뿌리를 내리고 있는 기반이고, 중천오세는 그 위에 세워진 다섯 개의 기둥이라고.

사실 금호방주 형곤을 암살하려면 검풍루 최고살수인 혈인살수 정도가 출동해야 가능할 것이다.

설영의 첫 임무를 명령한 사람은 검풍루주다.

원래는 검풍루 삼대를 맡고 있는 검풍령사, 즉 월령사가 암살 대상의 강약을 파악하여 살수를 선정하는데, 이번 임무는 예외라고 할 수 있다.

검풍루주는 설영을 몹시 싫어한다. 설영이 신봉황인 은자랑과 검풍 부루주 한효령의 신임과 귀여움을 독차지하고 있기 때문에 그저 맹목적으로 싫어하는 것이다.

또한 설영의 천재성을 시기하고 있으며, 장차 그가 검풍루주가 되지 않을까 경계하고 있었다.

검풍루주가 설영을 싫어하는 이유는 무림의 특급 살수 집단인 검풍루의 루주답지 않은 이기적이며 무지몽매함에 기인하고 있었다.

어쨌든 검풍루주는 이번 임무가 설영의 첫 임무이자 마지막 임무가 되기를 원하고 있다.

설영이 극양지기를 끌어올리자 몸을 덮고 있는 수북한 눈이 순식간에 녹았다.

그러나 눈은 물이 되어 흐르기도 전에 증발하여 허공으로 흩어졌고, 젖은 옷은 보송보송하게 말랐다.

"그분을 직접 뵙게 해주시오."

형곤은 맞은편에 앉아 있는 두 인물 중 한 명을 간절하고도 진심 어린 표정으로 쳐다보며 전음으로 말했다. 아니, 그것은 차라리 애원에 가까웠다.

그가 지금 같은 표정을 짓는 것은 오십 평생 동안 아마도 처음일 것이다.

형곤의 맞은편에는 두 명의 사내가 나란히 앉아 있는데, 한 명은 키가 크고 위풍당당한 체구에 짧고 검은 수염을 기른 삼십대 후반이고, 다른 한 명은 왜소하면서도 가녀린 체구에 이십대 중반의 나이로 이마에 문사건을 둘렀으며 매우 예쁘장한 용모였다.

당당한 체구의 사내는 갈의 경장을, 왜소한 체구는 녹의 경장을 입었으며 어깨에는 한 자루씩의 장검을 메고 있었다. 그리고 두 사내 다 무심에 가까운 표정을 짓고 있었다.

"제발 부탁이오. 그분을 뵙게 해준다면 그분을 위해서 목숨을 바치겠소."

형곤이 절절한 표정으로 다시 전음을 보냈다. 그는 당당하면서도 위맹한 체구와 용모를 지녔는데 그런 표정을 짓자 매우 우스꽝스러운 얼굴이 되었다.

갈의 경장의 사내가 엄숙한 표정을 지으며 역시 전음으로 중얼거렸다.

"그분을 뵙지 못하면 그분께 충성하지 않겠다는 뜻이오?"

"그, 그런 말이 아니오! 내 말은… 그분이 살아 계신 모습을 직접 뵙고 싶다는 것이오!"

형곤은 적이 당황해서 두 손을 마구 내저었다.

그는 워낙 우직할 정도로 솔직담백한 성격이라 말을 돌려서 하지 못한다.

"당신들이 보여준 그분의 친필 서한을 못 믿겠다거나 그분의 명령을 따르지 않겠다는 것이 아니오."

그는 어떻게든 자신의 진심을 내보이려고 애썼다.

"나는 다만… 그분의 얼굴을 한 번만이라도 보고 싶을 뿐이오! 이것은 그분을 믿고 못 믿는 것과는 상관이 없소! 나는 정말 그분이 보고 싶소!"

그의 얼굴 가득 열정과 진심이 넘쳐났다.

"이런 심정은 중천사세의 협박과 회유에 끝끝내 굴복하지 않은 우리 중천오충(中天五忠) 우두머리들의 공통된 심정일 것이오!"

두 사내는 형곤의 충심을 이미 충분히 시험했기 때문에 더 이상 그를 의심하지 않았다.

지난 이틀 동안 형곤이 보여준 충심의 언행은 태산이라도 움직일 정도였다.

"그분은 현재 이곳으로 오고 계시는 중이오. 그러니 그분께서 당도하시면 당신을 그분 앞에 가장 먼저 안내하겠소."

갈의경장사내가 조용히 전음을 보내자 형곤의 얼굴에 기대감이 가득 떠올랐다.

"부디 부탁하오!"

"그전에 당신은 그분의 명령을 제대로 이행하는 것은 물론, 비밀을 지켜야 할 것이오."

"염려하지 마시오. 중천오충은 이미 형제나 다름이 없소. 또한 이 비밀은 목숨을 걸고 지킬 것이오."

중천오충이라는 말은 오륙 년 전부터 중천무림에서 생겨
난 말로, 중천사세에게 끝까지 굴복하지 않은 중천십이지파
중 다섯 방파를 가리킨다.

"가야겠소."

갈의경장사내가 묵직하게 말하며 일어서자 녹의경장사내
도 따라서 일어섰다.

"왜 본 방에서는 묵지 않는 것이오?"

형곤도 따라 일어나며 섭섭하다는 듯 물었다.

"우린 아무도 믿지 않소."

갈의경장사내의 말에 형곤은 움찔했다. 이어서 씁쓸하게
고개를 끄덕였다.

"이해할 수 있을 것 같소. 아마도 그분께서는 믿었던 자들
에게 배신을 당하신 것 같구려."

중천오충은 중천사세가 중천절을 배신했을 것이라고 짐작
하고 있었다.

저벅저벅―

두 사내는 입구 쪽으로 걸어갔다. 걸어가는 도중에 갈의경
장사내가 돌아보지 않은 채 중얼거리듯 말했다.

"우린 다시 오지 않겠소."

끼이―

"잠깐. 당신 이름을 가르쳐 줄 수 없겠소?"

녹의경장사내가 문을 열어주고, 갈의경장사내가 방을 나

갈 때 형곤이 급히 물었다.

이틀 전, 두 사내가 불쑥 찾아왔을 때 형곤이 누구냐고 물은 이후 처음으로 내뱉는 육성(肉聲)이었다.

갈의경장사내는 뚝 걸음을 멈추었다가 굵직하고 나직한 음성을 흘리면서 다시 걸음을 옮겼다.

"양궁표."

'양궁표?

설영은 방금 들은 말을 입속으로 중얼거렸다.

두 사내의 세 번의 방문 동안 처음 듣게 된 그들 중 한 명의 육성이라서 부지중에 입속으로 되뇌었을 뿐이지 아는 이름도, 기억할 필요도 없는 이름이었다.

설영은 전 공력을 끌어올려 빠르게 일주천시킨 후 온몸 구석구석으로 보냈다.

이 년 전에 구십 년이었던 그의 공력은 현재 이 갑자, 백이십 년을 상회하는 수준이다.

그러나 그는 이 갑자 공력이 어느 정도 위력인지 아직 제대로 모르고 있다.

실전에서 자신의 능력을 마음껏 발휘해 본 적이 없었기 때문이다.

한효령도 설영이 지닌 공력이나 무공 수위에 대해서는 아무 말도 하지 않았다.

설영이 직접 강호에 나가서 몸으로 부딪쳐 실감하라는 깊은 뜻이었다.

이제 형곤이 금호각 일층 대전 입구로 나와 두 사내를 배웅한 후 연공실로 가지 않고 집무실로 올라온다면 설영이 첫 임무를 실행에 옮길 것이다.

잠시 후 두 사내와 형곤이 일층 대전 입구 바깥 돌계단에 모습을 드러냈다.

두 사내는 묵묵히 돌계단을 내려가고, 형곤은 그들의 등에 대고 정중히 포권을 해 보였다.

두 사내는 뒤 한 번 돌아보지 않은 채 금호각 전면에 난 청석길 끝까지 규칙적인 걸음으로 걸어갔다가 전각 모퉁이를 돌아서 사라졌다.

형곤은 두 사내의 모습이 보이지 않을 때까지 지켜보다가 몸을 돌려 대전 안으로 들어갔다.

그는 두 사내가 방금 전의 모퉁이를 돌자마자 흔적도 없이 사라진다는 사실을 알고 있다.

왜냐하면 금호각을 지키는 호위무사들 외에 그를 보았다는 수하들이 한 명도 없었기 때문이다.

금호각 호위무사들은 형곤의 심복 중에 심복이라서 설사 죽는 한이 있어도 배신하지 않는다.

두 사내는 그런 사실을 미리 알고 있던 것 같았다.

형곤이 몸을 돌려 대전으로 들어갈 때 입구를 지키던 여섯 명의 호위무사가 깊숙이 허리를 굽혔다.

그 순간 정원의 잡목 숲 속에서 하나의 흑영이 일직선을 그으며 금호각 오른쪽 모퉁이로 쏘아갔다.

호위무사들이 허리를 폈을 때는 흑영이 모퉁이 뒤로 사라지고 난 직후였다.

이층으로 뻗은 계단을 오르는 형곤의 걸음이 빨라졌다.

이틀 전에 두 사내가 불쑥 찾아와서 '중천절' 이 살아 있다는 말과 함께 건네준 '중천절' 의 친필 서한을 읽은 후 형곤은 솟구쳐 오르는 마음의 격동을 주체할 길이 없었다. 당장이라도 가슴이 터져 버릴 것만 같았고, 목을 놓아 엉엉 통곡이라도 할 것만 같았었다.

육 년 전, 중천의 절대자 중천절이 폐관 중에 주화입마에 들어 급사했다는 중천사세 지존들의 발표를 들은 후 자포자기하는 심정으로 매일 술독에만 빠져 살았던 형곤이다.

처음에 중천절이 죽었다는 발표를 들었을 때 중천십이지파들은 믿으려 들지 않았다.

그러나 오랜 세월이 흘러도 중천절은 끝내 모습을 나타내지 않았다.

그리고 중천사세의 지존들은 빠른 속도로 중천십이지파를 장악해 나갔다.

차츰 중천절의 죽음은 기정사실화되어 갔고, 중천십이지파의 믿음도 작렬하는 태양 아래 놓인 빙산처럼 서서히 녹기 시작하더니, 채 이 년이 지나기도 전에 일곱 개 방파가 무릎을 꿇었다.

그리고 육 년이 지난 지금 다섯 방파 중천오충만 남았다.

중천사세의 탄압은 극심했다. 아니, 오히려 변심한 중천칠지파의 괴롭힘이 더했다.

중천오충 지존들의 믿음과 절개, 그리고 막연한 기다림도 한계에 도달했다.

그들은 무림과 단절된 은둔 생활을 하면서 술독에 빠지든가 폐인이 되어갔다.

두 사내가 형곤을 찾아온 전날에도 그는 곤드레가 되도록 술을 퍼마셨다.

그러나 이젠 아니다.

그를 비롯한 중천오충의 믿음이 옳았다.

중천절은 죽지 않았다. 그가 살아 있는 모습을 직접 보지는 못했지만 본 것이나 다름이 없었다.

그래서 형곤은 첫날 두 사내가 찾아왔다가 떠나자마자 부리나케 연공실로 달려 내려가 실로 몇 년 만에 곤죽이 되도록 무공 연마를 했다.

오매불망 기다리던 중천절이 돌아왔을 때 나태한 자신의 모습을 보일 수는 없었기 때문이다.

얼마 만에 느껴보는 기분 좋은 피로인가?

그는 오랫동안 무공 연마를 게을리 했던 것을 뼈저리게 후

회하며 앞으로는 몇 곱절 더 열심히 할 것을 결심했다.

그러나 오늘은 아니다. 지금부터는 할 일이 많았고, 그것은 매우 중요한 일이었다.

황공하게도 중천절은 밀사(密使)를 형곤, 자신에게만 보냈다.

중천절이 그만큼 형곤을 신임했다는 의미다. 과연 형곤의 믿음은 부질없는 것이 아니었다.

이제부터 형곤은 집무실로 돌아가 같은 내용의 네 통의 서찰을 써서 그것들을 극비리에 중천오충의 나머지 네 지존에게 보내야 한다.

그들에게 중천절의 생존을 알리고, 중천절이 명령한 내용들을 전해야 하는 것이다.

척!

집무실로 들어서는 형곤은 적잖이 흥분해 있었다.

그래서 그는 서둘러 연상(硯床)에서 지필묵을 꺼내 교탁 앞에 앉으면서도 새카만 흑의를 입고 검은 복면을 한 자객이 천장에 박쥐처럼 등을 붙인 채 아래를 굽어보고 있다는 사실을 꿈에도 눈치를 채지 못했다.

형곤은 먹을 짙게 갈고 붓에 듬뿍 먹물을 찍었다. 묵향이 실내에 은은하게 퍼졌다.

그가 고개를 숙이고 활짝 펼쳐 놓은 종이에 첫 획을 그으려고 할 때 천장에 붙은 흑의인의 등이 천장에서 떨어지며 소리

없이 하강했다.

그냥 빠르게 뚝 떨어지는 것이 아니라, 아주 느리게 추호의 기척도 없이 하강하고 있었다.

물론 흑의인은 설영이었다. 그는 형곤이 두 사내를 배웅하러 나간 사이에 집무실에 잠입한 것이다.

지금 설영이 발휘하고 있는 수법은 검풍루의 살수 수법이 아니라 아미파의 절학 중에 유운무풍(流雲無風)이라는 상승의 경공술이다.

그것은 그가 배운 아미파의 절학 중에서 경공인 백설풍운연 바로 아래 단계로써, 당금 강호에서는 거의 독보적인 절세의 수법이었다.

검풍루의 경공이 있긴 하지만 완벽을 기하기 위해서 유운무풍을 전개하고 있는 것이다.

설영은 형곤의 머리 위 일곱 척 높이에 이르렀을 때 오른손으로 가만히 어깨의 검파를 잡았다.

검파의 차가운 감촉이 손에 전해지자 심장이 가볍게 두근거렸다.

그러나 그것은 순간일 뿐,

팍!

이 척 칠 촌의 검은 검집을 벗어나는 것과 동시에 월인자삭이 초식 단혼삭(斷魂削) 삼변(三變)의 수법으로 형곤의 정수리를 베어갔다.

일책지(一磔指)의 극히 짧은 순간.

쐐애액!

새파란 검날이 형곤의 정수리 네 치 거리까지 쇄도하며 날카로운 검명을 토해냈다.

팍!

그러나 설영의 검이 벤 것은 붓이었다. 붓에 흠뻑 묻어 있던 먹물이 허공에 뿌려졌다.

형곤은 글을 쓰려다가 머리 위에서 심장의 두근거리는 소리를 들었다.

설영은 검파를 잡았을 때 단 한 차례 심장이 두근거렸을 뿐이었다. 그런데 형곤이 그것을 감지하여 순간적으로 의자에 앉은 채 뒤로 쏜살같이 미끄러지면서 붓을 휘둘러 검을 막으려 했던 것이다.

설영의 일검이 실패했다.

이런 경우 상대가 형곤 정도의 절정고수라면 살수는 즉각 물러나 도주를 선택한다.

그러나 이 살행을 주관하는 사람은 설영이다. 그는 일검이 실패한 지금 이 상황에서도 형곤을 충분히 암살할 수 있다고 판단했다.

설영은 여전히 허공에서 하강하고 있는 중이었다.

형곤은 공력을 극한으로 끌어올릴 새도 없이 즉시 설영을 향해 오른손 일장을 발출했다.

그의 성명무공이 도법이라고는 하지만, 그 정도의 절정고수라면 한두 가지 장법이나 권법쯤은 여력으로 지니고 있으며, 또한 당연히 위력적이다.

위이잉!

허공을 진동시키면서 한줄기 경력(勁力)이 화살보다 빠른 속도로 설영을 향해 뿜어졌다.

설영은 그 일장에 사십 년 정도의 공력이 실렸다는 것을 즉시 간파했다.

형곤이 전력을 다할 여유가 없었다고는 하지만, 원래 순간적으로 장력을 발출하면 본신공력의 절반 정도가 작용하기 마련이다.

그렇다면 형곤의 공력은 대충 팔, 구십 년 수준이라는 계산이 나온다.

설영은 형곤과 정식으로 일 대 일로 싸워도 십 초식 안에 죽일 수 있다는 자신감을 얻었다. 하지만 지금은 그럴 수 있는 상황이 아니다.

당장 급선무는 쇄도하는 장력을 해결하는 일이다. 피하거나 맞받아칠 수는 없다. 만약 그럴 경우 커다란 폭음이 터질 것이기 때문이다.

아무리 절정고수라고 해도 이런 경우에는 맞받아치거나 피하는 방법밖에 없다. 몸에 적중되더라도 큰 소리가 터지기는 마찬가지다.

설영의 머리가 회전했다. 다음 순간 그는 재빨리 왼손을 내밀어 형곤이 발출한 장력을 향해 손바닥을 뻗었다가 슬쩍 끌어당기는 동작을 해 보였다.

그러자 그의 장심에서 짙은 자색의 빛줄기가 일말의 음향도 없이 뿜어져 형곤의 장력을 향해 부딪쳐 갔다.

다음 순간 자광(紫光)과 형곤의 장력이 정통으로 부딪쳤지만 아무런 소리도 터지지 않았다.

그뿐만이 아니라 자광도 형곤의 장력도 흔적조차 없이 사라져 버렸다.

아미파에서도 장문인과 장로들만 펼칠 수 있다는 자령오신결(紫靈五神訣) 중의 산해결(散解訣)이라는 상승 수법이었다.

그 광경을 보는 형곤의 두 눈이 커다랗게 부릅떠졌다. 쇄도하는 장력을 흔적 없이 와해시키는 수법은 무림에 몇 가지가 있지만, 자광을 뿜는 것은 아미파의 산해결뿐이었다.

그리고 그런 사실은 너무도 유명했기 때문에 당연히 형곤도 알고 있었으며, 지금 설영이 펼치고 있는 수법을 한눈에 알아보았다.

형곤은 자신을 암살하려는 자객이 아미파 고수라는 사실 때문에 경악을 금치 못했다.

팍!

찰나 새파란 검광이 번뜩이는가 싶더니 형곤의 미간에 구멍이 뻥 뚫리면서 미간과 뒤통수에서 피가 뿜어졌다.

형곤의 육중한 몸이 뒤로 넘어갈 때 설영은 바닥에 사뿐히 내려서며 그의 몸을 잡고 바닥에 가만히 눕혔다.

형곤은 눈을 까뒤집고 입을 크게 벌린 채 설영을 잡으려는 듯 두 손을 허우적거리다가 숨이 끊어졌다.

설영은 가만히 방문 쪽을 주시했다. 집무실 밖을 지키는 호위무사가 무슨 기척을 느꼈으면 달려 들어올 텐데 그런 일은 벌어지지 않았다.

설영의 일검이 실패하고 형곤과 잠시 동안 각축이 있었지만 아무런 소리도 나지 않은 것이 분명했다.

설영은 죽은 형곤을 물끄러미 굽어보았다. 아무런 느낌도 감흥도 일어나지 않았다. 첫 임무를 성공시켰다는 기쁨 같은 것도 없었다.

삭―

"영아."

그때 창문이 열리면서 한 명의 흑의복면인이 유령처럼 스며들면서 전음으로 설영을 불렀다.

그녀는 정미인데 옆구리에 홍의 경장 두 벌과 모자 두 개를 끼고 있었다.

정미는 죽어 있는 형곤에게 슬쩍 일별을 주었다가 설영에게 홍의 경장 한 벌을 건넸다. 형곤을 보고 별다른 느낌이 없기는 정미도 마찬가지였다.

두 사람은 말없이 빠른 동작으로 자신들의 흑의 위에 홍의 경장을 덧입었다.

다행히 금호방 무사들은 모자를 쓴다. 좁지만 모자에 빙 둘러 차양도 있다.

그 정도라면 정면에서 마주치지 않는 한 얼굴을 식별하기는 어려울 것이다.

두 사람은 복면을 벗어 갈무리한 후 긴 머리를 틀어 올려 정수리 부위에 얹고, 그 위에 모자를 눌러쓰고는 턱 아래에 끈을 묶었다.

이어서 설영이 창을 약간 열고 슬쩍 아래쪽을 내려다보았는데 아무도 없었다.

원래 그곳을 지키고 있어야 할 두 명의 호위무사를 정미가 제압하고 그들의 옷을 벗겨왔기 때문이다.

물론 그들은 눈에 띄지 않는 곳에 처박힌 채 한숨 푹 자고 있을 것이다.

설영은 창을 활짝 열고 재빨리 주위를 둘러보았다. 한 차례 슬쩍 본 것에 불과했지만 그의 눈은 예리했다.

좌우 십오륙 장과 이십여 장 거리에 있는 두 채의 전각 근처에는 아무도 없었고, 창에서 밖을 내다보는 사람도 없다는 것을 확인했다.

어쩌면 누군가 숨어서 이쪽을 보고 있을지도 모르지만 그것까지는 어쩔 도리가 없었다.

운에 맡길 수밖에.

암살도 무리를 해서 대낮에 결행한 판국에, 어찌 도주인들 쉽겠는가.

설영이 먼저, 정미가 뒤따라서 한줄기 바람처럼 창밖으로 신형을 날렸다.

이어서 일층 벽 옆에 내려선 후 동작을 작게 하면서 자연스럽게 주위를 둘러보았지만 이상한 낌새는 조금도 감지하지 못했다.

이제부터는 도주다.

그러나 '얼마나 빠르게' 가 아니라 '얼마나 태연하게' 이곳을 벗어나느냐가 관건이다.

그래서 금호방 수하의 옷 두 벌로 갈아입은 것이다.

설영이 슬쩍 눈짓을 하고 방향을 잡아 걸음을 옮기기 시작하자 정미는 즉시 그의 옆에서 나란히 걷기 시작했다.

두 사람이 향하는 곳은 정면이다. 금호각의 대전 입구에는 여섯 명이, 뒤쪽에는 두 명이 지키고 있다.

그들의 눈에 띄지 않으려면 금호각을 등지고 똑바로 걸어가는 수밖에 없었다.

십여 장쯤 걸어가면 그들의 눈에 띄겠지만, 그때는 금호각에서 멀찌감치 떨어졌기 때문에 별 의심을 하지 않을 것이라는 게 설영의 생각이었다.

백주 대낮, 그것도 개미새끼 한 마리도 보이지 않는 드넓은 마당을 이 방파의 지존을 암살한 두 명의 살수가 버젓이 가로

질러 걸어가고 있었다.

설영과 정미가 미리 숙지해 놓은 바에 의하면, 이곳에서 전면으로 이십여 장 우측에 보이는 전각 모퉁이를 돌아가면 금호방의 담장과 면해 있는 숲이 나오는데, 그 숲으로 들어가 오 장쯤 가면 담이 나온다.

담 밖은 산기슭이기 때문에 담만 넘으면 도주의 칠, 팔 할은 성공했다고 할 수 있다.

머리만 삶으면 귀는 저절로 익는 법이다[烹頭耳熟]. 암살에 성공했고, 이제 금호방의 담만 넘으면 돼지 머리를 푹 삶는 것이나 진배가 없다.

금호방이 육 년 전 중천십이지파의 하나로써 위세를 떨칠 때 같았으면 수많은 사람들이 방 내를 오가고 경비가 철통같았을 것이므로 설영과 정미가 지금처럼 태연히 걸어갈 수 없을 것이다.

살수에게 가장 중요한 것은 뭐니 뭐니 해도 담력이다.

강건한 담력을 키우기 위해서 설영과 정미는 이루 설명하기 힘들 만큼 혹독한 수련을 거쳤다.

그런데도 정미는 지금과 같은 상황에 처하게 되자 걸어가는 도중에 자신도 모르게 전신 모공에서 땀이 솟아나 옷이 축축하게 젖었다.

얼굴에서도 땀이 흘러 눈으로 들어가는 바람에 몹시 따가워 눈을 뜨고 있기가 어려웠다.

또한 극도의 긴장 때문에 몸이 가늘게 떨렸다. 담력이라면 누구보다 자신이 있었기에 자신이 지금 같은 반응을 보일 것이라고는 꿈에도 생각하지 못했던 정미였다.

하지만 이제 겨우 오 장 남짓 걸었을 뿐이다. 앞으로 가야 할 거리가 십오 장여.

공력을 일으켜 땀을 증발시켰지만 땀은 계속 흘러내렸다.

그냥 그 자리에 주저앉고만 싶었다.

그러나 그보다 더 두려운 것은, 자신의 이런 모습을 설영이 알게 되는 것이었다.

이번 일은 설영에게도 정미에게도 첫 임무이다. 더구나 설영이 정미를 지목해 주었다.

그런데 정미 자신은 별로 한 일도 없으면서 이렇게 약한 모습을 보이는 것은 참을 수가 없었다.

"한수에서 만난 그 청년 기억하지?"

그때 설영이 불쑥 전음을 전해왔다. 뜬금없는 말이다.

정미가 설영을 보자 그는 전면을 주시하고 있는데 얼굴에는 땀이라곤 없었으며 추호도 긴장하는 기색이 없었다.

역시 설영은 달랐다. 정미 자신하고는 비교도 할 수 없는 존재였다.

정미가 부끄러움을 느끼면서 급히 시선을 전면으로 할 때 설영의 전음이 이어졌다.

"그놈 이름이 태무야. 네가 보기에는 어때?"

“뭐… 가?”

정미는 의아한 얼굴로 되물었다.

“태무 말이야. 멋진 놈이지 않아?”

“그런가……?”

“미아, 네가 태무에게 관심이 있다면 내가 소개시켜 줄게.”

“뭐… 뭐?”

정미는 어이가 없어서 하마터면 전음이 아니라 육성으로 나직한 외침을 터뜨릴 뻔했다.

“영아, 너 날 뭘로 보고… 내가 친구의 연인이나 뺏는 여자로 보이니?”

정미는 발끈해서 설영을 힐끗거리며 뾰족하게 항의했다.

“나하고 태무는 그저 친구 사이지 연인이 아니니까 그런 건 개의치 않아도 돼.”

“그래도 난 싫어! 남자 따윈 관심 없다구!”

정미의 목소리가 더 날카로워졌다.

“다 왔다.”

“……?”

갑자기 설영의 전음의 음정이 변했다. 정미는 의아한 얼굴로 그를 쳐다보았다.

설영이 정미의 손을 잡고 힘을 주며 한쪽으로 이끌었다.

정미는 약간 어리둥절한 상태로 그에게 끌려가면서 주위를 둘러보다가 깜짝 놀랐다.

자신들이 목적했던 전각의 모퉁이를 돌아 어느새 숲 근처까지 이르러 있었던 것이다. 그리고 설영이 이끌고 있는 방향은 숲이었다.

숲으로 들어선 두 사람은 바람처럼 담을 향해 쏘아갔다.

쏘아가면서 정미는 앞서 가는 설영을 보며 감탄을 금할 수가 없었다.

설영이 태무의 이야기를 하는 바람에 정미는 자신도 모르게 극도의 긴장감에서 해방될 수 있었던 것이다. 땀도 흘리지 않았고, 몸이 떨리는지도 몰랐다.

'정말 영아는…….'

정미는 설영에게 더할 수 없는 고마움을 느꼈다.

그러고 보니까 정미나 혜윤은 설영에게 무언가 해준 것이 없이 늘 받기만 했다.

정미나 혜윤이 귀찮게 하지 않았다면 설영은 무공 수련에 더 많은 진전을 보았을 것이 분명했다.

그런데도 설영은 한 번도 정미나 혜윤을 귀찮아하지 않고 무엇을 묻건 친절하게 가르치고 이끌어주었다.

'난 영아를 위해서라면 죽을 수도 있어……!'

정미는 담을 넘어 산기슭을 쏘아가는 설영을 뒤쫓으며 잘근 입술을 깨물었다.

第三十四章
성공과 실패

"그게 정말인가요?"

은자랑은 적잖이 놀라서 자신도 모르는 사이에 목소리가 높아졌다.

한효령은 은자랑 앞에 서서 정중하게 허리를 굽혔다.

"틀림없습니다. 영아가 속한 삼대의 월령사에게 속하가 직접 들은 사실입니다."

그녀의 목소리에는 깊은 근심과 염려가 가득했다.

은자랑은 어이없는 표정으로 중얼거렸다.

"처음 살행에 금호도패왕 같은 절정고수를 할당하다니, 어떻게 이런 우매한 일이……."

"월령사의 말에 의하면, 원래 영아의 첫 임무는 그 아이가 손쉽게 완수할 수 있는 표적이었다고 합니다."

은자랑의 얼굴에 떠올라 있는 어이없는 표정은 쉽사리 사라지지 않았다.

"그런데 어째서 갑자기 금호도패왕으로 바뀐 건가요?"

"루주의 명령이었답니다."

은자랑의 얼굴에 한층 더 어이없다는 표정이 떠올랐다가 곧 차디차게 변했다.

그녀는 잠시 고개를 숙인 채 침묵을 지키더니 이윽고 고개를 들며 조용히 입을 열었다.

"검풍루주를 데려와라."

한효령에게 한 말이 아니었다. 밤낮으로 은자랑 주위에 그림자처럼 호위하고 있는 수하에게 내린 명령이었다.

은자랑은 잠시 더 침묵을 지키며 창밖을 바라보고 있다가 말문을 열었다.

"금호도패왕은 중천무림의 이십대고수에 꼽히는 절정고수예요. 구파일방의 장로 급이라는 뜻이에요."

한효령은 은자랑처럼 창밖을 보면서 아무 말도 하지 않았다.

한효령은 설영을 직접 가르치고 그를 가장 가까이에서 지켜본 사람이다.

그러므로 그녀는 설영의 무위를 완전히는 아니더라도 웬

만큼은 짐작하고 있다.

그녀가 아는 한 설영의 무위는 자신과 비슷하며 구파일방 장로 정도의 수준이다.

그러므로 운이 따라준다면 이 어이없는 첫 임무를 성공시키고 무사히 돌아올는지도 모른다.

그러나 문제는 금호도패왕과 일 대 일로 싸우는 것이 아니라 철통같은 금호방에 잠입하여 그를 죽이고, 또 무사히 도주해야 한다는 사실이었다.

"영아가 비록 뛰어난 무위를 지니기는 했지만 금호도패왕을 상대하기에는 역부족이에요."

은자랑은 한효령만큼 설영을 모르고 있다. 당연한 일이다.

"우리는 정말 아까운 재목을 잃었군요……."

한효령은 그렇게 말하는 은자랑의 목소리가 촉촉하게 젖어 있는 것을 느꼈다.

은자랑은 설영이 임무를 성공시키지 못할 것이라고 판단한 것 같았다.

"부루주."

창밖을 바라보며 한효령을 부르는 은자랑의 목소리가 여태까지와는 다르게 나직이 가라앉았다.

"말씀하십시오."

"영아를 사랑하고 있죠?"

"……."

한효령은 움찔 놀라 은자랑을 쳐다보았다. 무슨 의미로 묻는 것인지를 알아내려는 듯했다. 은자랑은 여전히 창밖에 시선을 고정시킨 채였다.

한효령은 잠시 그녀를 응시하면서 표정이 복잡하게 변하다가 이윽고 체념한 얼굴로 가볍게 고개를 숙였다.

"그렇습니다."

"또한 부루주는 영아에 대해서 내게 말하지 않은 것이 있지요?"

착각이었을까? 한효령은 은자랑의 목소리가 약간 냉정해졌다고 느꼈다.

"……"

한효령은 다시 움찔하며 아무 말도 하지 못했다.

이후 은자랑은 입을 굳게 다물었다. 이럴 때는 많은 말을 하기보다는 단 한 마디의 말이 상대에게 충격을 준다는 것, 그리고 원하는 바를 이끌어낼 수 있다는 사실을 그녀는 잘 알고 있었다.

그것은 거대한 조직을 이끌고 있는 거목(巨木)들의 공통된 능력이었다.

과연 한효령은 큰 충격을 받았다. 그녀는 은자랑이 자신과 설영이 의모녀 관계를 맺었다는 사실을 이미 알거나 짐작하고 있는 것이라고 판단했다.

한참 만에 한효령은 어렵사리 입을 열었다.

“용서하십시오.”

“무엇을 용서할까요?”

“속하는… 영아와 의모녀 사이입니다.”

“그래요?”

은자랑은 한효령을 쳐다보며 낮은 탄성을 터뜨렸다.

한효령은 그녀의 얼굴에서 이 사실을 처음 알았다는 표정을 읽고 아차 싶었다.

“잘됐어요. 당신은 영아의 좋은 모친이었을 거예요.”

은자랑의 말은 듣기에 따라서 마치 설영이 더 이상 이 세상에 존재하지 않는 사람인 것처럼 들렸다.

또한 그녀가 한효령과 설영이 의모녀를 맺은 일을 묵인한다는 의미도 포함되어 있었다.

“그러나 그것은 내가 듣고 싶은 말이 아니로군요.”

한효령은 허리를 굽혔다.

“속하는… 그것 외에는 단주를 속이지 않았습니다.”

은자랑은 뒷짐을 지고 창밖으로 시선을 던졌다. 그녀의 낯빛이 굳어지며 차가워지는 것을 한효령은 발견했다.

“영아가 남자라는 사실을 설마 당신은 모르고 있었다고 말할 건가요?”

“……”

한효령은 숨이 턱 막혔다. 청천벽력 같은 말이어서 자신의 귀를 의심할 정도였다.

"속하가… 잘못 들은 것입니까?"

"영아가 남자라는 뜻으로 알아들었다면 제대로 들었어요."

"설마……."

한효령의 얼굴에 불신의 표정이 가득 떠올랐다. 설영이 남자라니, 있을 수도 없는 일이다.

만약 그게 사실이라면 설영과 가장 가까운 한효령 자신이 모를 리가 없었다.

그런데 그녀는 지금 그 중요한 사실을 설영과 친하다고는 하지만 자신과는 비교할 바가 못 되는 은자랑의 입을 통해서 듣게 된 것이다.

"당신은 모르고 있었군요."

은자랑은 한효령의 표정에서 그녀의 진심을 읽어내며 씁쓸한 표정을 지었다.

이 순간에 한효령이 맛보고 있을 묘한 배신감을 짐작하기 때문이었다.

사실 은자랑은 설영에게 지대한 관심을 갖고 있었다.

설영을 자신의 제자로 삼고 싶다는 것이 관심의 칠 할이고, 삼 할은 또 다른 의미였다.

은자랑은 설영이 남자라는 사실을 은리나 다른 사람에게서 들은 것이 아니다.

그녀가 설영에게 갖고 있는 관심의 삼 할이 그를 남자라고 알아본 원인이었다.

설영을 한 번 두 번 볼 때는 잘 몰랐는데, 자꾸 보게 되니까 은자랑은 언젠가부터 그가 누군가와 닮았다는 사실을 깨닫게 되었다.

그 누군가는 은자랑이 죽은 후에도 잊지 못할 사내 설무검이었다.

설영이 설무검과 닮은 것 같다는 생각이 들었을 때 은자랑은 곧 고개를 가로저었다. 설무검에게는 누이동생이 없었기 때문이다.

그래서 그녀는 한동안 설영을 보면서 그저 막연히 설무검을 그리워했을 뿐이다.

사실 설무검과 설영의 용모는 크게 다르다. 설무검이 사내 대장부의 완성이라면, 설영은 아름다움의 극치였다.

그러나 설무검을 잘 알고 있는 사람이라면, 설영을 보는 순간 설무검과 닮았다는 사실을 즉시 깨달을 수 있을 것이다.

같은 부모에게서 태어난 형제자매라면 아무리 판이하게 다른 용모를 지녔다고 하더라도 닮은 구석이 한두 군데쯤은 있기 마련이다.

그런 것이 신비하고도 오묘한 핏줄의 조화이다.

그런데 설영은 보면 볼수록 설무검과 많이 닮았다.

그것은 같은 씨앗을 심었으나 하나는 들판에서 비바람을 맞으며 거칠게 자라고, 다른 하나는 온실에서 화예가(花蕊家)

의 온갖 손길을 받으며 자라나 나중에는 두 화초의 모습이 전혀 다른 종류처럼 보이는 것과 같은 이치다.

하지만 두 화초를 자세히 관찰하면 비슷한 부분을 여러 곳 찾아낼 수가 있다.

형제자매는 같은 뿌리이며, 같은 가지이다[同根連枝]. 다르다고 해야 다를 수가 없는 것이다.

그래서 은자랑은 혹시 설영이 사내 아이가 아닐까 하고 어림도 없는 생각을 해봤다가 혼자 피식 실소를 지었었다.

정보에 의하면 설무검의 친동생인 설영은 중천군림성이 멸문을 당하던 날 비참하게 죽었다고 했다.

그렇게 은자랑은 설영이 은리를 찾아와서 놀고 있을 때마다 자신도 모르게 은리의 방으로 찾아가 설영을 하염없이 바라보며 설무검을 그리워하는 버릇이 생겼다.

그렇게 몇 년이 흘러 설영이 앳된 아이의 티를 벗고 성장을 하자 설무검과 닮은 모습이 더 뚜렷하고 확연하게 나타나기 시작했다.

마침내 은자랑은 설영의 존재를 좀 더 분명하게 확인하지 않고는 도저히 견딜 수 없는 지경에 이르고 말았다.

그래서 수하에게 설영의 뒷조사를 해보라고 지시했다.

그 결과 설영이 하남 남부 지역에 있는 소가장(蘇家莊) 장주의 딸이며, 그가 십이 세 되던 해에 소가장이 지역 분쟁에 휩싸여 멸문을 당했고, 간신히 살아남은 설영, 아니, 소영은 호위무사인 곽정과 함께 떠돌다가 항주까지 흘러들어 한매루를 통해서 지금에 이르렀다는 보고를 받았다.

설영은 은리나 한효령, 정미나 혜윤에게도 자신의 이름을 '소영'이라고 소개했다.

아니, 그는 아주 오랫동안 소영으로 지냈기 때문에 자신이 '설 씨'라는 사실을 잊고 살아왔다.

그래서 이따금 자신이 정말 '소 씨'가 아닐까 하고 의아해할 때도 있을 정도였다.

은자랑이 알아본 바에 의하면 설영은 소영이었다. 또한 멸문한 소가장의 일점혈육이다.

그녀는 백봉령루의 정보망을 통해 하남 남부 지방에 있었다는 소가장에 대해서도 알아보았다.

그 결과 하남 남쪽 회하(淮河) 상류 나산현(羅山縣)이라는 곳에 소가장이 있었으나 육 년여 전에 멸문했다는 보고를 받을 수 있었다.

그 정도면 충분했다. 더 이상 알아볼 것도 없었다. 결국 은자랑은 설영이 설무검의 동생이 아닌 멸문한 소가장의 일점혈육인 소영이라는 결론을 내려야만 했다.

그러나 한 가지 소득은 있었다. 은자랑의 수하가 악양 벽파장 하인들에게 물었을 때에는 설영, 아니, 소영이 여자라고 했는데, 더 자세히 알아본 결과 나산현 소가장주에게는 아들만 하나 있었다는 것이었다.

설영이나 곽정, 곽선랑은 은자랑의 수하가 벽파장의 하인에게 설영의 신분 내력에 대해서 꼬치꼬치 알아갔다는 사실을 모르고 있었다.

벽파장의 하인들은 설영의 이름이 '소영'이고, 멸문한 소가장의 일점혈육이라고 알고 있다.

혹시 아직도 자신을 추적하는 무리가 있을지도 모른다고 염려한 설영이 하인들에게는 그런 정도로 얘기해 두라고 곽정에게 지시했기 때문이다.

설영은 육 년 전에 추격자들에게 쫓길 때 소가장에서 하룻밤 피신했던 적이 있었다.

다음날 소가장을 떠나기는 했지만, 소가장은 추격자들에 의해서 멸문되고 말았다.

멸문당한 이유는 설영을 받아들여 하룻밤 재워주었다는 것이었지만, 그 이유를 알고 있는 사람은 추격자들과 죽은 소가장 사람들뿐이었다.

그것이 훗날 이런 식으로 은자랑의 귀에 와전(訛傳)되어 전해지리라고는 상상조차 하지 못했다.

은자랑은 설영이 남자라는 사실을 알게 됐다. 하지만 그것 때문에 설영을 다그치지도 중벌을 내리지도 않고 그냥 모르는 체 덮어두었다.

그러기에는 설영이라는 재목이 너무 아까웠기 때문이고, 설무검을 닮은 그를 차마 내칠 수가 없었다.

“그랬군요.”

한참 만에 한효령은 한숨처럼 중얼거렸다.

돌이켜 생각해 보니까 설영에게서 이상한 점을 느낀 것이 한두 가지가 아니었다.

그러나 이제 와서 설영이 남자라는 사실을 알고 나니 모두 이해할 수 있었다.

하지만 큰 충격이었다. 설영이 남자라는 사실보다는 그가 자신에게 숨기고 있는 것이 있었다는 사실 때문이다.

‘무슨 사연이 있겠지.’

한효령은 속으로 그렇게 중얼거리면서 애써 이해하려고 했지만 마음대로 되지 않았다. 감정이 이성을 따라주지 않는 것이었다.

그때 한효령은 한 가지 사실에 생각이 미쳤다. 그녀는 복잡한 표정으로 은자랑을 바라보며 물었다.

“그런데 왜 영아에게 벌을 내리거나 내쫓지 않으셨습니까?”

은자랑의 입가에 쓸쓸한 미소가 떠올랐다.

“당신하고는 비교할 수 없겠지만, 나도 그 아이를 많이 좋아해요. 그리고……”

그녀는 잠시 뜸을 들이다가 말을 이었다.

“제 동생 리아는 영아를 무척 좋아해요. 아마 영아에게 무슨 일이 생기거나 그 아이를 내쫓는다면 리아는 살 수 없을 거예요.”

한효령은 크게 놀랐다. 그녀는 설영과 은리가 친하다는 정도만 알았지 그 정도일 줄은 생각하지 못했다.

척!

그때 방문이 열리고 검풍루주가 들어서는 바람에 두 사람의 대화는 거기에서 중단됐다.

검풍루주는 신봉후 은자랑의 방에 한효령이 함께 있는 것을 보고 적잖이 놀라는 표정이더니 곧 은자랑에게 공손히 허리를 굽혔다.

"부르셨습니까, 단주."

"왜 영아에게 당치도 않은 임무를 맡긴 것이냐?"

은자랑은 거두절미하고 싸늘하게 일갈했다. 그녀는 평소 검풍루주나 한효령, 염뢰방수에게 예의로써 대하고 존대를 했지만 지금은 거침없이 하대를 했다.

검풍루주의 몸이 움찔 크게 떨렸고 눈동자가 이리저리 마구 흔들렸다. 그녀는 은자랑에게 이런 식의 거친 하대를 처음 듣는 것이다.

"무… 슨 말씀이신지…….."

"영아의 첫 임무가 금호도패왕을 암살하는 것이고, 그것이 네가 월권을 하여 명령한 것인 줄 이미 알고 있다!"

"……."

검풍루주의 얼굴에 당혹감이 떠올랐다. 그녀는 힐끗 한효령을 쳐다보았으나 한효령의 얼굴은 은자랑보다 더 서릿발 같아서 얼른 시선을 돌렸다.

한효령이 은자랑에게 고자질했음을 짐작할 수 있지만 지금은 그것을 따질 처지가 아니었다.

처음부터 한효령 정도는 자신이 무마시킬 수 있을 것이라고 계산했던 검풍루주였다.

검풍루의 전권은 루주 한 사람에게 집중되어 있다. 부루주인 한효령이 항의해 봤자 무슨 소용이 있겠는가? 단지 그렇게만 여긴 것이다.

그러나 한효령이 은자랑에게 고자질할 줄은 몰랐다.

더 큰 일은, 설혹 은자랑이 알았더라도 이렇게까지 화를 낼 줄은 예상하지 못했다는 사실이다.

아니, 그녀가 설영을 이토록 애지중지할 줄은 미처 몰랐다는 설명이 옳았다.

은자랑의 추상같은 호령이 이어졌다.

"영아는 검풍삼대에 배치됐으니 삼대주인 월령사가 그 아이의 첫 임무를 주선하는 것이 원칙이다!"

은자랑은 설영이 검풍삼대에 배치됐다는 사실마저도 알고 있었다.

검풍루주의 몸이 가늘게 떨리기 시작했다. 그녀는 곧 자신에게 닥칠 그 무엇을 예감하는 듯했다.

원래 큰 불행이나 기쁨은 워낙 충격이 커서 그 당시에는 잘 느끼지 못하다가 나중에서야 두고두고 곱씹으며 후회하거나 흐뭇해하기 마련이다.

"검풍루의 전권은 루주인 너에게 있으니 설혹 월권을 하더라도 용납할 수는 있다고 치자! 그러나 영아의 첫 임무로 중천이십대고수 중 하나인 금호도패왕을 암살하라고 명령한 것은 그 아이를 사지(死地)로 내몬 것이나 다름이 없다! 이 정도면 월권이 아니라 아예 사형선고가 아니더냐?"

얼마나 노했는지 은자랑의 호통에 방 전체가 웅웅 떨어 울리며 진탕을 쳤다.

한효령과 검풍루주는 그녀가 이렇게 노성을 지르는 것도, 이렇게 많은 말을 하는 것도 처음 보았다.

"영아에게 임무를 주느니 차라리 네 손으로 영아의 심장에 검을 찌르지 그랬느냐?"

검풍루주를 꾸짖을 것이라고 예상은 했으나 이 정도일 줄은 몰랐던 한효령은 적잖이 놀랐다.

설영은 정식으로 검풍살수가 되면서 검풍사십칠호라는 호칭을 부여받았다.

그런데도 은자랑은 공공연하게 '영아' 라고 불렀다. 그것은 검풍루주의 귀에 은자랑이 얼마나 설영을 총애하는지를 새삼 강조하는 것으로 들렸다.

"용서하십시오. 속하는……."

"변명 따윈 들을 것 없다!"

검풍루주가 무릎을 꿇고 이마를 바닥에 대며 말하는 것을 은자랑이 매몰차게 끊었다.

"너는 영아를 아주 미워하고 있는 것이 분명하다. 그러지 않고는 영아에게 그런 어이없는 임무를 안겨서 사지로 보냈을 리가 없다."

검풍루주의 머릿속은 혼돈이었다. 평소에 냉철하던 이성도 지금 이 순간에는 뒤죽박죽이었다.

은자랑은 검풍루주의 변명을 한마디도 듣고 싶지 않았다. 단주 정도 되는 지위면 자신이 거느리고 있는 사람들의 성품을 훤히 꿰뚫고 있어야 한다.

은자랑은 검풍루주의 성격이 냉철하고 지혜로운 반면에 편협하고 독선적인 면도 있다는 것을 이미 오래전부터 알고 있었기에 그녀가 어째서 설영을 미워하는지 충분히 짐작할 수 있었다.

그녀는 설영이 봉황단주에게 총애를 받는 것, 그래서 설영이 어쩌면 장차 검풍루주가 될지도 모른다고 생각하여 후환을 없애려고 섣불리 수작을 부렸을 것이다.

은자랑의 분노는 쉽사리 식을 줄 몰랐다. 생각할수록 화가 치밀었다.

그녀는 무릎을 꿇고 있는 검풍루주를 냉엄한 얼굴로 굽어보며 결국 벌을 내렸다.

"너는 검풍루주의 자격이 없다. 지금부터 너는 검풍루주가 아닌 일개 검풍살수다."

검풍루주의 몸이 후드득 떨리더니 경악과 간절함이 교차된 표정으로 은자랑을 바라보았다.

그러나 은자랑은 한효령을 보며 방금과는 다른 담담한 표정으로 말했다.

"부루주가 루주가 돼줘야겠어요."

"단주, 속하는……."

"부탁해요."

하늘 같은 존재인 봉황단주가 수하에게 '부탁' 한다고 했다. 한효령은 물러설 수 없음을 깨달았다.

"알겠습니다."

은자랑은 망연자실해 있는 검풍루주를 쳐다보지도 않고 창 쪽으로 몸을 돌렸다.

"너를 검풍루 삼대에 배속시키고 검풍사십구호라 부르겠다. 가라."

검풍루주, 아니, 검풍사십구호는 바닥이 푹 꺼지며 한없이 추락하는 절망을 느꼈다.

삼대에는 설영이 있다. 설영이 검풍사십칠호고 정미가 사십팔호다.

예검녀 혹은 영검낭자를 수료한 순서대로 검풍살수의 호번(號番)을 부여받는 것이다.

그러므로 그녀는 설영의 아랫사람이 된 것이다.

만약 설영이 살아서 돌아온다면 말이다.

　　　　　*　　　　*　　　　*

낙양.

"금호방주가 죽어?"

"주루에서 무림인들이 대화하는 것을 소제의 두 귀로 똑똑히 들었습니다, 이형님."

단랑은 흥분된 표정을 감추지 못한 채 말을 이었다.

"금호방주가 살수에게 살해당했다는 소문이 중천무림 전역에 파다합니다."

여간해서는 놀라지 않는 양궁표의 얼굴에 커다란 놀라움이 떠올랐다가 잠시 후에 복잡한 표정으로 바뀌었다.

"헛소문일까요, 아니면 금호방주 형곤이 일부러 퍼뜨린 소문일지도 모릅니다."

"대형께서 나를 통해 형곤에게 내린 명령은 중천오세에 굴복하지 않은 방파나 고수들을 규합하라는 것과 중천사세의 지존들과 그들에게 복종하는 방파의 우두머리들의 소재를 파악하라는 것이었다. 그런데 그가 자신이 죽었다는 소문을 무엇 때문에 일부러 퍼뜨리겠느냐?"

평소에는 과묵하기 짝이 없는 양궁표가 말이 많아졌다. 지금은 과묵할 때가 아니었다.

단랑의 얼굴이 극도의 긴장으로 물들었다.

“그렇다면 헛소문이 아니겠군요.”

“소문은 사실일 것이다.”

“금호방주가 어째서 살수에게 살해당한 것일까요? 하필이면 이럴 때.”

단랑은 말하다가 무슨 생각을 했는지 적이 놀라는 표정을 지었다.

“그가 대형의 명령을 수행하던 도중에 발각돼서 중천사세 놈들에게 살해당한 것이 아닐까요?”

양궁표의 얼굴이 돌덩이처럼 굳어지고 원래 날카로운 눈매가 가늘어지며 더욱 날카로워졌다.

“형곤이 살해당한 시간이 언제라고 하더냐?”

“그것까지는 모르겠습니다.”

“알아오너라.”

단랑은 뭔가 물으려다가 양궁표가 엄청 굳은 얼굴로 허공의 한 점에 초점을 고정시킨 채 생각에 잠긴 듯하자 그냥 방을 나섰다.

두 사람이 묵고 있는 곳은 객잔의 이층 객방이었다. 바로 아래층이 주루였으므로 멀리 갈 필요 없이 그곳에서 알아보면 될 일이다. 형곤이 살해당했다는 소문도 조금 전에 그곳에서 들었다.

주루에는 많은 무림인들이 있었으며, 그들이 화제로 삼고 있는 것은 단연 금호방주의 암살에 대한 것이었다.

금호방주 형곤을 양궁표와 함께 사흘 동안 찾아갔던 사람은 바로 단랑이었다.

두 사람은 형곤을 찾아갈 때마다 금호방에 몰래 잠입했고, 나올 때 역시 추호의 흔적을 남기지 않았다고 나름대로 자신하고 있었다.

단랑은 나갔다가 반각도 지나지 않아서 총총히 객방으로 돌아왔다.

양궁표는 그녀가 방을 나갈 때 모습 그대로 있었다. 단랑은 탁자의 양궁표 맞은편에 앉으며 초조함을 감추지 못하는 얼굴로 입을 열었다.

"이형님, 형곤은 어제 정오 직전에 살해당했답니다."

양궁표의 눈썹이 꿈틀 하고 꺾였다.

"그 시각이면 우리가 금호방에서 나온 직후가 아닙니까?"

양궁표와 단랑이 형곤과 헤어진 직후에 그가 암살을 당했다면, 흉수는 줄곧 지켜보고 있었다는 뜻이 된다.

도대체 얼마나 지켜보고 있었던 것인가?

양궁표와 단랑은 동시에 등골이 오싹한 느낌을 받았다.

양궁표는 사흘 동안 형곤을 만나면서 조심에 조심, 만전에 만전을 기했었다.

현재 그가 지닌 공력은 백 년, 단랑은 일 갑자 육십 년 정도의 수준이다.

양궁표는 북두신공을 극성으로 터득한 후에 설무검으로부

터 무극파천황을 전수받았기에 백 년 공력을 쌓을 수 있었다.

설무검의 형제들 중에서 무극파천황을 배운 사람은 양궁표 한 사람뿐이다.

다른 형제들은 아직 무극파천황을 전수받을 준비가 되어 있지 않았다.

백 년 공력의 양궁표는 금호각 주변에 호위무사들 외에는 아무도 없다는 것을 몇 번이나 확인했다.

그런데도 누군가 지켜보고 있었다는 사실을 알게 되자 등골이 오싹한 것은 당연했다.

양궁표가 아무 말이 없자 단랑은 몹시 초조하게 양궁표의 표정을 살피며 물었다.

"이제 우린 어떻게 해야 합니까?"

설무검은 금호방주 형곤의 충성심을 잘 알고 있었다. 그래서 양궁표와 단랑에게 그를 찾아가서 자신의 친필 서한과 명령을 전하라고 했던 것이다.

그러나 설무검도 형곤이 암살당할 것은 예상하지 못했기에 이런 상황에 대비한 명령을 양궁표에게 해주지 않았다.

계획대로라면 설무검은 열흘쯤 후에 이곳 낙양에 당도할 것이다.

설무검이 당도할 때까지 기다릴 것이냐, 아니면 어떤 조치를 취해야 할 것인지는 순전히 양궁표의 몫이었다.

양궁표는 입을 굳게 다물고 여전히 허공의 한 점에 초점을 고정시킨 채 침묵을 지켰다.

침묵에는 여러 종류가 있지만, 지금 같은 것은 질식할 것만 같은 침묵이었다.

단랑도 지금 같은 상황에서는 어떻게 하는 것이 최선책일지 생각해 보았다. 그리고 오래지 않아서 나름대로의 생각을 정리했다.

'형곤은 중천십이지파 가운데에서 중천오세에게 굴복하지 않은 방파가 다섯 곳이라고 했으니, 우리는 그중 다른 한 방파에 찾아가서 중단된 임무를 완수해야만 할 것이다.'

단랑과 양궁표는 거의 같은 시간에 생각을 마쳤다. 그러나 결과는 달랐다.

"우린 대형을 기다린다."

"이형님."

"네가 무슨 생각을 하고 있는지 알고 있다. 하나 그러면 안 된다."

양궁표는 단랑의 속을 훤히 들여다보는 것처럼 말했다.

"어째서입니까?"

"배에는 선장(船長)과 여러 선원들이 타고 있다. 우리가 탄 배의 선장은 대형이시고, 목적지와 항로(航路)는 대형밖에 모른다. 그런데도 너는 우리가 이 배를 몰아야 한다고 생각하느냐?"

양궁표의 말은 단랑이 나름대로 열심히 생각해서 내린 결정을 여지없이 묵살했다.

양궁표는 형제들 중에서 설무검과 가장 많이 닮았다는 평을 받고 있다.

양궁표에게 있어서 설무검은 지향하는 오직 하나의 목표이고 하늘이기 때문에 닮지 않을 수가 없었다.

단랑은 즉시 자신의 우를 깨닫고 고개를 깊이 숙였다.

"소제의 생각이 짧았습니다. 이형님의 말씀이 백 번 지당하십니다."

각곡유목(刻鵠類鶩)이라고 했다.

고니를 새기려다가 실패해도 집오리와 비슷하게 된다는 뜻이다. 다시 말해서, 완전을 좇아 열심히 노력하다 보면 어느 정도 배움을 얻는다는 것이다.

단랑이 그랬다. 설무검을 완전히 닮지는 못했고, 양궁표처럼 되지는 못했지만, 나름대로 소기의 성과는 거두었다.

지금의 그녀에게서 과거의 거칠고 경망스러운 모습은 조금도 찾아볼 수가 없었다.

단랑은 거의 사내나 다름없이 굴었다. 그녀는 설무검의 의제가 된 이후 한층 남자답게 행동했다.

형제들이 모두 남자들인데 자신만 여자라는 사실을 스스로 약점이라고 여겼기 때문이다.

이즈음에 이르러서는 자신이 여자라는 사실을 까마득히 망각하고 있을 정도였다.

그녀는 앉아서 소변을 볼 때나 한 달에 며칠 월경을 할 때 자신이 여자라는 사실을 문득문득 깨달으며, 그것을 몹시 불편하게 여기고 있었다.

당사자가 그럴 정도인데 주위 사람들은 어떻겠는가? 당연히 다섯 형제와 현조운은 그녀를 눈곱만큼도 여자라고 생각하지 않고 있었다.

"그 대신 지금부터 우린 변장을 하고 밖으로 나가서 산책하는 체하며 동정을 살피도록 하자."

양궁표가 일어서며 말하자 단랑이 의아한 표정을 지었다.

"개봉에 가는 게 아닙니까?"

"우리가 개봉에 가서 무얼 할 수 있을 것 같으냐?"

"……."

단랑은 대답하지 못했다.

아무것도 할 수 없을 것이다. 아니, 오히려 잘못했다가는 더 위험에 빠질 수도 있다.

"개봉에 가서 알아낼 수 있는 정보라면 이곳에서도 알 수 있을 것이다."

양궁표의 말이 옳았다. 굳이 개봉에 간다고 해도 이곳에서 알아낼 수 있는 것 이상은 알아내지 못할 것이다.

강호의 비밀이란 한 사람이 알고 있는 것은 끝까지 지켜지지만, 두 사람이 알게 되면 순식간에 퍼지기 마련이다. 그래서 '강호에는 비밀이 없다' 라는 말이 있는 것이다.

양궁표의 눈매가 좁아졌고 목소리가 자욱해졌다.

"명심해라. 어쩌면 우린 지금 이 순간에도 감시를 당하고 있을지 모른다."

단랑은 오금이 바짝 저리는 것을 느끼며 급히 실내를 둘러본 후에 초조하게 중얼거렸다.

"그렇다면 밖으로 나가는 것은 위험하지 않겠습니까?"

"이미 감시를 당하고 있다면 객방에 있으나 밖에 있으나 어쩔 도리가 없다. 그러나 감시자가 누군지 알아내려면 이곳에 있는 것보다는 돌아다니는 편이 유리할 것이다."

"그… 렇겠군요."

단랑은 마치 설무검을 보는 듯한 표정으로 양궁표를 보며 그를 따라 방문을 나섰다.

第三十五章
천리추(千里追)

주루 입구 쪽이 갑자기 떠들썩해졌다.

한 쌍의 미남미녀가 입구의 주렴을 젖히면서 주루 안으로 들어섰기 때문이다.

그들은 다름 아닌 설영과 정미였다. 두 사람은 살수 복장을 벗고 악양 검풍루를 떠나 개봉까지 올 때의 옷차림과 행색으로 갈아입은 모습이었다.

개봉은 금호방주가 백주에 암살당했다는 사실 때문에 발칵 뒤집힌 상황이었다.

금호방은 물론이고, 중천사충 네 방파의 고수들이 모조리 거리로 쏟아져 나와 살수를 색출하겠다고 법석을 떠는 것은 당연한 일이었다.

게다가 설란궁을 제외한 중천사세와 중천칠지파 일곱 개 방파의 고수들까지 살수를 찾아 나섰으며, 개봉 인근의 방파들은 개봉으로 출입하는 모든 관문을 봉쇄시켰다.

그리고 지금 이 순간에도 수색과 검문의 범위는 빠르게 확산되고 있었다.

하지만 설영과 정미는 관문들이 봉쇄되기 전에 일찌감치 개봉을 빠져나왔다.

또한 이곳까지 오는 동안 버젓이 대로와 관도를 이용했지만 그 누구의 방해도, 검문도 받지 않았다.

지금 설영과 정미는 검을 지니고 있지 않은 모습인데, 그런 옥골선풍의 두 사람이 금호방주를 죽인 살수일 것이라고 의심하는 사람은 한 명도 없었다. 있다면 오히려 그 사람을 이상하게 여길 터이다.

두 사람은 개봉을 떠나 하루 만에 낙양에 당도했다.

도처에 살수를 찾느라 혈안이 된 자들이 개미 떼처럼 많아서 경공술을 전개할 수가 없었기에 그냥 산책이라도 하듯이 걸어서 왔다.

그동안 두 사람은 한 끼도 먹지 않았다. 허기가 졌지만 견디지 못할 정도는 아니었다.

검풍루의 예검녀와 영검낭자들은 가장 혹독한 환경 속에서도 살아남는 수련을 정기적으로 받았다.

설영은 한 달 정도, 정미는 이십 일 정도는 끄떡없이 굶을 수 있었다.

그러나 먹을 수 있을 때 충분히 먹어두어야 한다. 그것 역시 살수의 기본 법칙이었다.

동면을 하는 짐승들처럼 먹을 수 있을 때 몸을 살찌워 두었다가 먹지 못하는 상황에 대처한다.

설영은 우뚝 서서 천천히 실내를 둘러보았다. 주루 안에는 절반 정도 자리가 차 있었다.

그런데 주루에 있는 사람들 중에 설영과 정미를 쳐다보지 않는 사람은 한 명도 없었다. 모두의 얼굴에는 경탄과 부러움이 가득 떠올라 있었다.

그러나 설영도 정미도 사람들의 시선 따윈 일체 신경 쓰지 않았다.

악양에서 개봉까지 오는 동안, 그리고 어제 개봉에서 이곳 낙양까지 오는 동안 이와 같은 일을 이미 질리도록 경험을 했기 때문에 이력이 난 것이다.

정미는 마치 명문가의 규수처럼 설영 옆에 서서 그의 팔을 가만히 붙잡아 가슴에 안고 있었다. 그녀의 성격답지 않게 나름대로 얌전을 부리는 모습이었다.

그런 모습은 보는 사람들에게 두 사람을 부부라든가 연인으로 보이게 하기에 충분했다.

설영은 주루의 빈자리들을 둘러보며 마땅한 자리를 찾고

있었다.

　그때 이층 계단에서 내려온 두 사람이 주루 입구로 향하는 통로에 서 있는 설영과 정미 쪽으로 다가왔다.

　계단에서 내려온 두 명 중 앞선 사내는 설영과 정미를 힐끗 쳐다보면서도 아무렇지도 않은 반응을 보였다.

　설영은 자신을 보고서도 무반응인 사람은 처음 보았다.

　그래서 그는 사내에게서 신선한 느낌을 받았다.

　하지만 그는 곧 상대가 누군지 알아보았다.

　그 사내는 금호방에서 형곤을 사흘 연속 찾아왔던 두 사내 중 한 명이었다.

　그때와는 다른 복장에 약간의 변장을 한 모습이지만 설영의 예리한 눈을 속일 수는 없었다.

　그 사내는 마지막 사흘째 되는 날 형곤에게 자신의 이름을 '양궁표' 라고 가르쳐 주었었다.

　사내 양궁표를 쳐다보는 설영의 눈이 가볍게 빛났지만 그는 곧 태연한 표정으로 양궁표를 외면했다.

　그러나 양궁표의 날카로운 눈을 피하지는 못했다.

　양궁표는 설영의 눈이 가볍게 빛나는 것을 발견했을 뿐만 아니라, 한 걸음 더 나가서 그것이 자신을 알고 있는 듯한 눈빛이라는 사실을 간파했다.

　단랑의 시선은 정미의 얼굴에 잠시 머물며 적이 감탄하다가 설영을 보는 순간 자신도 모르게 입이 벌어졌다.

‘무… 슨 사내가 이렇게 아름다운 거지?

그녀는 설영을 바라보며 넋이 팔려 있느라 양궁표가 주루 밖으로 나간 줄도 모르고 있었다.

“삼제.”

주루 밖에서 양궁표가 그녀의 이름 대신 셋째 동생이라고 부르는 소리를 들은 후에야 퍼뜩 정신을 차리고 부리나케 밖으로 달려나갔다.

설영의 시선이 구석 쪽의 자리와 창가 자리를 연이어 쳐다보다가 창가 자리로 걸음을 옮겼다.

살수는 퇴로가 막힌 구석 자리에 앉지 않는다. 창가 자리라면 위급 상황에는 창을 통해 도주할 수가 있다.

정미가 요리를 주문하는 동안 설영은 시선을 창밖 거리로 던졌다.

저만치 양궁표와 단랑이 걸어가고 있는 모습이 보였다.

공력을 끌어올려 두 사람의 대화를 엿들으려 했지만 그들은 아무 말도 나누지 않았다.

설영은 그들에게서 시선을 거두며 더 이상 신경을 쓰지 않기로 했다.

암살은 성공했다. 그러므로 저 두 명이 무엇 때문에 금호방주 형곤을 만났는지는 아무 상관이 없었다.

살수는 자신의 임무와 귀환에 관계가 있는 것에만 신경을 쓰는 법이다.

그러나 양궁표의 생각은 달랐다. 그는 설영의 반짝이던 눈빛을 잊을 수가 없었다.

설영과 정미는 배부르게 먹은 후 주루를 나와 남쪽으로 방향을 잡고 다시 길을 떠났다.

해가 지려면 한 시진 이상 남은 시각이었다.

낙양을 멀리 벗어나 경계가 소홀해진 곳에 이른다면 그때부터 경공술을 전개하여 이틀 후 아침까지 한수에 도착, 배를 탈 수 있을 것이다.

원래 가까운 거리, 즉 오백여 리 이내의 살행에는 검풍루 자체의 쾌속선을 이용한다.

그러나 검풍루의 배가 눈에 잘 띄기 때문에 장거리에는 이용하지 않는다.

한수까지 당도하여 배를 타기만 하면 검풍루까지 무사 귀환은 보장되는 셈이다.

*　　　*　　　*

왈칵!

한효령은 봉황단주 은자랑의 방문을 거칠게 열며 안으로 들어섰다. 아니, 뛰어들었다는 표현이 옳았다.

평소 같으면 어림도 없는 행동이지만, 지금 그녀가 가지고 온 소식은 그만큼 중대한 것이었다.

실내의 호화로운 태사의에는 은자랑이 앉아 있었고, 그 앞에는 염뢰방수와 현사자, 탐사자가 공손히 서서 무언가 보고를 하고 있다가 들어선 한효령을 쳐다보았다.

염뢰방수가 벌게진 얼굴로 뛰어든 한효령을 보고 엄히 꾸짖었다.

"단주 앞에서 이게 무슨 소란이냐?"

은자랑이 손을 저었다.

"염뢰방수, 그녀는 검풍루주로서 당신과 동급인데 그런 식의 말투는 지나친 것 같군요."

한효령이 검풍루주로 승급되었다는 사실을 뒤늦게 깨달은 염뢰방수는 아! 하는 표정을 지었으나 한효령을 꾸짖는 듯한 표정은 풀지 않았다.

"루주, 보다시피 단주께선 보고를 받고 계신데 이러는 것은 무례하지 않소?"

그렇지만 한효령은 염뢰방수의 말이 귀에 들어오지 않는 듯한 표정이었다. 그녀는 흥분한 얼굴로 은자랑을 바라보고 있었다.

은자랑은 직감적으로 그녀가 설영에 대한 소식을 갖고 왔다는 사실을 간파했다.

"루주, 무슨 일인가요?"

한효령은 흥분을 감추지 못하고 들뜬 어조로 나직이 외치

듯 보고했다.

"단주! 검풍사십칠호가 임무를 성공시켰다는 보고가 들어
왔습니다!"

검풍사십칠호는 설영이다.

"정말인가요?"

은자랑의 얼굴 가득 불신과 기쁨이 교차되며 떠올랐다.

"그렇습니다! 금호도패왕의 죽음으로 지금 개봉과 낙양 일
대는 벌집을 쑤셔놓은 것처럼 발칵 뒤집혔다는 보고입니다."

보고는 봉황단보다는 검풍루가 더 빠르다. 검풍루는 살행
에 대한 결과와 살수들의 생존 여부에 대한 것만 알아내어 보
고하면 그만이지만, 봉황단 휘하 백봉령루는 천하 곳곳에서
일어나는 일들을 전반적으로 모아 정기적으로 보고하기 때문
이었다.

"영아가 결국 해냈군요."

은자랑은 그렇게 중얼거리면서도 믿기지 않는다는 표정을
짓고 있었다.

그녀의 판단으로는 검풍루에서 금호도패왕을 죽일 수 있
을 만한 고수는 한효령과 혈인살수, 그리고 검풍사십구호가
된 전 검풍루주 정도였다.

그것도 전력을 다했을 경우에 육, 칠 할 정도의 성공 가능
성을 점칠 수 있을 것이다.

그런데 설영이 그 반열에 속하게 됐다. 그가 첫 임무를 성

공시키리라고는 아무도 기대하지 않았다. 아예 죽은 목숨으로 간주하지 않았던가.

은자랑은 이 소식을 들은 전 검풍루주 검풍사십구호의 얼굴 표정이 어떻게 변할지 궁금했다.

"영아는 어찌 됐나요?"

사실 은자랑은 설영이 임무를 성공했다는 사실보다 그의 생존이 더 궁금했다.

이 소식을 듣기 전까지만 해도 설영이 금호도패왕을 암습하다가 죽었을 것이라고 자포자기했었다. 하지만 암살에 성공했다면 생존 가능성이 훨씬 높다.

"사십칠호와 사십팔호의 행적은 아직 포착되지 않았으며, 그들이 남긴 성공 혹은 귀환의 노부(路符)도 발견되지 않은 상태입니다."

검풍살수들은 검풍루 특유의 노부를 특수한 장소에 남겨 그때그때 상황을 보고하게 되어 있다.

"루주, 내 앞에서는 영아라고 불러도 괜찮아요."

은자랑이 엷게 미소를 지으면서 한효령에게 자비를 베풀어주었다.

두 사람은 어제 설영에 대한 비밀을 공유하게 된 이후 처음 만나는 것이지만 어제 이전보다 많이 가까워졌음을 느끼고 있었다.

"감사합니다."

“영아가 생존했을 경우의 귀환 경로는 역시 한수 상류에서 배를 타는 것인가요?”

“그렇습니다. 속하는 그쪽으로 몇 명의 수하들을 응권군으로 보낼 생각입니다.”

은자랑은 손을 저었다.

“그러지 말아요.”

“무슨 말씀이신지…….”

“이곳에서 지금 출발시킨다면 너무 늦을 거예요. 내가 손을 쓰겠어요.”

염뢰방수와 현사자, 탐사자는 두 사람의 대화를 들으면서 한결같이 기뻐하고 있었다.

그녀들은 지금 검풍사십칠호가 누굴 가리키는지, ‘영아’ 가 누군지 너무도 잘 알고 있다.

검풍루에서, 아니, 신봉각 내에서 설영을 모른다는 것은 말이 되지 않는다.

이미 그는 신봉각의 작은 신화이며 전설이었다.

더구나 현사자와 탐사자는 육 년여 전에 항주 한매루에서 설영을 직접 발굴해서 데리고 온 장본인들이니 그에 대한 관심이 남들보다 지대할 것은 두말하면 잔소리다.

온유향과 살명계를 지배할 재목을 찾아냈다고 떠들어댔던 그녀들이 아닌가.

그리고 지금 그 재목이 첫 거보(巨步)를 내딛고 있는 것이다.

“그건 그렇고…….”

은자랑의 목소리가 차분해졌다.

“설영이 맡은 임무를 누가 청부했는지 알아오세요.”

청부자가 누군지 묻지 않는 것, 알려고 하지 않는 것, 관심을 갖지 않는 것은 살명계의 깨지지 않는 오랜 불문율이다.

그런데 지금 은자랑이 그것을 깨려 하고 있다.

설영이 금호도패왕을 죽이지 못할 것이라고 짐작했을 때에는 굳이 그럴 필요가 없었지만 지금은 달라졌다. 반드시 청부자를 알아야만 했다.

설무검 때문에 몸은 악양에 있지만 귀와 눈은 중천무림에 활짝 열어두고 있는 은자랑이었다.

금호도패왕이 육 년여가 지난 아직까지도 중천절에 대한 충성심을 꺾지 않고 있는 다섯 방파의 지존, 즉 중천오충의 한 명이라는 사실을 알고 있기에 누가 그를 죽이라고 했는지 알아내야만 하는 것이다.

왜냐하면 청부자는 필경 설무검의 적이었거나, 적이 될 인물 혹은 세력일 것이므로.

은자랑의 명령에 한효령은 이견을 달지 않았다.

은자랑은 봉황단의 법이다.

*   *   *

낙양 남쪽 성문이 십여 장 전면에 보이자 정미의 걸음이 자신도 모르게 빨라졌다.

성문을 나가서 한적한 관도에 이르면 성내에서보다는 안심할 수 있을 것이고, 경공술을 전개할 수도 있을 것이라는 생각에서였다.

설영이 팔에 지그시 힘을 주어 자신의 팔을 두 손으로 잡고 있는 정미에게 서둘지 말라는 신호를 보냈다.

여태까지는 한 쌍의 부부나 연인처럼 품위있게 걸어왔는데, 성문을 얼마 남겨두지 않은 거리에서 서두른다면 이상하게 보일 것이다.

그렇지 않아도 설영과 정미는 수많은 사람들의 시선을 받고 있는 중이었다.

정미는 설영을 보면서 살짝 눈웃음을 치는 것으로 자신의 실수를 얼버무렸다.

"잠시 걸음을 멈추시오!"

그때 두 사람의 등 뒤에서 쩌렁쩌렁한 외침이 들려왔다.

정미는 못 들은 체 걸어갔지만, 설영은 그 외침의 대상이 자신들이라는 것을 직감했다.

그렇다고 돌아설 수는 없었다. 메고 있던 검까지 버렸을 때에는 무공을 모르는 사람처럼 보이기 위해서였다. 그러니 무림인처럼 굴어서는 안 된다.

설영은 자신들과는 상관없다는 듯 계속 걸었지만 머릿속으로는 이곳을 벗어날 여러 가지 돌파구를 생각하고 있었다.

어지러운 바람 소리가 주변에서 들려오는가 싶더니 십여 명의 청의경장인들이 설영과 정미를 삼사 장의 거리를 두고 엄밀하게 포위해 버렸다.

설영과 정미는 걸음을 멈추었다.

설영의 시선이 청의경장인의 가슴으로 향했다. 금실로 수놓은 금빛 호랑이가 보였다.

금호방 무사들이 분명했다.

일일이 세어보지 않아도 자신들을 포위하고 있는 자들이 열한 명이라는 것을 설영은 이미 파악했다.

그들 중 한 명은 호흡이나 맥박의 흐름으로 미루어 제일 강한 자가 분명했다.

"두 분에게 잠시 볼일이 있소이다."

두 사람의 뒤쪽에 있던 한 인물이 천천히 설영 쪽 옆을 스치며 앞쪽으로 걸어오면서 말하며 정면에 우뚝 섰다.

홍포를 입은 삼십대 중반의 인물인데, 역시 가슴에는 금빛 호랑이가 수놓아졌고 어깨에는 한 자루 금빛이 번쩍이는 금도(金刀)를 멘 모습이다.

설영이 방금 전에 감지한 포위한 자들 중에서 제일 강자가 그였다.

홍포를 입고 있으니 그가 금호방의 일곱 등급 중에 최고수이며, 나머지 청의 경장을 입은 열 명은 두 번째 등급이라는 뜻이다.

설영은 그들의 호흡이 가쁘고 땀을 흘리고 있는 것으로 미루어 먼 길을 쉬지 않고 달려왔다는 것을 짐작할 수 있었다.

어쩌면 그들은 처음부터 설영과 정미를 목적으로 삼고 이곳까지 줄기차게 달려왔는지도 모른다.

그리고 그런 설영의 짐작은 곧 현실로 드러났다.

홍포인은 포권을 해 보이며 정중하려고 애쓰면서 설영과 정미에게 말문을 열었다.

"두 분은 뉘시오?"

그러나 설영과 정미는 그가 극도로 긴장하고 있으면서 언제라도 출수할 수 있는 만반의 준비를 갖추었다는 사실을 간파했다.

아니, 홍포인뿐만 아니라 포위하고 있는 그의 수하들도 마찬가지였다.

홍포인의 질문은 길을 가는 사람을 느닷없이 포위해 놓고서 던지는 질문으로는 어울리지 않았다.

설영은 이들과의 싸움이 불가피하다는 것을 직감했다.

그는 어깨를 쭉 펴며 나직이 입을 열었다.

"나는 소영이라고 하오. 무슨 일로 길을 막은 것이오?"

정미는 설영이 자신의 이름을 서슴없이 밝히자 가볍게 놀라며 그를 쳐다보았다. 물론 그녀는 설영의 이름이 소영인 줄 알고 있다.

"미아, 천천히 열을 센 후에 네 왼쪽의 세 명을 처치하고 곧장 낙영루라는 곳으로 찾아가라."

그때 설영이 전면의 홍포인에게 시선을 고정시킨 채 정미에게 전음을 보냈다.

정미의 눈빛이 가볍게 흔들렸다. 포위한 자들과의 싸움은 예상하고 있었지만, 설영과 헤어진다는 것은 손톱만큼도 생각하지 않았기에 충격은 더 컸다.

설영과 정미가 배를 타고 한수를 거슬러 오를 때 만났던 태무는 만약 도움이 필요하면 낙양의 낙영루로 가서 낙화귀를 찾으라고 일러주었었다.

홍포인은 외모와 체구에서 금호도패왕 형곤과 닮은 구석이 많았다.

설영은 그가 형곤의 두 아들 중 하나일 것이라고 생각했다. 금호방의 총관, 아니면 수석당주일 것이다.

"나는 당신들 두 사람이 무엇 때문에 금호방의 금호각, 즉 내 아버님의 집무실에 왔었는지 이유를 알고 싶소!"

금호방의 총관이며 금호방주의 장남인 홍포인 형오(邢梧)는 두 눈에서 은은한 살기와 형형한 안광을 동시에 뿜어내면서 나직한 어조로 물었다.

설영은 내심 가볍게 놀랐다. 자신들이 금호각 형곤의 집무실에 아주 잠깐 머무른 사실을 형오가 어떻게 알고 있는지 이

해가 되지 않았다.

정미는 속으로 다섯을 세고 있는 중이었다.

설영은 아무 말도 하지 않고 묵묵히 홍포인을 주시했다.

홍포인에게서 점차 정중함이 사라져 가는 대신 살기가 짙어지고 있었다.

그는 어떤 확실한 근거 때문에 설영과 정미를 살수로 단정하고 있는 것이 분명했다.

예의는 원수에게는 적용되지 않는 법이다.

홍포인이 흰 이를 드러내면서 입에서 상처 입은 맹수의 으르렁거림 같은 낮은 포효를 흘려냈다.

"거두절미하고 말하겠다! 나는 몇 년 전부터 아버님이 계시는 금호각 전역에 특수한 향(香)을 뿌려놓았다! 천리추(千里追)라는 이름의 향이지! 그러므로 금호각에 발을 들여놓는 자들은 누구를 막론하고 천리추가 몸에 묻게 된다!"

설영은 어이없는 표정을 지었다.

"천리추는 여간해서는 몸에서 지워지지 않는다! 그런데 지금 너희들에게서 천리추의 기운이 뚜렷하게 느껴지고 있다! 그것을 어떻게 설명하겠느냐?"

강호에 그런 종류의 추적향이 있다는 사실을 설영은 교육 과정을 통해서 배웠다.

하지만 설마 금호각에 그런 것이 살포되어 있을 줄은 예상하지 못했다. 보기 좋게 당한 것이다.

설영과 정미는 옷만 갈아입었을 뿐 목욕도 하지 않았다. 그러므로 두 사람 몸에서 천리추의 기운이 짙게 풍길 것은 너무도 당연했다.

'천리추!'

설영과 정미가 포위당해 있는 장소에서 멀지 않은 골목 어귀에 서 있던 양궁표는 형오의 말을 듣고 적잖이 놀랐다.

그 말이 사실이라면 당연히 자신들의 몸에도 천리추가 묻어 있을 것이다.

더구나 자신들은 사흘 연속 금호각에 출입했고 또 오래 머물지 않았는가?

다만 그들이 설영, 정미와 다른 것이 있다면 매일 목욕을 했다는 사실이었다.

어제 정오에 형곤과 헤어진 후 곧장 낙양으로 와서 객잔에 든 후에도 목욕을 했다.

완전히는 아니지만, 목욕이 천리추의 향을 어느 정도 씻어낸 것 같았다.

그렇지 않았다면 설영과 정미 대신 양궁표와 단랑이 살수의 누명을 쓸 뻔했다.

아니, 그들의 근처에 설영과 정미가 없었다면, 형오 일행은 양궁표와 단랑을 포위했을 것이다.

형오는 더 강한 천리추의 향을 뿌리고 있는 설영과 정미를 살수로 지목한 것이다.

양궁표는 마음이 조급해졌다. 그렇다면 여기는 안전한 곳이 아니다.

형오와 그가 이끄는 고수들이 선발대로 달려왔으니 곧 금호방과 중천사충의 고수들이 들이닥칠 것이다. 어물거리다가는 자신들마저 도매금으로 넘어갈 수도 있다. 아니, 거의 그럴 것이다.

그러나 한 가지 사실만은 분명해졌다. 조금 전 주루 안에서 설영이 어째서 양궁표를 알고 있는 듯한 눈빛을 지었는지를 말이다.

설영도 금호각에 있었다. 그는 그곳에서 양궁표와 단랑을 보았다.

그리고 금호각 주변에 은둔해 있다가 양궁표와 단랑이 그곳을 떠나자마자 형곤을 암살했을 것이다.

양궁표는 안력을 돋우고 설영을 뚫어지게 주시했다.

그 무엇과도 비견할 수 없을 정도로 아름다운 청년이 양궁표의 시선 끝에 다소 오만한 자세로 서 있었다.

살수라고 보기에는 너무도 아름다웠다. 그 무엇을 봐도 일체 무심을 유지하던 양궁표도 설영을 유심히 주시하고 있는 지금만큼은 약간 평정심을 잃었다.

"……!"

순간 양궁표의 눈빛이 크게 흔들렸다.

착각인가?

저 아름다운 살수의 얼굴에서 자신이 가장 존경하는 설무검의 모습을, 그리고 분위기를 발견한 것이다.

양궁표는 눈을 껌뻑이며 다시 설영을 쏘아보았다. 그러나 분명했다. 잘못 본 것이 아니다.

그러다가 양궁표는 실소를 흘리며 고개를 가로저었다.

'이런… 내가 지금 무슨 쓸데없는 생각을! 한낱 살수가 어찌 대형과 닮았겠는가?'

그는 단랑에게 이 자리를 뜨자는 눈짓을 하다가 단랑의 어깨 너머, 그러니까 대로의 저쪽에서 수십 명의 고수가 달려오고 있는 광경을 발견했다.

형오의 응원군이었다.

더 지체할 수가 없었다.

"가자!"

양궁표는 단랑에게 전음을 보내며 쏜살같이 골목 안으로 쏘아갔다.

'열!'

정미는 입속으로 마지막 열을 세는 순간 허리에 요대(腰帶)로 차고 있던 연검을 번개같이 풀었다.

지금이 어떤 상황인지, 공격을 해도 좋을지 어떨지 같은 것은 일체 상관하지 않았다.

설영이 열을 세고 난 후에 세 놈을 죽이라고 했으니 그대로 따를 뿐이다.

분명히 정미가 먼저 연검을 풀며 좌측의 세 명에게 신형을 날렸지만, 그보다 더 빨리 설영에게서 다섯 개의 푸른 빛살이 전면을 향해 부챗살처럼 뿜어졌다.

설영은 정미에게 '열'을 세라고 했을 때 이미 속으로 '하나'를 세고 있었다.

설영의 수법은 일말의 음향도 기척도 없었다.

"나는 너희가 아버님을 암살……."

형오는 분노의 표정으로 내뱉다가 말을 흐려야만 했다. 자신의 얼굴을 향해 한줄기 푸른빛이 무서운 속도로 쏘아오는 것을 발견했기 때문이다.

팍!

"끅!"

그는 자신의 미간으로 서늘한 무언가가 파고드는 것을 느끼며 답답한 신음을 토해냈다.

그와 동시에 형오의 좌우에 서 있던 네 명의 무사도 형오와 똑같은 느낌과 반응을 보이고 있었다.

"너……."

형오는 억울하다는 듯, 믿을 수 없다는 듯한 표정으로 눈을 한껏 부릅뜨면서 손을 뻗어 설영을 가리키다가 뒤로 묵직하게 스르르 넘어갔고, 좌우의 네 명도 같은 순간 같은 동작을 하고 있었다.

그러나 형오가 가리키고 있던 손끝에는 이미 설영의 모습이 보이지 않았다.

그 순간의 설영은 허리에서 연검을 펼치며 우측으로 쏜살같이 쏘아가고 있었다.

같은 순간 정미는 좌측으로 쏘아가는 중이었다.

쌔애액!

설영과 정미의 연검에서 월인자삭이 펼쳐졌다.

금호방 무사들은 설영과 정미가 급습을 가할 것에 경계를 하고 있었지만 두 사람이 이처럼 빠를 줄은 몰랐다.

일검에 한 명씩, 설영과 정미는 눈 깜빡할 사이에 단 삼검을 펼쳐서 각기 세 명씩을 주살했다.

밤하늘의 월광 여섯 줄기가 급전직하하여 여섯 명의 미간에 쑤셔 박힌 듯했다.

형오를 비롯한 열 명은 두어 번 호흡을 하는 짧은 사이에 이승에서 저승으로의 다리를 건너갔다.

"이형님……!"

양궁표가 골목 안으로 쏘아가고 있는 데도 단랑은 설영이 있는 쪽에서 시선을 떼지 못한 채 오히려 양궁표를 부르며 그 자리에 얼어붙어 있었다.

'너무도 깔끔하고 멋진 수법이다!'

단랑은 방금 본 설영과 정미의 솜씨, 그중에서도 설영의 솜

씨에 감탄을 금치 못했다.

눈이라도 한 차례 깜빡였으면 보지 못했을 정도로 순식간에 벌어진 일이었다.

단랑은 안계(眼界)를 한층 넓힌 듯한 표정이었다.

"랑아!"

그때 골목의 막다른 곳까지 쏘아간 양궁표가 급히 단랑을 불렀다.

그제야 퍼뜩 정신을 차린 단랑은 재빨리 골목 안쪽으로 신형을 날렸다.

두 사람이 골목 막다른 곳에서 지붕 위로 신형을 날려 사라진 직후 골목 어귀에 대여섯 명의 금호방 무사가 우르르 들이닥쳤다.

그들은 날카롭게 골목 안을 훑어본 후 몸을 돌려 다시 가던 길을 쏘아갔다.

그들이 떠난 골목 어귀에는 천리추의 향이 은은하게 감돌고 있었다.

수십 명의 금호방 무사들이 당도했을 때에는 설영과 정미의 모습은 이미 그곳에 보이지 않았다.

대신 금호방도 열한 구의 시신이 땅바닥에 어지럽게 널브러져 있었다.

그중 형오를 비롯한 다섯 명의 미간에는 한결같이 기이한 형태의 암기도 무기도 아닌 물체가 깊숙이 꽂혀 있었다.

단검이나 비수라면 검신과 검파가 분리되어 있을 텐데 그런 구분이 없었다.

또한 암기라면 아무리 길어야 손가락 하나의 길이를 넘지 않는 것이 보통인데, 이것은 손가락 두 개의 길이, 즉 일곱 치 길이였다.

더구나 칼날이 없었으며 못처럼 앞은 뾰족하고 뒤로 갈수록 굵어지면서 팔각(八角)을 이루었고, 가장 굵은 뒤쪽이 젓가락 절반 정도에 불과했다.

특이한 점은 굵은 쪽 끝 부분만 짧게 납작하며 날개 모양인데, 정교하게 야차의 형상이 음각(陰刻)되었다.

그것들이 죽은 자들의 미간에 야차 형상만 남긴 채 송두리째 꽂힌 상태였다.

그 부분만 남은 이유는 그곳이 날개처럼 약간 넓게 벌어져 있기 때문이다.

살수들은 암기나 던질 수 있는 작은 무기, 즉 비수(匕首)들을 몸에 여러 종류 지니고 다니는 것이 필수적이다.

그러나 같은 암기나 비수를 갖고 있지는 않다. 즉 검풍루에 오십 명의 살수가 있다면 그들이 지니고 있는 암기나 비수는 오십 종류가 될 것이다.

만약 모두 똑같은 암기나 비수를 사용한다면, 그들이 검풍루의 살수라는 사실이 너무 쉽게 노출되기 때문이다.

검풍루에서는 검풍살수들에게 각자의 암기나 비수 따위를

직접 도안(圖案)하게 한 후 그것들을 검풍루 내 철공방에서
제작해서 준다.

그러므로 방금 설영이 형오를 죽인 무기 역시 그가 직접 도
안, 설계한 것이다.

그는 그것에 '야차비살(夜叉飛殺)'이라는 이름을 지었다.

수십 명의 금호방 무사를 이끌고 온 인물은 다름 아닌 형곤
의 차남 형신(邢迅)이었다. 그는 금호방 수석당주 직을 맡고
있기도 했다.

현장에 도착한 형신의 시야에 가장 먼저 들어온 것은 형오
의 시체였다.

"형님!"

그는 울부짖으며 달려가 형오를 부둥켜안았다.

형신은 형오의 몸이 빠르게 식고 있는 것을 생생하게 느낄
수 있었다.

흰자위를 드러낸 채 까뒤집힌 두 눈, 크게 벌어진 입에서는
꾸역꾸역 핏물이 솟구쳐 턱을 타고 흘러내렸다.

"으으으……."

형신의 온몸이 와들와들 떨렸고 악다문 어금니에서 이 갈
리는 소리가 터져 나왔다.

"그 두 명은 성문 쪽으로 도주했습니다!"

"어서 추격하십시오!"

처음부터 지켜본 구경꾼들 중에 몇 명이 흥분한 어조로 성

문 쪽을 가리키며 외쳤다.

개봉과 낙양 인근의 사람들은 금호방주가 살수에게 암살된 사실을 잘 알고 있었다.

사람들은 오래전부터 중천군림성과 중천오세, 중천십이지파를 몹시 존경하며 숭상했다.

그러나 육 년 전에 중천무림에 거대한 지각변동이 일어난 후부터는 중천절에게 끝까지 충성을 맹세한 중천오충만 사람들의 존경을 받을 뿐이었다.

그러므로 성민들 대부분은 금호방주의 죽음에 남의 일 같지 않은 공분을 느끼고 있었다.

형신은 핏발이 곤두선 눈으로 벌떡 일어서더니 성문을 향해 바람처럼 달려가며 악을 썼다.

"놈들을 추격하라!"

형신을 비롯한 수십 명의 금호방도들이 성문 쪽으로 태풍처럼 몰려갔다.

그러나 설영과 정미는 성문 쪽으로 가지 않았다. 성문으로 가는 체하다가 도중에 잠영비술을 펼쳐서 대로 좌우로 쫙 갈라져 수많은 전각들 사이로 감쪽같이 사라져 버렸다.

第三十六章
낙화귀(落花鬼)

　낙영루는 기루로, 낙양성 내 동남쪽 장하로(長夏路)에 위치해 있다.

　장하로 바로 옆으로는 낙수(洛水)가 유유히 흐르고 있으며, 낙영루 뒤쪽이 낙수다.

　낙양 남문 근처에서 소란이 벌어진 지 반 시진 후 장하로에 한 명의 거지가 나타났다.

　거지들은 보통 길가로 다니는데 이 거지는 대로 한복판을 빠른 걸음으로 걷는 바람에 행인들은 거지를 피하느라 한바탕 작은 소란이 벌어졌다.

　거지에게서 숨을 쉬지 못할 정도의 지독한 악취가 풍겼기 때문이다.

행인들이 눈살을 찌푸리며 투덜거리고, 더러는 주먹을 휘두르며 때리는 시늉을 하는 데도 거지는 아랑곳하지 않고 부지런히 걸음을 옮겼다.

이윽고 거지가 걸음을 멈춘 곳은 '낙영루' 라는 이름의 기루 앞이었다.

거지는 거침없이 낙영루 안으로 성큼성큼 걸어 들어갔다.

그는 낙영루 안에서 제일 먼저 마주친 사람에게 다짜고짜 요구했다.

"낙화귀를 만나러 왔소."

뜻밖에도 맑고 청아한 사내의 목소리였다.

청소를 하다가 거지의 방문에 놀란 하인은 뜻밖의 목소리에 새삼스러운 얼굴로 거지를 빤히 쳐다보았다.

거지는 눈빛이 아주 맑다는 것 말고는 더럽기 짝이 없는 몰골이었다.

게다가 지독한 악취 때문에 서너 걸음 뒤로 물러났는 데도 악취의 영향권에서 벗어나지 못했다.

"여기에는 그런 사람 없다! 썩 꺼져라!"

하인은 빗자루를 휘두르며 내쫓는 시늉을 했다. 빗자루조차 거지의 몸에 대는 것을 싫어하는 행동이었다.

그는 거짓말을 하지 않았다. 이곳에 낙화귀라는 사람이 있다는 사실을 모르고 있는 것이다.

거지는 기루의 일층을 간단한 동작으로 슥 휘둘러보더니 곧장 계단으로 향했다.

"어? 멈추지 못해!"

하인은 빗자루를 휘두르며 뒤따라 달려 올라가 거지의 어깨를 움켜잡고 힘껏 아래로 끌어당겼다.

그러나 거지는 마치 거대한 바위처럼 요지부동, 꿈쩍도 하지 않았다.

"이… 이놈이?"

하인은 얼굴이 새빨개지도록 있는 힘을 다 썼지만 결과는 마찬가지였다.

거지는 돌아서지 않은 채 손을 뻗어 하인의 손을 덮듯이 가만히 잡았다.

"흐윽!"

하인은 자신의 손이 철문 틈새에 낀 것 같은 느낌을 받고 헛바람을 토해냈다.

거지는 하인의 손을 자신의 어깨에서 아주 간단하게 떼어내더니 말없이 가만히 쥐었다가 놔주고는 아무 일 없었다는 듯이 계속 계단을 올라갔다.

"끄으으……."

그러나 하인은 손이 으스러지는 극심한 고통을 느끼며 그 자리에 주저앉았다.

"귀하는 누군데 낙화귀를 찾는 것이오?"

거지가 계단을 다 올라갔을 때 한 사람이 그의 앞을 막아서며 정중하게 물었다.

자의 경장을 입고 어깨에 한 자루 검을 멘 이십대 중반의 무사였다.

거지는 다름 아닌 설영이었다.

남쪽 성문 앞에서 감쪽같이 사라진 그는 그 길로 가장 가까운 장원으로 숨어들어가 몰래 목욕을 했으며, 그다음에는 거지 소굴로 달려가 가장 더러워 보이는 거지의 혼혈을 눌러 잠재우고는 그의 옷으로 갈아입은 후 자신이 입고 있던 옷은 태워 버렸다.

거지와 협상을 하여 옷을 바꿔 입을 수는 없었다. 그럴 경우 거지가 설영의 옷을 입고 이리저리 돌아다니다가 추적자들의 눈에 띈다면 결국 이곳 낙영루까지 드러나는 것은 시간 문제일 것이다.

설영은 무사와 길게 얘기하고 싶은 생각이 없었다.

"태무가 낙화귀를 소개했소."

설영은 무사의 눈이 약간 커지면서 얼굴에 반신반의하는 표정이 떠오르는 것을 담담히 응시했다.

"태무라면… 소단주(小團主)를 말씀하시는 것이오?"

태무는 혈월단주 장도명의 제자니까 당연히 소단주이다.

"그렇소."

무사는 눈에 띄게 화들짝 놀라며 급히 허리를 굽혔다.

"용서하십시오. 제가 귀인을 몰라봤습니다."

그는 묵묵히 서 있는 설영에게 한쪽 방향을 가리키고는 총총히 앞서 걸었다.

"이리 오십시오."

낙영루는 사층 건물인데, 무사가 설영을 안내한 곳은 사층 꼭대기 층이었다.

사층 계단을 올라서자마자 방문이 나타났다. 사층에는 방문이 하나밖에 없었다. 즉, 방 하나가 사층 전체를 차지하고 있는 것이다.

무사는 설영을 방문 밖에 세워둔 후 방 안으로 들어갔다가 잠시 후에 나왔다. 그의 행동은 조금 전보다 더 조심스러웠고 공손했다.

"들어가시지요."

설영이 방 안으로 들어가자 무사가 방문 밖에서 조심스럽게 문을 닫았다.

"어서 오십시오."

한 사람이 설영에게 걸어오며 말했다. 부드러운 목소리였으며 말속에는 웃음기가 배어 있는 듯했다.

그는 이십칠팔 세가량의 청년이었다. 준수한 용모는 아니었지만 희고 깨끗한 살결을 지니고 있어서 보는 사람으로 하여금 고귀함과 순수함을 느끼게 했다.

그의 입가에는 훈훈한 미소가 떠올라 있었고, 눈매도 부드러운 미소를 머금고 있었다.

하지만 그에게 '미소를 짓는다' 라는 표현은 적당하지 않을 것 같았다.

그의 미소는 얼굴에 있는 이목구비처럼 얼굴에 붙어 있는 하나의 기관처럼 느껴졌다.

그래서 일부러 미소를 짓지 않아도 늘 자연스러운 미소가 얼굴에 머물러 있는 것 같았다.

"저는 남몽(南夢)이라고 합니다. 당신이 찾는 사람이 바로 접니다."

그는 낙화귀이면서도 자신을 남몽이라는 이름으로 소개했다.

그는 모란과 작약, 매화, 장미 등의 꽃이 가득 수놓아진 화려한 옷을 입고 있었다.

이런 옷은 여자도 선뜻 입기를 망설일 것이다. 이유는 한 가지, 너무 화려해서 어울리지 않기 때문이다.

그런데 그런 옷이 이 사람, 낙화귀 남몽에겐 신체의 일부처럼 썩 잘 어울렸다.

무기도 지니고 있지 않았기 때문에 만약 그가 거리에 나선다면 돈 많은 부호의 아들로서 풍류나 즐기는 한량으로 보일 것이다.

그의 외모 어디에서도 낙화귀의 '귀(鬼)' 라고 불릴 만한 것을 찾아낼 수가 없었다.

하지만 그의 '귀'는 외적인 것이 아니라 내면에 감추어져 있었다.

"혹시 당신의 존함은 소영이 아니십니까?"

낙화귀가 조심스럽게 물었다. 물론 입과 눈으로는 여전히 미소를 지은 채.

"그렇소. 어떻게 나를 아시오?"

설영의 의아함을 낙화귀의 대답이 풀어주었다.

"소단주께선 저를 비롯한 몇몇 믿을 만한 수하들을 만날 때마다 소영님에 대해서 말씀하셨습니다."

"무엇을 말이오?"

"단 한 명뿐인 친구이므로 우리들 중 누구라도 소영님을 뵙게 되면 목숨을 다해서 모시라고 하셨습니다."

설영은 적잖이 놀라는 표정을 지었다.

낙화귀는 미소 지으며 말을 이었다.

"당신의 모습은 소단주께서 설명해 주신 소영님의 용모와 같으니 제가 당신을 알아보는 것은 어렵지 않았습니다."

설영은 갑자기 가슴이 콱 막히면서 목이 탔고 관자놀이 부위가 짜릿했다.

감동이었다.

십팔 년을 살아오는 동안 설영은 이 정도의 감동을 받아본 적이 그리 흔치 않았다.

그는 소리 내어 웃었다.

"하하하! 무! 그 녀석에게 그런 자상한 면이 있었나?"

이렇게 가슴 저 밑바닥에서부터 치밀어 올라 기분 좋게 웃어보는 것도 처음이었다.

"소영님, 제가 무엇을 도와드리면 되겠습니까? 무엇이든 말씀만 하십시오."

낙화귀의 공손한 물음에 설영은 가볍게 고개를 끄덕였다.

"우선 내 몸에 남아 있을지도 모르는 천리추의 흔적을 말끔히 없애고 싶은데, 가능하겠소?"

"천리추입니까? 물론 가능합니다. 하녀에게 지시하여 목욕물을 준비토록 할 테니 그 물로 씻으시면 천리추 따위는 흔적도 없이 사라질 것입니다."

"그리고 내 친구가 한 명 더 찾아올 것이오."

"용모를 말씀해 주시면 모셔오도록 하겠습니다."

낙화귀는 설영의 친구를 맞이하는 것에서 한 걸음 더 나아가 찾아오겠다고 했다.

낙화귀는 과연 태무가 소개할 만한 사람이었다. 지금 이 시점에서 만약 낙화귀 같은 인물이 없었다면 설영과 정미는 큰 곤욕을 치르게 될 것이 분명했다.

"더 하실 말씀은 없으십니까?"

낙화귀는 설영의 몸에서 나는 냄새를 아예 맡지 못하는지 한 걸음 앞에서 환하게 미소를 지어 보였다.

“쉬고 싶소.”

“그럼 이곳에서 쉬십시오.”

낙화귀는 공손히 허리를 굽힌 후 하녀들에게 무언가를 지시하고는 물러갔다.

설영은 하녀가 시중을 들겠다는 것을 물리치고 혼자 목욕을 했다.

뜨거운 물에 몸을 푹 담그고 있으니 노곤하면서도 기분이 좋았다.

목욕물에 무엇을 탔는지 모르겠지만 은은한 향기가 아주 좋았고, 일각 즈음 지나자 심신이 더없이 상쾌했다.

그가 목욕을 마치고 나왔을 때에는 그의 몸에 천리추의 흔적이 조금도 남아 있지 않았다.

한 명의 왜소한 체구의 장사꾼이 등짐을 진 채 바쁘게 거리를 걸어가고 있었다.

그가 진 등짐은 얄팍한 나무 궤짝인데, 소금에 절인 여러 마리의 생선이 담겨 있었다.

또한 그의 행색은 남루한데 옷에서는 생선 비린내가 풀풀 풍기는 탓에 행인들은 그와 부딪칠까 봐 전전긍긍하며 피하기에 바빴다.

‘아유~! 장하로가 도대체 어디로 가는 거야? 아까 거기에서 길을 잘못 들었나?

생선장수는 걸으면서 주위를 두리번거리며 이맛살을 잔뜩 찌푸렸다.

모립(毛笠:벙거지)을 깊숙이 눌러쓴 모습인데, 살짝 드러난 뺨이 매우 희었고 장미 꽃잎을 닮은 붉고 작은 입술이 도톰했다. 생선장수치고는 어울리지 않을 듯한 용모였다.

그때 앞쪽에서 한 명의 무사가 마주 다가오면서 뚫어지게 생선장수를 주시했다.

순간 생선장수의 몸이 약간 경직됐다. 그는 메고 있던 생선 궤짝에서 오른손을 자연스럽게 아래로 내렸다. 여차하면 허리의 연검을 뽑기 위해서다.

"정미님이십니까?"

순간 무사가 생선장수 앞에 뚝 멈추며 정중히 물었다.

생선장수의 왜소한 몸이 움찔했다.

그는 대답 없이 약간 고개를 들고 무사를 쳐다보았다. 모립 아래에 있는 한 쌍의 보석처럼 아름다운 눈에서 새파란 안광이 뿜어졌다.

"소영님께서 보내셨습니다. 저를 따라오십시오."

무사는 그 말을 남긴 채 뒤로 돌아서서 왔던 길을 빠르게 걸어갔다.

무사의 말에 생선장수의 온몸이 굳어버렸다. 그리고 그의 오른손도 남루한 옷 속에 감추어져 있는 허리의 연검을 잡은 자세에서 멈췄다.

'영아가⋯⋯.'

후르르, 몸서리와 같은 전율이 머리 꼭대기부터 발끝까지 훑고 지나갔다.

생선장수, 아니, 정미는 퍼뜩 정신을 차리고 부리나케 무사를 쫓아갔다.

설영과 헤어진 지 한 시진 남짓밖에 안 됐는데 마치 몇 년은 지난 것만 같았다.

정미는 설영과 헤어지고 얼마 지나지 않아 생선장수를 때려눕히고 그의 옷과 생선 궤짝까지 뺏었다.

지독한 생선 비린내가 천리추의 향을 상쇄시킬 것이라고 판단했기 때문이다.

*　　　*　　　*

검풍루가 청부자의 신분을 확인하려고 역추적을 한 경우는 이번이 처음이다.

만약 이 사실이 알려진다면 특급 살수 조직인 검풍루의 신뢰에 큰 손상을 입게 될 것이다.

당금 천하에는 실로 수많은 살수 조직들이 우후죽순처럼 난립해 있는 상태지만, 구 할에 이르는 대다수 조직들은 무림과는 상관이 없는 관리나 부호, 장사꾼 등 일반인들을 표적으로 하고 있다.

사람들은 그런 살수 조직을 '범살림(凡殺林)'이라고 부른다.

전체 살수 조직의 일 할에 해당하는 오십여 조직만이 무림에서 활동을 하는데, 그나마 그들 중에 팔 할 정도가 이, 삼류 무사들을 표적으로 삼는 중하위급 살수 조직이다.

일류고수 이상을 상대하는 곳을 특급 살수 조직이라고 하는데, 무림에 세 곳밖에 없다.

검풍루는 그중 하나로써 치열한 경쟁을 하고 있으며 근소한 차이로 선두를 유지하고 있다.

무림에서 활동하는 살수 조직은 '무살림(武殺林)'이라고 한다.

한효령은 검풍삼대주 월령사와 실력 있고 믿을 만한 검풍교위녀 다섯을 데리고 역추적에 착수했다.

현재 무림에서 활동하고 있는 오십여 살수 조직에 청부를 하는 인물이나 세력들은 자신들의 실체가 표면으로 드러나는 것을 극도로 꺼린다.

그래서 자신들이 직접 청부를 접수하는 경우는 거의 없다고 봐도 과언이 아니다.

그러니까 자신들은 아무런 상관도 없다는 듯 다른 사람을 앞세워 접수를 하기 마련이다.

그것은 특급 살수 조직으로 인정받고 있는 세 개의 조직에 청부하는 경우에 더 극명하게 작용을 한다.

얼마 전에 금호도패왕을 죽여 달라고 청부한 실체를 역추적하는 과정에서 한효령은 적잖이 놀랐다.

실제 청부자가 무려 다섯 단계를 거쳐서 검풍루에 청부를 했다는 사실을 밝혀냈기 때문이다. 그만큼 자신들의 실체를 감추고 싶었다는 뜻이다.

이 일은 무척 어려웠다. 수단과 방법을 가리지 않아도 좋다는 전제가 있다면 다섯 단계든 열 단계든 별 어려움이 없었을 것이다.

하지만 검풍루가 역추적을 하고 있다는 사실을 청부한 실체가 몰라야만 하기 때문에 여러 가지 제한이 따른다.

그래서 청부자들을 족치거나 죽여서라도 다음 단계를 알아내는 쉬운 방법을 사용할 수가 없었다.

강소성(江蘇省) 대모산(大茅山).

대모산에는 진(晉)나라 시대의 위화존(魏華存)이 천 년 전에 개파한 모산파(茅山派)가 웅크리고 있다.

도가(道家)인 모산파는 상청파(上淸派)라고도 불린다.

서민들에게 문호를 개방하여 도교 전파에 주력해 온 무당파나 나부파 등 다른 도가들과는 달리 모산파는 주로 강남의 귀족층 자제들만을 받아들이는 것으로도 유명하며, 오래전 몇백 년 동안은 무당파에 버금가는 세력을 자랑했던 전통있는 문파이다.

　그믐밤.

　한 명의 경장인이 경공술을 전개하여 빠른 속도로 대모산에 오르고 있었다.

　대모산은 산세가 험한 반면에 오백여 척 정도로 그리 높지 않으며, 산의 둘레는 이백오십여 리에 달해서 대부분이 평야인 강소성에서는 제법 큰 산으로 꼽힌다.

　모산파는 산 중턱에 위치해 있는데, 산 아래 관도에서부터 모산파 전문 앞까지 넓은 길이 잘 닦여져 있어서 마차로도 오를 수 있을 정도였다.

　경장인은 길 위를 달리는 중에도 자주 뒤를 돌아보며 미행이 있는지 확인을 하며 조심을 기했다.

　그는 오래지 않아서 모산파에 당도했지만 뜻밖에도 전문이 아닌 뒤쪽으로 돌아가더니 능숙하게 신형을 날려 뒷담을 넘어 들어갔다. 마치 제집에 들어가는 듯한 자연스러운 행동이었다.

　경장인이 모산파 안으로 들어가고 나서 두 호흡쯤 지났을 때 방금 그 뒷담 밖에 두 개의 그림자가 마른 나뭇가지의 그림자가 땅에 어른거리는 것처럼 소리없이 나타났다.

　달빛도 거의 없는 그믐밤에, 거무튀튀한 담, 그곳에 서 있는 새카만 흑의를 입은 두 사람의 모습은 육안으로는 거의 식별할 수 없을 정도였다. 보인다 하더라도 유령으로밖에는 여기지 않을 듯했다.

두 명의 흑의인은 다름 아닌 한효령과 검풍월령사였다. 두 사람은 방금 전의 경장인을 미행해 왔다.

"여길 지켜라."

슷─

한효령은 그 말만을 남긴 채 소리 없이 훌쩍 몸을 날려 담을 넘어 들어갔다.

검풍월령사, 즉 월령사는 뒷담에서 물러나 주위에 있는 여러 바위들 중에 두 개의 바위 사이에 몸을 숨겼다.

한효령이 뒷담을 넘은 후 재빨리 주위를 둘러보자 저만치 전각의 모퉁이로 경장인이 막 꺾어지고 있는 것이 보였다.

한효령은 일말의 기척도 없이 그곳으로 쏘아갔다.

경장인이 들어간 곳은 모산파 장문인의 거처였다.

한효령은 그 전각의 지붕으로 올라가 잠시 귀를 기울이다가 어느 지점에서 납작하게 엎드렸다.

그녀는 금호도패왕의 암살을 청부했던 최초의 신청자를 시작으로 네 명을 조사하는 데에 십삼 일이 걸렸다.

지금 그녀가 미행해 온 경장인은 다섯 번째 인물이며, 마지막인 것 같았다.

지붕 아래에서 잠시 동안 부스럭거리는 소리가 나더니 이윽고 목소리가 들렸다.

"형곤이 암살당했다는 소문은 들었다. 분명히 죽었느냐?"

약간 쉰 듯한 노인의 목소리였다.

한효령은 목소리의 주인이 이곳 모산파 장문인일 것이라고 추측했다.

"여러 정황으로 봤을 때 형곤은 죽은 것이 분명합니다. 더구나 검풍루는 실수가 없습니다."

"흔적은 남기지 않았겠지?"

"무살림의 살수 조직들은 청부자에 대해서 알려고 하지 않는 것이 불문율입니다."

그래야 혹시 나중에라도 암살당한 쪽에서 누가 청부했느냐고 추궁을 해도 모른다고 잡아뗄 수 있기 때문이다. 그런 불문율은 살수 조직이나 청부자 양쪽에 다 이로웠다.

"더구나 네 사람을 거쳐 청부를 했으니 설혹 만에 하나 추적을 하더라도 청부자가 본 파라는 사실을 알아내는 것은 불가능합니다."

"수고했다."

쉰 목소리는 잠시 간격을 두었다가 나직한 목소리를 이었다.

"검풍루에 한 번 더 청부해야겠다."

"하명만 하십시오. 누굽니까?"

쉰 목소리는 뜸을 들이다가 갈라진 목소리로 중얼거렸다.

"사해무적(四海無敵)이다."

하명만 하라던 경장인이 한동안 대꾸를 하지 못했다.

지붕 위의 한효령은 흠칫했다. 사해무적이 누군가, 중천오
세 사해부(四海府)의 부주가 아닌가.

사해부주인 사해무적은 금호도패왕하고는 차원이 전혀 다
른 절정고수다.

실력으로도, 세력으로도, 그 무엇으로도 두 사람은 비교 자
체가 되지 않는다.

"음! 장문인께선 중천무림의 다섯 기둥 중 사해무적을 말
씀하시는 것입니까?"

한참 만에 경장인이 짓눌린 듯한 목소리로 확인을 했다. 그
는 상대를 분명히 '장문인'이라고 칭했다.

"그렇다."

"검풍루가 특급 살수 조직이라고 해도 사해무적 정도의 절
정고수를 암살하겠다고 나서지는 않을 것입니다."

"돈이면 누구든 죽이는 것이 살수 조직이 아니더냐?"

"아무리 그렇더라도 상대가 너무 강합니다."

"금 오백만 냥을 청부금으로 내겠다고 해라."

경장인은 다시 침묵을 지켰다. 아마도 두 번째로 질린 표정
을 짓고 있으리라.

금호도패왕을 암살하는 대가가 금 오십만 냥이었다. 사해
무적은 그 열 배인 금 오백만 냥을 내겠다는 것이다.

이 금액은 아마도 무림에 살수 조직이라는 것이 생긴 이래

최고의 액수일 것이다.

그러나 사해무적은 금 오백만 냥보다 몇십 배나 더 가치있는 존재였다.

그런 계산을 할 줄 아는 자만이 금 오백만 냥을 내고서라도 사해무적을 죽이려고 할 것이다.

"그렇지만… 검풍루에 사해무적을 암살할 만한 살수가 있겠습니까?"

"그런 것까지 우리가 걱정을 해야 하느냐? 만약 검풍루가 청부를 받아들인다면 사해무적을 어떻게 죽이느냐는 것은 그들의 몫이다."

쉰 목소리의 주인, 장문인이 결론을 내리듯 말한 후 다시 부스럭거리는 소리가 났다.

한효령은 그 소리가 붓으로 종이에 글을 쓰는 소리라는 것을 감지했다.

"가는 길에 이 서찰을 남궁세가(南宮世家)의 가주에게 직접 전해라."

경장인의 극도로 긴장된 목소리가 뒤를 이었다.

"남천절(南天絶)에게 직접 말입니까?"

"그렇다. 심복도 측근도 아닌 남천절에게 직접 전해라."

"알겠습니다. 하온데 검풍루에 지불할 잔금과 사해무적에 대한 선수금은 어찌합니까?"

"서찰을 전하면 그곳에서 내줄 것이다."

한효령은 극도로 긴장했다.

남궁세가는 삼천무림의 남천(南天)을 지배하는 절대자다. 그래서 남천무림에서는 남궁세가를 '절대세가(絶對世家)'라고도 부른다.

중천무림에 중천오세가 있듯이, 남천무림에는 남천오호(南天五豪)가 있다.

그리고 모산파는 남천오호 중 하나다.

한효령은 잠시 동안 대화를 엿듣고 일이 대충 어떻게 돌아가는 것인지 간파했다.

금호도패왕의 청부는 지금은 검풍사십구호가 된 전대 검풍루주가 승낙했다.

승낙 이유는 두 가지였다. 금 오십만 냥이라는 엄청난 액수의 유혹을 이기지 못했고, 그 임무를 설영에게 명령하여 그를 제거하려는 속셈이었다.

그녀는 설영이 당연히 실패할 것이라 여기고 이미 검풍루 최고 살수인 혈인살수에게 준비를 시켜두었었다.

검풍루가 특급 살수 조직이긴 하지만 굵직한 청부라고 해봐야 금 십만 냥을 넘기 어렵다.

금호도패왕처럼 금 오십만 냥짜리 큰 청부는 검풍루가 생긴 이래 열 손가락 안에 꼽힐 정도이다.

원래 청부금은 선수금으로 절반을 받은 후 암살을 성공시키면 나머지 절반을 받고, 실패하면 받지 못한다.

검풍루는 아직 금호도패왕을 암살한 잔금을 받지 않았다. 그러나 잔금을 떼어먹지는 못한다.

약속한 날짜에 잔금이 들어오지 않으면 검풍루가 즉시 역추적에 들어갈 것이다.

아니, 그것은 비단 검풍루뿐만 아니라 모든 살수 조직이 그럴 것이다.

역추적을 당해서 모든 것이 낱낱이 까발려지는 것은 암살을 청부한 실체로서는 결코 바람직하지 못한 일이다.

"이번 건은 다른 경로를 통해서 검풍루에 청부하도록."

"명을 받듭니다."

장문인의 마지막 명령에 이어서 경장인이 절을 올리는 소리가 들렸다.

다음 순간 한효령은 지붕에서 신형을 날려 옆 전각의 지붕으로 날아갔다.

모산파 장문인의 무공 수위가 어느 정도인지는 모르지만, 검풍루주인 한효령의 기척을 감지하지는 못한다.

그녀의 기척을 감지하려면 최소한 그녀보다 두어 수 정도 고수여야만 한다.

그러나 당금 무림에 그 정도 절정고수는 몇 명 되지 않을 것이다.

한효령과 동수(同手)거나 한 수 정도 우위에 있는 인물이라고 해도 경공이나 보법, 잠영술, 은둔술 등에서는 한효령이

압도적으로 높을 것이기 때문이다.

　대모산에서 북쪽으로 삼십여 리쯤 떨어진 관도.
　그곳 관도 변 낮은 바위에 한 명의 경장인이 앉아서 깊숙이 고개를 숙이고 있다.
　황의 경장을 입은 사십여 세가량의 중년인인데, 어깨에는 한 자루 검을 멘 모습이다.
　도인의 옷차림은 아니지만 그는 분명히 얼마 전에 모산파 장문인과 밀담을 나누고 남궁세가를 향해 길을 떠났던 그 경장인이었다.
　그는 모산파 제자이지만 도사 차림을 하면 행동에 제약을 받으므로 무림인의 복장을 한 것이다.
　"음……."
　그때 경장인이 가벼운 신음을 흘리면서 몸을 움직이는가 싶더니 천천히 고개를 들었다.
　"헛? 내… 가 잠을 잤다는 말인가?"
　그는 얼굴 가득 놀라고도 어이없는 표정을 떠올리며 급히 주위를 두리번거렸다.
　있을 수도 없는 일이었다. 아무리 피곤하기로서니 한밤중에 관도 변에 쭈그리고 앉아서 잠을 자다니…….
　"앗!"
　순간 그는 소스라치게 놀라 급히 품속을 뒤져 보았다.

그는 한 통의 서찰을 손에 쥐고 긴장된 얼굴로 자세히 살펴보다가 서찰이 밀봉된 상태 그대로인 것을 확인하고서야 안도의 한숨을 내쉬었다.

"휴우! 장문인의 친서는 그대로 있구나!"

그는 서찰을 조심스럽게 품속에 갈무리하고 나서도 고개를 갸우뚱거렸다.

'자다니… 이해할 수가 없어.'

그의 마지막 기억은 경공술을 발휘하여 관도를 질주하던 것에서 멈춰 있었다.

자신이 어째서 관도 변 바위에 앉아서 자고 있었는지는 추호도 기억나지 않았다.

그럴 수밖에 없는 이유가 있었다.

그가 전력으로 관도를 달리고 있을 때 한효령이 유령처럼 그의 뒤로 접근하여 혼혈을 찍어버렸기 때문이다.

깊은 잠에 빠진 경장인의 품속에서 서찰을 꺼내 봉서를 뜯은 흔적을 남기지 않고 글을 읽은 후 다시 밀봉시키는 정도는 한효령과 월령사 같은 특급 살수들에겐 아무런 문제도 되지 않았다.

한효령은 경장인이 일각 후에 다시 깨어나도록 조치를 취해 놓고 그 길로 검풍루가 있는 악양으로 출발했다.

그녀의 머릿속에는 모산파 장문인이 남궁세가의 가주, 즉 남천절에게 보내는 친서의 내용이 고스란히 담겨 있었다.

한효령이 경장인을 죽이고 서찰을 빼앗지 않은 데에는 그럴 만한 이유가 있었다.

만약 경장인이 죽는다면 무언가 음모를 꾸미고 있는 것이 분명한 모산파와 남천의 실체들은 자신들이 발각됐음을 깨닫고 즉시 조치를 취할 것이다.

그것은 곧 풀을 건드려서 뱀을 놀라게 하는 타초경사(打草驚蛇)의 우인 것이다.

第三十七章
용나호척(龍拏虎擲)

금호도패왕을 암살한 두 명의 살수가 발견된 낙양을 중심으로 삼백여 리 이내에는 벌써 보름째 수천 명의 고수와 무사들이 깔려 있는 상태였다.

중천사세와 중천칠지파, 그리고 금호방을 비롯한 중천오충의 수하들이었다.

그들은 금호도패왕 형곤을 암살한 두 명의 살수를 잡아들이는 공동의 목적을 갖고 있었다.

중천오충은 형곤을 암살한 배후에는 중천사세가 도사리고 있을 것이라 의심했지만 증거가 없었다.

그래서 그들은 두 명의 살수를 잡는 일에 전력을 쏟았다.

그들을 잡아 족쳐서 금호도패왕을 암살한 배후에 중천사세가 도사리고 있다는 증거를 밝혀내려는 것이다.

만약 중천오충의 하나인 금호방 방주를 중천사세가 암살했다는 사실이 백일하에 드러나면 완성 단계에 있는 중천사세의 원대한 계획에 완벽한 제동이 걸리게 되는 것은 두말할 나위도 없다.

어쩌면 이미 설득해 놓은 중천칠지파 중에서 중천사세에 등을 돌리는 방파가 생겨날는지도 모르는 일이다.

중천사세의 계획이란 낙성검가주 낙성절정검 단해룡을 중천절에 옹립하는 것이었다.

그래서 중천오충은 자신들의 성패를 걸고 총력을 기울이는 것이고, 중천사세는 꼼짝없이 억울한 누명을 쓰게 될까 봐 반대의 입장에서 전력을 기울였으며, 중천칠지파는 과연 어찌 된 영문인지 규명하느라 사력을 다하고 있었다.

낙양 일대는 살벌하기 짝이 없었다. 오죽하면 아무런 죄가 없는 무림인들도 잔뜩 주눅이 들어 급한 일이 아니면 외출을 삼갈 정도였다.

볼일이 있어서 부득이 외출을 한 무림인들은 좀 과장해서 열 걸음마다 한 번씩 검문을 당하는 상황이었다.

검문 대상은 일반인들까지 포함됐다. 두 살수가 일반인으로 변장할 수도 있기 때문이었다.

일단 수상하다고 생각하면 무조건 검문했으며, 의심스러

우면 제압하여 끌고 가서 심문을 했다.

바야흐로 낙양 일대는 암운이 짙게 드리워져 있었다.

태평로(太平路)는 낙양성 최고의 번화가다.

즉, 상가(商街)였다.

북경이 명나라의 황도로써 정치와 세력의 중심지라면, 낙양은 상계의 중심지다.

그중에서도 태평로에는 천하 상계를 쥐락펴락하는 상단들이 대거 진출해 있었다. 말하자면 태평로는 천하상계의 심장부라고 할 수 있었다.

상단 다물상군부도 그 가운데 하나였다. 다물상군부, 즉 다물은 삼 년 전에 낙양에 진출한 신흥 상단이다.

다물은 몽고 고원이나 요동에서는 최고 최대의 상단으로 널리 알려져 있지만 중원 한복판, 그것도 상계의 집합소인 낙양에서는 거의 알려지지 않은 신흥 상단일 뿐이라서 자리를 잡는 데 톡톡히 신고식을 치러야만 했다.

삼 년이 지난 지금 다물은 낙양을 교두보(橋頭堡)로 만드는 것에 일단 성공을 거두었고, 세 곳에 제법 규모가 큰 점포까지 열었다.

양궁표와 단랑은 지난 보름여 동안 동방객잔(東方客棧)에서 옴짝달싹못하고 있는 신세였다.

동방객잔은 태평로에서도 가장 번화한 곳에 위치해 있으며, 다물이 낙양에 개업한 세 개의 점포 중 하나이다.

물론 두 명의 살수를 찾는 무사들이 동방객잔에도 여러 차례 들이닥쳤다.

그러나 그때마다 양궁표와 단랑은 객잔에 장기 투숙하는 장사꾼 행세를 하며 별 탈 없이 넘겼다.

두 사람의 얼굴을 아는 사람은 죽은 형곤과 금호각 대전 입구를 지키는 여섯 명의 호위무사뿐인데, 다행히 그들은 한 번도 동방객잔에 오지 않았다.

사 년여 전, 설무검이 몇 년 동안 숨어서 무공을 연마할 은신처를 찾는 과정에서 요동에 있는 다물상군부의 총부로 고선을 찾아갔다가 그녀로부터 백두산의 천백검문을 소개받는 순간부터 그는 다물상군부와 인연을 맺게 되었다.

설무검 형제들이 천백검문에서 무공 연마를 하는 동안 다물은 중원에 진출하여 지금의 성과를 거두었다.

그래서 설무검의 명령을 수행하러 낙양에 온 양궁표와 단랑이 자연스럽게 다물의 신세를 질 수 있는 것이다.

동방객잔은 태평로에서도 가장 알짜배기 노른자 지점에 위치해 있었다.

대로변에 위치한 삼층 건물은 장사의 용도로 사용됐지만, 객잔 뒤편 인공 연못을 중심으로 세워진 세 개의 전각은 다물 사람들이 사용하고 있었다.

물론 양궁표와 단랑은 뒤편 전각 중에서도 가장 크고 좋은 방에 묵고 있었다.

"이형님, 어떻게 하실 생각입니까?"

단랑의 물음에도 양궁표는 시선을 창밖에 고정시킨 채 입을 굳게 다물고 있었다.

단랑은 같은 질문을 벌써 세 번째 반복했지만 돌아오는 것은 침묵뿐이었다.

양궁표의 침묵은 길었다.

단랑은 설무검을 많이 닮은 양궁표의 침묵을 차마 깨뜨릴 용기가 나지 않았다.

열흘 후쯤에 낙양에 도착한다던 설무검은 낙양성 밖에서 성내로 들어오지도 못하고 있는 중이었다.

은밀하게 들어올 수는 있으나 들어온다고 해도 다물의 점포 안에 갇힌 채 꼼짝도 못할 바에야 애써서 들어올 필요가 없기 때문이다.

그래서 일단 소요가 가라앉을 때까지 기다리기로 하고 설무검 일행은 낙양 동쪽의 작은 현에 머물고 있는 중이다.

설무검과 양궁표는 다물의 상인들을 통해서 교신을 하고 있으므로 서로 간에 중요한 일에 대해서는 모르는 일이 거의 없었다.

"오늘 밤에 한 번 더 가봐야겠다."

아주 오랜만에 양궁표가 잠긴 목소리로 말문을 열었다.

"낙영루 말입니까? 잘 생각하셨습니다! 형곤을 죽인 살수들을 우리 직접 손으로 때려잡았다가 대형께서 오시면 보여드리는 겁니다! 이대로는 억울해서 못 참겠어요!"

양궁표는 형곤이 암살당하는 바람에 무산된 설무검의 계획을 무리하게 진행하지 않고 그를 기다렸다.

그의 결정은 옳았다.

형곤이 암살당하고 며칠이 지나서 낙양에 온 다물의 상인이 양궁표에게 전해준 설무검의 서찰에는 아무것도 하지 말라는 명령이 적혀 있었다.

그러나 양궁표는 견딜 수가 없었다. 이 임무는 설무검이 그에게 맡긴 공식적인 첫 번째 임무다.

살수가 형곤을 암살할 줄은 설무검도 양궁표도 예상하지 못했었다.

그렇기 때문에 그것은 천재지변에 준하는 변고이지 누구의 잘못도 아니다.

그런데도 양궁표는 이 일이 자신 때문에 틀어져 버린 것 같은 느낌을 떨쳐 버릴 수가 없었다.

그래서 지난 보름여 동안 위험을 무릅쓰고 거리로 나가 세 차례나 장하로까지 다녀왔었다. 두 명의 살수, 설영과 정미를 찾아내기 위해서였다.

그는 보름 전에 설영을 추적하여 그가 장하로의 낙영루로 들어가는 것을 똑똑히 보았다.

그가 확인한 결과, 낙영루는 평범한 기루가 아니었다. 평범한 곳이라면 무림에서 일류로 꼽힐 만한 호위무사들 수십 명이 기루 곳곳을 삼엄하게 지키고 있지는 않을 것이다.

그렇다고 해도 그들 정도로는 양궁표의 잠입을 막을 수가 없을 터이다.

하지만 양궁표는 낙영루 전체를 샅샅이 뒤졌으나 끝내 설영을 찾아내지 못했다.

다만 설영이라고 의심이 가는 절세의 미녀 한 명을 찾아냈을 뿐이다.

양궁표와 단랑이 낙양성 남문 근처에서 봤던 두 명의 살수는 분명히 일남일녀였었다.

그런데 낙영루 사층에는 미녀 둘만이 기거하고 있었다.

그녀들은 낙영루의 기녀인 듯한 옷차림과 화장을 한 모습이었다.

아마도 낙영루 최고의 기녀인 듯 사층의 몹시 크고 화려한 방 전체를 둘만이 사용하고 있었다.

거기에서 양궁표의 추적은 벽에 부닥치고 말았다.

결론적으로 말하자면, 양궁표는 여자들의 변신에 대해서는 아무것도 모르는 영판 아둔패기였다. 여자라고는 아내밖에 모르기 때문이었다.

오죽하면 예전에 그의 아내 하정이 맨얼굴로 있다가 화장을 조금만 짙게 해도 자신의 아내인 줄 제대로 알아보지 못할 정도겠는가.

그러나 양궁표는 여자로 화한 설영과 원래 여자인 정미 각각의 얼굴에서 한 번 봤던 살수의 얼굴을 전혀 찾아내지 못할 정도로 둔하지는 않았다.

다만 그 미녀들이 살수 같기는 한데 확신이 서지 않을 뿐이었다.

그래서 그는 오늘 밤 네 번째이자 마지막으로 낙영루에 잠입하여 다시 한 번 확인하려는 것이다.

"이번에는 소제도 가겠습니다."

양궁표는 지난 세 번의 낙영루행에 혼자 다녀왔었다. 자신보다 무공이 떨어지는 단랑을 데리고 다니는 것이 거치적거리기 때문이었다.

그러나 단랑은 양궁표가 이번에도 자신을 놔두고 갈까 봐 아예 먼저 일어나서 나갈 채비를 서둘렀다.

"혼자 간다."

그러나 양궁표는 또다시 그 말만을 남기고 횡하니 방을 나가 버렸다.

"이형님! 정말 너무하는 것 아닙니까? 빌어먹을!"

지난 보름 동안 단랑은 과거의 거친 성격으로 조금씩 되돌아가고 있었다.

그 원인은 순전히 양궁표 때문이었다.

설영과 정미는 지난 보름 동안 낙영루의 사층에서 한 걸음
도 밖에 나가지 못한 채 갇혀서 지냈다.

금호도패왕을 죽인 두 명의 살수를 찾는 무사들이 이미 낙
양루에도 여러 차례 들이닥쳐 기루 구석구석을 이 잡듯이 샅
샅이 수색했다.

두 명의 살수가 몸에 묻히고 간 천리추의 흐릿한 흔적이 마
지막으로 감지된 장소가 장하로였다.

그렇기 때문에 장하로에 있는 기루나 주루, 객잔은 물론이
고 가정집들까지도 온 집 안을 발칵 뒤집어놓는 수색에서 자
유로울 수가 없었다.

수색자들은 또 다른 천리추의 흔적을 찾아냈지만 그 역시
낙양성 내 태평로에서 끊어진 채 지금껏 오리무중이다.

물론 그 천리추는 양궁표와 단랑의 흔적이었다.

금호각의 호위대장인 금호각주는 현재 금호방의 임시 방
주 대행을 맡고 있는 형신에게 그의 부친 형곤이 암살을 당하
던 날까지 사흘 연이어 두 인물이 찾아왔었다는 설명을 해주
었기 때문에 형오는 그 두 인물을 찾아내는 일에도 전력을 기
울였다.

그 정보가 어떻게 새어 나갔는지는 모를 일이지만, 중천사
세와 중천칠지파도 그 두 인물의 색출에 나섰다.

며칠 건너 한 번씩 무사들이 낙영루를 수색할 때에는 설영

과 정미는 낙화귀가 안내한 은밀한 지하의 석실에 죽은 듯이
숨어 있어야만 했다.

그런 상황이니 그들이 낙양성을 빠져나가는 것은 꿈도 꾸
지 못할 일이었다.

암살 임무는 성공했지만 살아서 귀환하지 못한다면 아무
소용이 없었다.

그러나 설영이나 정미는 검풍루로 귀환하지 못하고 있는
것에 대해서 그리 조바심을 내지는 않고 있었다. 그저 조금
지루하다고 느낄 뿐이었다.

어떤 혹독한 상황에서도 완벽하게 적응하여 생존하는 것
은 살수에겐 기본 중에서도 기본이다.

그러나 설영과 정미는 매일 호의호식하면서 최상의 휴식
을 취하고 있는 중이다. 이것은 두 사람에게는 축복이나 다름
이 없었다.

이런 상황에서라면 몇 달, 아니, 일 년이라도 감옥 생활 아
닌 감옥 생활을 견딜 수 있을 것이다.

그런데 설영은 한 가지 마음에 걸리는 것이 있었다.

한 사내 때문이었다.

그 사내는 지난 보름 동안 사나흘 건너 한 번씩 도합 세 번
이나 낙영루에 잠입하여 설영과 정미가 기거하고 있는 사층
의 창밖에 은밀하게 숨어서 한참이나 실내를 살피다가 돌아
갔다.

설영은 그 사내가 형곤을 만나러 금호방에 사흘 연속 찾아 갔던 '양궁표'라는 이름의 사내라는 사실을 첫날 단번에 알 아보았다.

그가 두 번, 세 번 연거푸 찾아오는 것으로 미루어 아직은 설영을 알아보지 못하는 것이 분명했다. 다만 의심을 하고 있 는 정도일 것이다.

또한 설영은 양궁표가 금호방이나 다른 방파에 발쇠하지 않았다고 판단했다. 만약 그랬다면 벌써 난리가 나도 여러 번 났을 것이다.

그런 것을 보면 양궁표 역시 떳떳하게 나서지 못하는 처지 일 것이라고 설영은 짐작했다.

그러나 이것은 왠지 께름칙했다. 마치 볼일을 보고 밑을 닦 지 않은 것 같은 기분이었다.

아마 양궁표라는 사내는 또 올 것이다.

제궤의혈(堤潰蟻穴), 큰 방축(防築)도 개미 구멍으로 인하여 무너질 수 있는 법이다.

그 사내를 내버려 두면 장차 설영과 정미에게 어떤 형태로 든 피해를 끼칠 것이 분명했다.

정미는 탁자의 맞은편에 앉아서 홀짝홀짝 차를 마시면서 설영을 빤히 바라보고 있었다.

설영이 꽤 오랫동안 생각에 잠겨 있었으므로 그녀는 벌써 두 주담자의 차를 거의 비우고 있는 중이었다.

차를 많이 마셔서 배가 불렀지만 딱히 할 일이 없었다. 시간을 분초로 나누어서 아껴 사용하던 살수에게 한가로운 여가 시간은 또 다른 고통이었다.

정미는 몇 차례 설영에게 말을 붙였으나 그가 듣지 못하고 생각에만 골몰하는 바람에 약간 심통도 나고 따분해서 주니를 내다가 한 가지 재미있는 놀이를 궁리해 냈다.

설영을 이모조모 뜯어보는 것이었다. 이렇게 가까이에서, 또 오랫동안 설영을 보기는 처음이었다.

보면 볼수록 너무 아름다워서 감탄만 나오는 설영에게 질투를 내는 일 따위를 정미는 일찌감치 포기했다.

정미는 벌써 반 시진 전부터 설영의 코며, 눈이며, 입술, 뺨, 목, 귀를 보고 또 보면서 감탄도 하고 분석도 하면서 시간을 죽이고 있었다.

'왔다!

그때 생각에 골몰하고 있던 설영은 속으로 낮은 탄성을 터뜨렸다. 창밖에서 한줄기 미약한 기척을 감지한 것이다.

사실 그는 생각에 골몰해 있으면서도 수시로 창 쪽을 곁눈질했으며, 청력을 극대화시켜 두고 있는 상태였다.

살수로서는 지나칠 정도로 높은 이 갑자의 공력을 지니고 있는 설영이 놓칠 만한 기척은 거의 없을 터이다.

"미아."

설영은 표정의 변화 없이 천천히 손을 움직여 정미 앞에 놓

여 있는 차 주담자를 잡아 자신의 찻잔에 따르면서 전음으로
정미를 불렀다.

정미는 설영이 너무 오랫동안 침묵을 지키고 있었기 때문
에 방금 들은 음성이 혹시 환청은 아닌가 하는 표정으로 설영
을 바라보았다.

설영은 찻잔을 입술에 대고 이미 식어버린 차를 한 모금 마
시면서 전음을 이었다.

"내가 부를 때까지 지하 밀실에 가 있도록 해."

순간 정미의 동공이 아주 잠깐 커지면서 가볍게 흔들렸다.
하지만 워낙 찰나지간이어서 창밖의 은둔자는 눈치를 못 챘
을 것이다.

정미는 무슨 일이 발생했다는 것을 직감했다. 그러나 호들
갑이나 수선을 피우지 않는 것은 물론이고, 얼굴 표정 하나
변하지 않았다.

지난 팔 년 동안의 혹독한 살수 수업은 절대 놀면서 한 것
이 아니었다.

아마도 정미는 태산이 무너져도 놀라지 않을 것이다. 다만
그녀는 항상 설영에 대해서만 놀란다. 설영이 그녀의 놀라움
의 원천이었다.

정미는 설영에게 조심하라는 응원의 눈빛을 보낸 후 일어
나서 방문 쪽으로 걸어가며 한껏 기지개를 켰다.

"아유~! 너무 심심해! 잠시 놀다 올 테니까 너는 궁상이나

계속 떨어!"

정미가 나갈 때 설영은 자연스럽게 보이려고 방문 쪽을 보며 쓸쓸한 미소마저 지어 보였다.

정미는 설영을 걱정하지 않았다. 설영이 무림에서 최고로 강한 사람이라고는 생각하지 않지만, 그가 자신의 절대자라는 믿음에는 변함이 없었다.

설영은 은둔자, 즉 양궁표라고 확신되는 자로부터 숨으려고도 하지 않았다.

오히려 그가 더 잘 볼 수 있도록 움직이지 않고 꼿꼿하게 앉아서 차분하게 차를 마셨다.

양궁표에게 이곳에 네 번씩이나 잠입하면서까지 수행해야 할 목적이 있다면, 설영 역시 그를 한시바삐 해결해서 께름칙한 기분을 없애야만 했다.

그러나 이번에도 양궁표는 행동을 취하지 않았다. 설영이 두 살수 중 한 명이라는 확신이 서지 않았기 때문이다.

그러더니 그가 창밖에서 감쪽같이 사라져 버렸다.

설영은 그가 어지간히 눈썰미가 없는 위인이라고 생각하며 실소를 금치 못했다.

양궁표는 낙담을 하며 낙영루 후원의 인공으로 조성한 숲으로 숨어들었다.

뜰과 숲의 경계에서 뒷담까지 폭 칠팔 장 정도의 숲은 한겨울의 혹한 때문에 앙상한 나무들만 서 있어서 사방이 휑하게 트인 상태였지만, 양궁표는 자신의 모습이 드러나게 될까 봐 염려하지 않았다.

그는 은둔술 같은 것은 배운 적이 없지만, 이런 상황에서 자신의 몸 하나 정도는 능히 은폐시킬 능력이 있었다.

그는 나뭇가지 사이로 자신이 방금 떠나온 건물의 사층 창문을 올려다보았다.

그의 눈빛이 공허했고 표정은 씁쓸했다.

결과적으로 오늘도 확신을 내리지 못했다. 설영의 얼굴에서 자신이 보았던 흔적을 조금 찾아내기는 했지만, 그것만 갖고 살수라고 단정하는 데에는 무리가 따랐다.

그렇다고 무작정 창 안으로 쏘아 들어가서 네가 살수냐 아니냐, 혹은 화장 좀 지우고 맨얼굴을 좀 보여라고 요구할 수도 없는 노릇이었다.

양궁표는 이곳에 오는 것이 이번이 마지막이라고 스스로에게 약속했다.

그러므로 그는 더 이상 이곳에 오지 않을 것이다. 하지만 이대로 물러날 수도 없는 상황이 아닌가.

그가 이러지도 저러지도 못하고 망설이고 있을 때였다.

"너는 내게 볼일이 있느냐?"

"헛!"

순간 양궁표는 자신의 등 뒤에서 들려온 조용한 목소리에 크게 놀라고 말았다.

얼마나 놀랐으면 탄성까지 터뜨렸겠는가. 그는 평생을 통틀어서 이 정도로 놀란 적은 거의 없었다.

양궁표는 오른손으로 어깨의 검파를 잡는 것과 동시에 벼락같이 몸을 돌리며 공격하려고 했다.

그 순간 그는 방금 전만큼 다시 한 번 놀라야만 했다. 언제 어떻게 나타났는지, 자신의 전면 이 장 거리에 표홀히 서 있는 설영을 발견했기 때문이다. 그나마 방금 전처럼 탄성을 터뜨리지 않은 것이 다행이었다.

양궁표의 검은 검집에서 삼분지 일쯤 빠져나온 상태에서 멈춰 있었다.

설영은 조금 전에 양궁표가 봤던 모습 그대로였다.

붉은색의 비단으로 만든 채의(彩衣)를 입었으며, 긴 치마가 바닥에 끌렸고, 구름처럼 틀어 올린 궁장 머리와 두 가닥 흘러내린 귀밑머리, 그 아래 고운 선의 흰 턱과 목이 한 마리 우아한 학을 연상케 했다.

양궁표는 가까이에서 보는 설영의 지독한 아름다움에 그가 소리도 없이 나타났다는 놀라움이 가중됐기 때문에 한동안 입을 열지 못했다. 그저 얼굴에 적이 놀라는 표정만 떠올라 있을 뿐이었다.

그래서 방금 설영이 무슨 말을 했는지도 듣지 못했다. 음성은 들었는데 내용을 듣지 못한 것이다.

그러나 한 가지, 양궁표는 눈앞의 아름다운 여자가 형곤을 죽인 살수가 분명하다는 확신을 갖게 되었다.

자신의 등 뒤에 이처럼 추호의 기척도 없이 접근할 수 있다는 사실, 그 정도면 확신으로는 충분했다.

"그대가 금호방주를 죽였소?"

하지만 그는 자신의 추리와 현실의 괴리감 때문에 확신을 좀 더 뒤로 미뤄야만 했다.

머리로 하는 추리는 정확했지만, 지금 자신의 육안으로 보는 이 아름다운 미녀가 설마 살수일까 하는 의구심이 피어났기 때문이다.

"너는 정말 눈썰미가 없는 자로군. 날 두 번씩이나 보고도 못 알아보다니."

설영은 두 손을 앞에 모은 채 나직이 말했다. 불혹, 마흔 살이 거의 다된 사내에게 거침없이 하대를 하면서도 자세는 다소곳할 정도로 단정했다.

지금 설영의 목소리는 여자로서는 다서 굵은 저음이었다. 하지만 목소리만으로 남자라고 단정하기에는 고운 미성(美聲)이었다. 굵은 목소리의 여자도 능히 그런 목소리를 낼 수 있을 것이다.

양궁표는 설영의 말에 다시 한 번 그가 살수라는 것을 재확인했다.

또한 그는 설영이 생각과 말과 행동이 불일치하는 특이한 종류의 사람이라고 여겼다.

그렇게 생각하자 양궁표의 머리가 차가워지면서 냉정을 되찾기 시작했다.

"너는 오늘까지 네 번씩이나 이곳에 잠입하고서도 날 알아보지 못하고 있다. 더구나 너는 항상 늦은 밤에 왔는데, 한밤중에 손님을 접대하지 않는 기녀라는 것이 있다고 생각하는 것이냐?"

"……."

양궁표는 할 말을 잃고 말았다. 그렇다. 그는 네 번 모두 밤중에 이곳에 잠입했고, 그때마다 설영과 정미는 방 안에 있었다.

그녀들이 정말 기녀라면 한 번이라도 손님을 접대하는 광경을 목격했어야 당연하지 않았겠는가.

손님을 접대하지 않는 아름다운 두 명의 기녀라면 양궁표는 더 이상 우물쭈물하지 말고 그녀들을 마땅히 살수라고 판단했어야 옳았다.

지금 설영은 자신이 금호방주를 암살한 살수였다는 사실을 양궁표의 손에 쥐어주기까지 하고 있는 중이었다.

설영은 이런 식의 뜨뜻미지근한 상황이 오래 지속되는 것이 싫었다.

개인적인 감정으로도, 살수의 냉철한 이성으로도 이런 상황은 바람직하지 않았다. 그래서 어떤 형태로든 결말을 내고 싶었던 것이다.

순간 양궁표는 움찔했다.

자신이 이곳에 잠입한 것이 오늘로써 네 번째라고 한 설영의 말을 그제야 떠올렸다.

설영은 모두 알고 있었던 것이다. 관찰은 양궁표가 한 것이 아니라 설영이 한 것이었다.

더구나 설영은 조금 전에 양궁표의 뒤에 일말의 기척도 없이 나타났다.

만약 그가 살심을 품었다면 양궁표는 이미 죽었거나 중상을 면치 못했을 것이다.

양궁표는 얼음물을 뒤집어쓴 것 같은 전율이 온몸을 휩싸는 것을 느꼈다.

그는 형곤을 죽인 살수를 제압해서 심문을 하고, 그 결과를 설무검에게 보이려고 했던 자신이 이 순간 더할 수 없이 비참하게 여겨졌다.

"왜… 금호방주를 죽였느냐?"

양궁표는 잠시 침묵한 후에야 비로소 설영에게 하대를 하며 물었다.

그의 목소리에는 자신을 옭죄고 있던 괴리감에서 벗어나려는 노력이 역력했다.

설영의 입초리가 살짝 치켜 올라갔다. 비웃음이나 미소는 아닌데 사람의 기분을 묘하게 만드는 무엇이 있었다.

"살수가 표적을 죽이는 데 이유가 있어야 하느냐? 너는 볼수록 우둔하군."

설영의 말이 맞았다. 양궁표는 또다시 자신이 정말 우둔하다고 생각했다.

군사는 장수의, 장수는 장군의, 장군은 황제의 명령에 따라 전쟁에 참가하고 적군을 죽이는 법이다.

황제를 제외한 절대다수는 전쟁의 이유도, 당위성도 모른 채 적을 죽일 뿐이다.

살수가 그것과 무에 다를 것이 있겠는가?

양궁표는 설영이 지적했던 것보다 자신이 더 우매하다는 자괴감에 빠졌다.

그러나 한 가지 의문이 피어올랐다. 일견하기에도 설영은 살수로서는 지나치게 강한 듯하다. 양궁표는 살수에 대해서는 잘 모르지만, 이처럼 고강한 살수가 있다는 말은 들어본 적이 없었다.

설무검도 양궁표 정도면 무림에서 적수를 찾아보기 어려울 것이라고 말하지 않았던가.

그런데도 그는 지금 일개 살수에게 형편없이 농락당하고 있는 것이다.

양궁표는 머리를 가볍게 흔들어 혼란에서 벗어나려 애썼고, 그것은 웬만큼 성공을 거두었다.

"너는 어느 살수 조직의 살수냐?"

“내가 너의 신분이 무엇이냐고 물으면, 너는 순순히 대답해 주겠느냐?”

“…….”

다시 한 차례의 대화가 오고 가자 양궁표는 또 할 말을 잃고 말았다.

그는 똑똑한 사람은 아니었지만 그렇다고 해서 멍청한 사람도 아니다.

그런데 지금 싸워보기도 전에 단지 말로써 이 어린 살수에게 철저하게 농락당하고 있는 것이다.

설영은 양궁표의 마음을 아는지 모르는지 연이어 설검(舌劍)을 휘둘렀다.

“너는 정말 어수룩한 작자다. 살수는 이유 같은 걸 따지지 않고 표적을 죽인다. 살수 조직 또한 돈만 받으면 누구든 죽여준다. 그런 것을 정말 모른다는 말이냐?”

기껏 안정된 양궁표의 머리가 또다시 마구 헝클어졌다.

“네가 죽은 금호방주의 복수를 하겠다는 단순한 목적을 갖고 왔다면 또 모를까, 그게 아니라면 내게서 알아낼 것은 아무것도 없다.”

설영이 굳이 설명하지 않아도 양궁표 역시 그런 생각을 하고 있던 참이었다.

양궁표는 잠시 더 골똘히 생각해 봤지만 설영의 말이 옳았다. 그는 자신이 이곳에 왜 왔는지, 그리고 더 있어야 할 이유를 찾지 못했다.

그러나 그는 곧 그다운 해결책을 찾아냈다.

"너는 나하고 같이 가야겠다."

설영은 약간 어이없는 표정을 지었다.

"왜?"

"나는 방법을 모르지만, 내가 모시고 있는 분께서는 너를 어떻게 해야 할지 아실 것이다. 그분께 너를 데려가겠다."

양궁표는 그 방법이 가장 적절하다고 자평했다. 그러나 그는 설영이 자신보다 더 강할 수도 있다는 사실을 잠시 잊고 있는 듯했다.

양궁표는 설영의 표정이 변하는 것을 발견하고 눈빛이 가볍게 흔들렸다.

설영은 지금껏 담담한 표정이었는데, 양궁표의 말에 지금은 얼굴에 한 겹의 빙막(氷幕)을 씌운 것처럼 변했다.

그러나 양궁표는 더 이상 흔들리지 않았다. 일단 자신이 취할 바를 결정하고 나니까 상대를 제압하겠다는 것 외에 아무 생각도 들지 않았다.

그때 그나마 흐릿한 빛을 뿌려주던 그믐달이 조각 구름 속으로 미끄러져 들어갔다.

스파앗!

순간 양궁표에게서 하나의 번뜩이는 섬광이 설영을 향해 폭사되었다.

그것은 손가락 하나 정도 길이인 빛의 조각인데, 단검의 날처럼 가늘고 납작했으며 또 뾰족했다.

게다가 지독하게 빨랐다.

설영은 양궁표에게서 섬광이 번쩍하는 순간 그것이 순식간에 자신의 목전에 이르자 가볍게 흠칫 놀라는 것과 동시에 즉시 신형을 날렸다. 그는 지금껏 이처럼 빠른 검초식을 본 적이 없었다.

양궁표가 펼친 검초식은 초일검류의 삼초식, 전광류였다.

백 년 공력이 있어야만 검기를 발출할 수 있으며, 현재 양궁표의 공력은 딱 백 년이다.

양궁표는 검기가 설영의 오른쪽 어깨 반 장까지 쇄도했을 때 그를 제압했다고 판단했다.

죽일 생각은 없었다. 그러나 오른쪽 어깨를 자른다면 죽은 것이나 다름이 없을 것이다. 그 상태에서 제압하여 끌고 가리라고 생각했다.

사아아―

전광류의 검기가 설영의 어깨를 세로로 벨 것이라고 예측했던 양궁표는 검기가 앙상한 나뭇가지를 베고 있는 것을 보는 순간 가볍게 움찔했다.

'피했다는 말인가? 전광류를?

믿어지지 않았다.

전광류를 연마할 때도 그랬고, 중원으로 들어오는 동안 상대했던 몇몇 일류고수들에게 전광류를 전개하여 속수무책 거꾸러뜨렸을 때에도 그랬던 것처럼, 양궁표는 전광류에 굉장한 자부심을 갖고 있었다. 그가 알고 있는 한 전광류는 가장 빠른 검기였다.

그는 재빨리 눈동자를 굴려 주위를 훑어보는 동시에 청력을 극대화시켰다. 이런 상황에서는 고개를 돌려 두리번거릴 여유도 없었다.

"……!"

육안으로 보이는 것도, 일말의 음향도 없었다. 그러나 본능이 무언가를 감지해 냈다.

위에서부터 아래로, 정수리 한복판에 전해지는 찌르는 듯한 느낌.

차가운 물방울 하나가 정수리에 뚝 떨어진 느낌이었다.

그는 급히 고개를 들어 머리 위를 보다가 눈을 부릅뜨며 후드득 몸을 떨었다.

어느새 설영이 그의 머리 위 일 장 반 거리에서 머리를 아래로 한 자세로 무섭게 쏘아져 내리고 있었다.

그의 오른손에 쥐어져서 아래를 향해 쭉 뻗어져 있는 것은 한 자루 얇디얇은 연검.

모든 움직임에는 기척이 있기 마련이다. 물이 흐르는 소리, 바람이 부는 소리, 햇살의 따스함과 얼음의 차가움, 파도, 낙엽이나 풀잎의 흔들림까지도.

그런데 양궁표는 설영의 공격에서 추호의 기척도 느끼지 못하고 있었다.

아니, 설영은 나타날 때부터 지금까지 입을 열어 말을 하는 것 외에는 그 어떤 기척도 흘려내지 않았다.

양궁표는 피할 여유조차 없는 것을 깨달았다. 그는 다급히 수중의 검을 머리 위로 들어 올렸다.

검과 검이 부딪쳐서 요란한 소리가 나면 낙영루의 호위무사들이 떼거리로 몰려오겠지만, 지금은 그런 것까지 염려할 상황이 아니었다.

하지만 그것은 양궁표의 착각이었다. 검끼리 부딪치는 소리 같은 것은 아예 나지도 않았다.

양궁표는 두 눈으로 뻔히 올려다보면서도 꿈을 꾸는 듯한 기분이 들었다.

정확하게 검을 들어 올려 막았는데 설영의 검끝이 확 휘어지더니 자신의 검을 피하면서 곡선을 그리며 계속 정수리를 찔러오는 것이었다.

그것은 마치 검이 살아서 움직이는 뱀이거나 눈이 달려 있는 것 같았다.

양궁표는 다급히 머리를 옆으로 젖히면서 쓰러지듯이 몸을 날렸다.

푹!

그러나 왼쪽 어깨에 설영의 연검이 세 치가량 꽂히면서 불에 달군 인두로 지진 듯 화끈했다.

만약 때맞춰 몸을 날리지 않았더라면 검은 더 깊숙이 찔러서 심장을 헤집어놓았을 것이다.

양궁표는 왼쪽 어깨가 무너져 내리는 듯한 강한 느낌을 받았지만 통증을 느끼지는 않았다. 통증보다는 놀라움이 더 컸기 때문이다.

그러나 설영의 공격은 거기에서 그치지 않았다.

그는 자신의 연검이 양궁표의 왼쪽 어깨에서 뽑히는 순간 허공에서 내리꽂히다가 방향을 꺾었다.

그의 연검만 뱀 같은 것이 아니라 그의 몸도 뱀 같았다.

그의 상체가 양궁표가 피하는 쪽으로 꿈틀 꺾이면서 방향을 잡더니 순식간에 허공을 수평으로 가르며 쏘아갔다.

양궁표는 최초에 어깨를 찔린 곳에서 순식간에 삼 장이나 물러나서 이 정도면 사정권에서 벗어났겠지라고 생각하며 뒤돌아보다가 설영이 여전히 자신의 일 장 뒤에 따라붙고 있는 것을 발견하고는 온몸의 피가 싸늘하게 식어버리는 듯한 충격을 받았다.

더욱 가공할 일은 설영의 동작이나 공격에는 추호의 음향도, 기척도, 흐트러짐도 없다는 사실이었다.

양궁표의 등줄기로 소름이 쫙 훑고 지나갔다.

공포였다.

그는 태어나서 단 한 번도 공포를 느낀 적이 없었다. 죽음이 두렵지 않으니 공포 따위를 느낄 일이 없었다.

흑풍채가 토벌대에게 짓밟혀서 설무검과 함께 경붕현 군총의 뇌옥에 갇힌 채 다음날 처형될 신세였을 때에도 두려움이나 공포 따윈 느끼지 않았었다.

워낙 험난하게 살았고, 산적 생활을 하는 동안에는 언제 죽을지 모르는 삶이라 아예 한 발을 죽음에 들여놓은 채 살아왔었던 그다.

그런 그가 지금 공포를 느끼고 있었다. 그러나 죽음에 대한 공포는 아니었다.

상대에 대한, 상대의 불가사의한 능력에 대한 공포였다.

그것은 어둠을 두려워할 뿐, 어둠 속에 웅크리고 있는 자연이나 사물을 두려워하지 않는 것이나 같다.

지금 설영은 어둠이었다.

죽음이 아니라 죽음으로 몰아가는 과정이었다. 사람들은 그 과정을 두려워하기 마련이다.

양궁표는 선공을 했으나 그것은 무위로 그치고 지금은 오히려 선기를 뺏긴 상황이었다.

그가 정신을 차리려고 했을 때 설영의 연검은 어느새 그의 목전 두어 자 거리까지 쇄도하고 있었다.

파아—

급히 피했으나 옆구리가 선뜻했다. 오른쪽 옆구리가 죽 베어져서 뜯겨 나가면서 피가 뿜어졌다.

물론 그것이 끝이 아니었다.

양궁표가 다시 오른쪽으로 미끄러지듯이 피하자 설영도 허공중에서 오른쪽으로 상체를 비틀었다.

그것은 마치 양궁표가 어디로 피할 것인지 이미 알고 있는 듯한 행동이었다.

유령, 아니, 설영은 양궁표의 그림자 같았다.

양궁표는 처음 선공을 하여 역습을 당한 순간부터 평정심을 잃고 있었다.

한마디로 제정신이 아니었다. 머릿속이 텅 빈 것 같아서 어떻게 대처해야 할지를 몰랐다.

그 상태에서 두 번 칼에 찔리고 나니까 어쩌면 이 싸움에서 자신이 죽을 수도 있다는 불길함이 엄습했다. 그제야 정신이 번쩍 들었다.

이렇게 죽을 수는 없었다.

그는 아직 할 일이 많았다. 설무검이 형제들과 당도할 또 다른 세계에 양궁표도 함께 있어야만 한다.

그는 있는 힘껏 어금니를 악물었다. 입 안 어디가 터졌는지 비릿한 피 냄새가 느껴졌다.

설영의 연검이 세 번째로 양궁표를 유린하기 직전, 양궁표의 신형이 여태까지와는 다른 움직임을 보였다.

그의 두 발은 거의 보이지 않을 정도로 빠르게 교차하며 움직였다.

그가 구궁(九宮)의 복잡한 방위를 정확하고도 빠르게 밟아 나가자 그의 신형은 울창한 숲 속을 스쳐 가는 한줄기 바람처럼 빨라졌다.

여태까지와는 전혀 다른 움직임이었다.

바로 구궁표류연(九宮飄流衍)이라고 하는 신법이며, 설무검이 전수해 주었다.

무림사에 다시없을 불후의 신법 구궁표류연을 양궁표는 현재 육성 정도 터득한 상태였다.

양궁표가 일단 신법을 펼치자 놀라운 일이 벌어졌다.

일말의 파공음도 없으며 정확하기 짝이 없는 설영의 검초식이 그때부터 연달아서 세 차례나 빗나가며 허공을 찌르고 베는 것이었다.

더구나 설영은 양궁표를 잃어버리고 말았다.

그것은 육안으로는 뻔히 보이지만 검의 눈, 즉 검안(劍眼)으로는 보이지 않는다는 뜻이다.

눈으로만 볼 수 있고 검으로는 볼 수 없다면, 검초를 펼치되 완벽한 살초를 펼칠 수 없다.

설영은 여전히 양궁표를 그림자처럼 뒤쫓고 있었지만, 양궁표가 구궁표류연을 전개하자 순식간에 사 장 밖으로 물러나며 설영의 사정권 내에서 멀어졌다.

설영은 약간 어이없는 표정을 지었다. 그가 전개하고 있는 신법은 아미파의 절학인 유운무풍이었다.

그것을 전수해 준 한효령의 자신감 넘치는 설명이 굳이 아니더라도 설영은 유운무풍을 배운 이후 그것을 전개하여 단 한 번도 상대를 놓치거나 상대에게 뒷덜미를 추격당한 적이 없었다.

심지어 한효령조차도 유운무풍을 펼치는 설영을 잡지 못할 정도였다.

비록 유운무풍이 당금 무림에서 최고의 신법은 아니더라도 절세적인 것만은 분명했다. 이렇게 쉽사리 상대를 놓칠 리가 없었다.

그때 물러났던 양궁표가 오히려 구궁표류연을 전개하면서 곧장 설영을 향해 쏘아왔다.

그야말로 반전이었다.

설영은 무엇 때문인지는 몰라도 양궁표가 지금껏 진짜 실력을 발휘하지 않은 것을 깨달았다.

과연 양궁표는 크게 달라졌다. 일직선으로 쏘아오고 있는데도 설영은 검으로 그를 겨눌 수가 없었다.

양궁표는 일견 일직선으로 쏘아오는 것처럼 보였지만, 검을 겨누려고 보면 몸이 좌우로 쉴 새 없이 흔들리면서 쏘아오고 있었다.

그렇다고 무작정 그냥 공격할 수는 없었다. 그것은 과녁에 겨누지 않고 무턱대고 화살을 쏘아내는 것이나 다름이 없는 짓이다.

설영은 웬만하면 아미파 절학은 사용하지 않으려고 했는데 이렇게 된 이상 어쩔 수가 없었다.

쐐애액!

하지만 그가 아미파 절학을 전개하기도 전에 양궁표의 전광류 검기가 뿜어졌다.

그것도 하나가 아닌, 두 개가 각기 설영의 어깨와 옆구리를 노리고 무엇과도 비교할 수 없는 빠르기로 쏘아왔다.

순간 설영의 신형이 수직으로 솟구쳐 올랐다.

팍!

다음 순간, 검기 하나가 설영의 비단 치마 아랫부분에 작은 구멍을 뚫었다.

피하는 것이 찰나만 늦었더라도 뚫리는 것은 치마가 아니라 설영의 몸이었을 것이다.

설영은 순식간에 허공으로 일 장가량 솟구쳐 올랐다가 빙글 공중제비를 한 바퀴 돌자마자 머리를 아래로 한 자세로 하강하며 연검에 공력을 주입시키면서 검첨을 가볍게 털듯이 흔들었다.

그러자 원래 검신이 종잇장처럼 얇은 연검은 바람에 흔들리는 풀잎처럼 파르르 떨리며 찰나지간에 다섯 줄기의 검기를 발출했다.

쉬리릿!

얇은 대나무가 슬쩍 굽혀졌다가 펴질 때의 소리가 가볍게 흘러나왔다.

살수의 수법은 조금도 소리가 나지 않아야 하지만, 아미파 절학은 그럴 필요가 없다.

설영이 지금 전개하고 있는 검법은 아미파의 자우파풍검 법(紫雨波風劍法)이다.

무림에 잘 알려져 있는 난파풍검법(亂波風劍法)의 최상승검 법인 셈이다.

양궁표는 자신이 발출한 두 개의 검기 중 하나가 설영의 치 마를 뚫는 순간부터 승기를 잡았다고 확신했다.

그는 방금 전 자신이 발출한 전광류의 검기가 설영을 적중 시킬 것이라고는 생각하지 않았다.

다만 설영을 놀라게 하여 지상으로부터 떠오르게 한 다음 에 자세가 흐트러진 그에게 이차 공격을 가하여 요격시킨다 는 작전을 세운 것이다.

그것은 풀숲에 웅크리고 있는 꿩을 하늘로 떠오르게 하여 화살을 쏘는 것과 같은 방법이었다.

그리고 지금까지는 양궁표의 작전대로 진행되고 있었다.

이차 공격을 미리 계산하고 있었으므로 양궁표의 다음 동 작은 빠를 수밖에 없었다.

설영이 허공으로 솟구칠 때 그는 이미 두 번째 검초식을 발 출하고 있었다.

큐우웅!

초일검류의 이초식인 천궁류(天弓流)가 지상에서 태양을 향해 발사되는 거대한 불화살처럼 쏘아져 올랐다.

초식명처럼 하늘을 향해 쏘아낸 시뻘건 화전(火箭) 같았다.

설영의 자우파풍검법과 천궁류는 누가 먼저랄 것도 없이 같은 순간에 전개됐다.

자우파풍검법의 극치는 검기다.

여러 줄기 자색(紫色)의 검기가 세차고 가느다란 비바람처럼 퍼져 나간다.

얼핏 보기에는 어지럽게 퍼져 나가는 것 같지만, 검기의 가느다란 줄기 하나하나가 목적한 방향을 향해 어김없이 날카롭게 쏘아져 가는 것이다.

반면에 천궁류는 한 줄기다. 그러므로 당연히 굵고 파괴적일 수밖에 없다.

백 년 공력으로 발출하면 반 자 두께의 무쇠마저도 관통시킬 정도의 위력이다.

초일검류는 모두 삼초식으로 이루어졌지만, 일초식보다 이초식이 강하고, 그보다는 삼초식이 강하기 마련인 일반적인 초식과는 개념이 다르다.

초일검류 삼초식은 제각기 특성과 위력이 다르기 때문에 어느 것이 강하다고 할 수 없으며, 그때그때 상황에 맞게 적절히 사용한다.

설영이 쏟아낸 자색의 가느다란 검기는 모두 다섯 줄기.

한결같이 양궁표의 전신 요혈을 노리고 빛처럼 빠르게 내리꽂혔다.

양궁표가 발출한 팔뚝만큼 굵고 붉은빛의 빛기둥은 설영의 가슴 한복판을 향해 힘차게 치솟았다.

찰나, 설영의 얼굴에 적잖이 놀라는 표정이 떠올랐다.

양궁표는 방금 전에 구궁표류연을 전개할 때부터 확실히 달라졌다.

설영에게 이검을 적중당하여 곧 제압되거나 쓰러질 것처럼 보이던 사람이 한순간 전혀 다른 사람으로 변했다.

설영은 그를 이, 삼 초식만으로 제압할 것 같았는데, 이제는 목숨의 위협을 받는 상황이 되고 말았다.

그는 양궁표를 대수롭지 않은 존재로 여겼던 방금 전까지의 생각을 깡그리 버렸다.

양궁표는 설영이 무림에 나와서 맞이하는 최초의 맞수라고 해도 과언이 아니었다.

설영은 감히 방심하지 못한 채 붉은 빛기둥, 천궁류가 반장 거리로 쇄도할 때 번개같이 몸을 뒤집으며 비룡번신의 신법초식을 발휘했다.

그와 동시에 양궁표도 두 발로 허공의 여러 방위를 번개같이 밟으면서 몸을 회오리바람처럼 회전시켰다.

일반적인 신법들은 지상에서 사용하는 것과 허공에서의 것들이 구분이 있다.

또한 허공중에서 사용하는 신법은 몸을 비틀거나 숙이고 뒤집는 등 몇 가지 동작으로 한정되어 있는 반면에, 지상에서의 신법은 그 변화가 무궁무진하다.

구궁표류연은 지상과 허공중에서 거의 같은 변화를 일으키는 전천후 신법이다.

즉, 지상에서 구성(九星), 팔괘(八卦), 팔문(八門)의 구궁을 밟는 것처럼 허공중에서도 두 발에 공력을 모아 허공의 방위를 밟는 것이다.

후우웅!

천궁류가 아슬아슬하게 간발의 차이로 설영의 옆구리를 스치며 치솟았다.

쉬쉬쉿!

다섯 줄기의 자색 검기가 양궁표의 몸 주위로 역시 한두 치의 간격을 두고 스쳐 지나갔다.

구궁표류연을 전개하지 않았다면 전신 요혈 다섯 곳에 적중됐을 것이다.

설영도, 양궁표도 상대가 자신이 펼친 회심의 공격을 피할 줄을 몰랐다가 적잖이 놀랐다.

두 사람은 자신들의 상대가 갈수록 고강해지고 있는 것을 매 순간마다 생생하게 체험하고 있었다.

쐐애액!

스파아아!

설영과 양궁표는 대여섯 번 호흡할 동안에 무려 십여 차례나 공격을 주고받았다.

한 수, 한 수가 소름 끼치도록 무서운 초식들뿐이었다.

하지만 서로의 몸에는 적중시키지 못하고 옷자락만 어지러이 찢어발겨 허공에 조각난 옷 조각들이 눈처럼 난무했다.

설영은 이 갑자의 공력을 지녔기에 백 년 공력인 양궁표보다 공력이 이십 년이나 높다.

그런데도 박빙(薄氷)의 치열한 싸움을 이십여 초식이나 나누면서도 설영이 우위를 점할 수 없는 데에는 그럴 만한 이유가 있었다. 양궁표가 익힌 초식이 워낙 탁월하기 때문이었다.

물론 설영이 배운 검풍루의 무공들은 멋스러움 따윈 추호도 없는 살인 일변도의 수법이라서 강하기 짝이 없다.

또한 그가 익힌 아미파의 무공들은 당금의 아미파에서도 실전된 전대의 절학들이라 무림에서는 능히 일절(一絶)로 불릴 만하다.

그러나 양궁표가 배운 무공, 즉 설무검의 무공은 아미파의 절학보다 더 높은 상승 절학이었다.

그것은 설무검의 무공이 고금에 다시없을 불세출의 절학이라는 뜻이다.

낙화귀는 두 사람, 설영과 양궁표의 대결을 지켜보며 놀라면서도 감탄의 표정을 얼굴 가득 떠올리고 있었다.

그는 조금 전에 이곳 숲 언저리에 도착했다.

설영과 양궁표가 아무리 소리를 내지 않고 싸운다고 해도 적막한 한밤중에 일류·급의 호위무사들이 즐비한 낙영루의 감시망을 벗어날 수는 없었다.

낙화귀는 두 사람의 대결을 보는 동안 한 단계 안계(眼界)를 넓혔다.

그는 일신에 일 갑자, 육십 년의 공력을 지녔으며, 수많은 사파 무공을 터득하여 낙양 일대에서는 제법 쟁쟁한 명성을 얻고 있었다.

그렇지만 설영과 양궁표의 대결은 낙화귀가 싸우는 방식이나 실력과는 차원이 전혀 다른 세계의 그것이었다.

정통 무공이며, 절정고수끼리의 대결인 것이다. 게다가 줄곧 검기가 난무하며 두 사람의 모습은 육안으로 제대로 보이지도 않았다.

처음에 이곳에 도착했을 때 낙화귀는 당장 뛰어들어 설영을 도우려고 했었다.

그러나 그는 곧 깨달았다. 한 치의 양보도 없는 두 사람의 대결에는 그가 끼어들 틈이 없었다.

섣불리 잘못 뛰어들었다가는 오히려 자신이 큰 부상을 입기 십상일 듯했다.

그는 여태껏 설영을 지나치게 과소평가했다. 그를 그저 태무의 친구이며 살수 정도로만 여긴 것이다.

물론 낙화귀는 설영의 신분에 대해서 태무에게 한마디도 듣지 못했다.

그러나 낙화귀처럼 소문과 정보에 밝고 민감한 인물이 개봉 금호방주의 암살에 대해서 모를 리가 없었다.

또한 숨을 곳을 찾아 자신을 찾아온 거지 차림의 설영과 생선장수 차림의 정미, 그리고 시도 때도 없이 낙영루를 수색하는 중천의 고수들을 겪으면서 두 사람이 누구이며 어떤 일로 쫓기고 있으리라는 것쯤은 충분히 추측할 수 있었다.

거기에 하나를 덧붙이자면, 낙양 남문 근처에서 금호방주의 장남 형오와 아홉 명의 무사를 죽이고 사라진 일남일녀의 얼굴을 그곳에 있던 많은 사람들이 목격했다.

낙양뿐 아니라 중천무림 전역에 대해서 빠삭한 정보망을 구축하고 있는 낙화귀가 일남일녀의 용모에 대해서 보고를 받은 것은 당연지사.

그는 눈도 깜빡이지 못하고 숨조차 죽인 채 설영과 양궁표의 대결을 지켜보았다.

설영과 양궁표의 싸움은 용과 호랑이의 싸움, 용나호척(龍拏虎擲)이라고밖에는 설명할 수가 없었다.

낙화귀는 이 싸움이 쉽게 끝나지 않을 것이며, 결국에는 무승부나 양패구상으로 끝날 것이라고 예상했다.

최소한 그가 지켜본 바에 의하면 그랬다.

하지만 그는 모르고 있었다.

설영이라는 불세출의 귀재에 대해서.

第三十八章
혈월단주(血月團主)

설영에게 있어서 이 싸움이 지니고 있는 의미는 매우 컸다.

이것은 그가 강호에 나와서 첫 번째로 치르는 실전이다. 암살과 실전은 근본부터 다르다.

첫 실전에서 그는 너무 강적을 만났다.

그것도 설무검이라는 절대자가 길러낸 맹호와 사생결전을 벌이고 있었다.

설영은 시간이 흘러 쌍방 간에 수십 초식을 주고받는 중에 어느덧 학습(學習)을 하고 있었다.

사방이 막힌 밀실에서 혼자 수련하는 것이나, 사부격인 한효령과의 비무에서는 결코 배울 수 없는 요소들을 그는 양궁표와의 이각 남짓한 치열한 대결에서 체험하며 배우고 있는 중이었다.

노력파라는 점에 있어서는 설영이나 양궁표, 둘 다 우열을 가리기 어려울 것이다.

그러나 설영은 천고의 귀재라는 점이 양궁표와 다르다.

그는 뼈가 부서질 정도로 혹독한 노력을 하면서도 또한 귀재인 것이다.

이각여 동안 치열하게 각축을 벌이는 동안 설영은 자신이 배운 철학들을 어떤 식으로 실전에 응용해야 하는지, 어떤 상황에서 무슨 초식을 전개해야 극적인 효과를 도출해 낼 수 있는지, 또한 어떤 상황에서 어떻게 공력을 주입해야 하는지 등등 무수히 많은 것들을 배웠다.

물론 양궁표도 많은 것을 깨달았지만 설영하고는 비교할 수가 없었다.

두 사람은 한 차례도 검을 부딪치지 않았다. 그러나 형형색색의 검기들이 소나기와 비늘처럼 허공에 가득 난무해서 마치 불꽃놀이를 하는 것 같았다.

또한 그들이 싸우고 있는 방원 오륙 장 내에 있는 나무들은 모조리 베어져서 쓰러진 상태였다.

'이제 됐다!'

설영은 양궁표의 전광류를 여유있게 피하면서 엷은 미소를 머금었다.

양궁표가 싸우는 습관에 대해서 마침내 모든 파악이 끝난 것이다.

큐우웅!

예상했던 대로 양궁표는 허공에서 내려서고 있는 설영을 향해서 득달같이 덮쳐 오며 천궁류의 붉은 빛기둥을 위맹하게 발출했다.

이런 상황에서 지금까지의 설영이라면 천궁류를 피하면서 검초식을 발출했을 것이다.

그러나 이번에 그는 피하지 않았다.

아니, 오히려 양궁표를 향해 곧장 마주 쏘아갔다.

어떻게 보면 너 죽고 나 죽자는 동귀어진의 무모한 행동처럼 보였다.

양궁표의 표정이 가볍게 변하는가 싶더니 눈을 부릅뜨며 천궁류에 극한의 공력을 주입시켰다.

그는 설영이 지루한 싸움을 끝내려고 이번 격돌에 전력을 기울일 것이라고 판단했다.

둘이 정면으로 부딪치면 둘 중 하나는 죽든가 중상을 면치 못할 것이다.

아니면 둘 다 죽거나 둘 다 중상을 당하든지.

양궁표는 이런 식의 결말을 좋아하지는 않지만, 피할 정도로 겁쟁이가 아니었다.

또한 어떻게 할 것인가 고민할 만큼 시간적 여유가 충분하지도 않았다.

더욱 극강해진 천궁류의 붉은 빛덩이가 설영을 향해 일직선으로 뿜어져 갔다.

이 정도로 치열하게, 그리고 막강한 상대와 싸우는 사람들은 어떤 기이한 도취 상태에 빠져들기 마련이다.

바둑에 심취한 사람이 바둑 이외의 것은 생각하지도 보이지도 않는 것처럼, 이런 식의 싸움을 하는 사람들은 생사와 승패를 도외시한 채 오직 싸움에만 열중하면서 설명하기 힘든 기묘한 매력을 야금야금 탐닉한다.

즉, 하나하나 전개되는 초식과 심장이 터질 듯한 아슬아슬함과 자신의 손에서, 몸에서, 검에서 뿜어져 나가는 공력을 느끼면서 희열을 만끽하는 것이다.

그렇기 때문에 막상막하의 싸움에서는 얼마나 냉정을 유지하고, 또 감정을 조절하느냐 하는 것이 승리의 관건이 되는 경우가 비일비재하다.

그리고 지금은 설영이 냉정한 상태였다.

설영이 수중의 연검으로 허공의 몇 방위를 번개같이 긋더니 전면을 향해 힘껏 찔렀다.

지금껏 한 번도 전개하지 않았던 아미파의 또 다른 절학, 화우뢰격검(火雨雷擊劍)이었다.

자우파풍검법이 변화무쌍한 초식이라면, 화우뢰격검은 극강한 초식이다. 또한 삼백 년 전에 실전됐던 아미파의 절학이다.

쩌러렁!

강한 쇳소리 같은 울림이 허공을 격렬하게 떨어 울리며 두 줄기 불꽃이 설영의 연검에서 폭사되어 뿜어졌다.

양궁표의 천궁류는 붉고, 설영의 화우뢰격검은 주홍빛이다.

천궁류가 더 빨랐다.

설영이 화우뢰격검을 발출했을 때, 천궁류는 이미 그의 이장 전면까지 쇄도해 오고 있었다.

양궁표는 승리를 확신했다.

그러나 그것이 착각이었다는 사실은 즉시 드러났다.

설영의 두 줄기 화우뢰격검 검기 중 하나가 천궁류를 향해 곧장 부딪쳐 가고 있는 것이었다.

꽈릉!

양궁표가 그것을 발견하고 흠칫할 때, 굉음이 터지면서 주홍빛 검기가 붉은 검기와 정면으로 충돌했다.

이 갑자 공력으로 두 줄기의 검기를 발출했기 때문에 하나의 화우뢰격검기는 천궁류보다 약해서 그것을 완전히 소멸시키지는 못했다.

그렇지만 원래 쏘아오던 방향을 바꿔놓기에는 충분한 위력을 지니고 있었다.

“……!”

양궁표는 거의 움켜잡았던 승리가 슬그머니 손아귀에서 빠져나가는 것을 느끼며 방향을 바꿔 전혀 엉뚱한 곳으로 쏘아가는 천궁류의 붉은 빛줄기를 망연하게 쳐다보았다.

퍼억!

천궁류의 빛줄기가 한 그루 나무에 적중되는 것이 보였다.

높은 산에 오르다가 정상을 몇 걸음 남겨두고 추락하는 기분이 아마도 이럴 것이다.

그러다가 다음 순간 자신을 향해 쏘아오는 주홍 광채를 발견하고 안색이 급변했다.

그것은 일 장 전면까지 쇄도하고 있었는데, 양궁표로서는 피하거나 막을 여유가 전혀 없었다.

그 위기의 순간에 그는 설영이 주홍 광채를 두 줄기 발출했다는 사실을 기억해 냈다.

주홍 광채가 겨냥한 부위는 양궁표의 미간이었다.

그것은 어두운 실내에서 문틈으로 새어 들어오는 햇살을 정면으로 본 것 같은 느낌이었다.

그 주홍 광채밖에는 아무것도 보이지 않았으며, 머릿속은 백지처럼 하얗게 탈색되었다.

멍한 가운데 그저 이렇게 죽는구나라는 생각만 들었다.

처음 두 사람은 상대를 죽이지 않으려고 최대한 급소는 피해서 공격했다.

그러나 싸움이 치열해질수록 그런 배려는 온데간데없이

사라져 버렸고, 어떻게든 상대를 쓰러뜨려야겠다는 일념으로 급소든 지독한 살수든 서슴지 않게 되었다.

양궁표는 불현듯 설무검의 모습이 떠올랐다. 설무검은 평소에는 보여주지 않는 미소를 머금고 있었다.

'형님…….'

죽기 전에 설무검을 한 번만이라도 보고 싶다는 간절한 마음이 솟구쳤다. 난데없는 일이었다.

그러나 죽음을 목전에 두고 떠오른 사람이 설무검이라는 사실은 조금도 이상한 일이 아니었다. 양궁표에게 설무검이라는 존재는 처음이며 끝이었다.

쌔애액!

다음 순간 귓가를 스치는 날카로운 파공음이 양궁표의 고막을 울렸다.

그 바람에 그는 퍼뜩 정신을 차렸다.

그는 전면 삼 장 거리에 우뚝 서 있는 설영을 눈을 껌뻑이면서 쳐다보았다.

설영의 연검은 땅을 향하고 있었는데 끝 부분이 파르르 잔떨림을 일으키고 있었다.

양궁표는 이해할 수 없다는 듯한 표정으로 물끄러미 설영을 쳐다보았다.

자신이 아직 살아 있다는 것은 설영이 마지막 순간에 공력을 거두었거나 검기의 방향을 틀었다는 뜻이었다.

"왜… 그랬지?"

그렇게 묻는 양궁표의 목소리는 목이 콱 잠겨 있었다.

설영은 살수이고, 양궁표는 그를 괴롭히다가 마침내 제압하려고 손속을 펼친 사람이다. 그러므로 설영이 자비를 베풀하등의 이유가 없었다.

"나도 모르겠어."

설영은 씁쓸한 미소를 지으면서 고개를 가로저었다.

화우뢰격검의 검기가 양궁표의 미간을 꿰뚫으려는 순간 설영은 그의 얼굴에 가득 떠오른 기이한 표정을 발견했다.

그것은 누군가를 향한 절절한 그리움이었다.

설영은 그런 표정을, 그리고 심정을 잘 알고 있다.

그 역시 종종 그런 표정으로 누군가를 애타게 그리워했으니까.

문득 설영의 시선이 양궁표의 오른쪽 눈가에 고정됐다.

양궁표의 눈가에는 그 자신도 모르는 한 방울의 눈물이 매달려 있었다.

양궁표가 눈물을 흘렸다. 평소였다면 도저히 있을 수 없는 일이었다.

일국루(一掬淚), 한 움큼의 눈물.

죽음을 목전에 둔 상황에서 설무검을 떠올리고는 자신도 모르게 눈가에 맺힌 눈물이었다.

설영은 양궁표라는 사람을 조금도 몰랐지만, 잠시 싸워본 결과 그가 타협을 모르는 굴강한 성격이며, 교활하지 않은 인간성을 지녔다는 사실을 감지할 수 있었다.

소금이 짜다는 것을 알기 위해서는 소금을 다 먹을 필요는 없다. 그저 살짝 혀만 대어보면 안다.

"가라. 그러나 이후 나를 괴롭히지 마라."

설영이 냉정하게 중얼거리며 몸을 돌렸다.

양궁표의 뺨이 씰룩거렸다.

"너는 남자냐? 아니면 여자냐?"

등을 보이고 걸어가는 설영에게 양궁표가 뜻밖의 물음을 던졌다.

하고 많은 것들 중에서 그것이 그렇게도 궁금했을까?

"네가 생각하고 있는 그대로다."

설영은 멈추지 않고 걸어가면서 중얼거렸다.

양궁표는 설영의 외모만으로는 그를 절대적으로 여자라고 생각했다.

그러나 싸우면서 느낀 여러 가지 정황들로 봤을 때 설영은 틀림없는 남자였다.

그런 호쾌한 기상과 박진감, 용맹성과 투지는 결코 여자에게서는 찾아볼 수 없는 남자 그것도 영웅적인 기질에 다름이 아니었다.

양궁표는 자신의 느낌을 믿기로 했다. 그것에 의하면 설영은 틀림없는 남자였다.

설영은 걸어가다가 힐끗 옆쪽 바닥을 쳐다보았다. 그곳에는 낙화귀가 주저앉아 있었으며, 그 옆에는 아름드리나무 하나가 밑둥이 부러져서 나뒹굴어 있었다.

조금 전에 설영에게 쏘아가던 천궁류가 방향을 바꾸는 바람에 낙화귀에게 쏘아왔고, 그는 소스라치게 놀라서 간신히 피하기는 했는데 엉덩방아를 찧고 말았다.

그리고 그의 뒤에 있던 나무가 천궁류에 직격으로 맞아 통째로 부러진 것이었다.

낙화귀는 자신을 쳐다보는 설영을 올려다보면서 가볍게 얼굴을 붉히면서 쑥스럽게 웃었다. 그가 이런 표정을 짓는 것은 정말 오랜만이었다.

양궁표는 설영이 전각의 모퉁이를 돌아서 사라질 때까지 그에게서 시선을 떼지 않았다.

낙화귀는 힐끗 양궁표를 한 차례 본 후 설영의 뒤를 따라 사라졌다.

설영이 양궁표를 살려주었으니 낙화귀로서는 그를 핍박할 명분이 없었다.

휘이이―

한줄기 삭풍이 수십 그루 나무가 베어져 황량해진 숲 한가운데에 서 있는 양궁표를 스치고 지나갔다.

문득, 양궁표는 오른쪽 뺨이 화끈거리는 것을 느끼고 손을 대보았다.

피는 나지 않았지만 쓰라렸다.

설영이 마지막 순간에 화우뢰격검 검기의 방향을 급히 바꾸는 바람에 검기가 양궁표의 뺨을 스쳤던 것이다.

아니, 검기는 그의 뺨에서 세 치 거리를 두고 스쳤으나 워낙 극양지기라서 뺨에 가로로 손가락 길이만 한 덴 상처가 새겨지고 말았다.

화상(火傷)의 흉은 죽을 때까지 지워지지 않을 것이다. 그리고 설영의 인상 역시 양궁표의 뇌리에서 죽을 때까지 지워지지 않을 터이다.

그것은 설무검을 처음 봤을 때 받았던 인상 다음으로 강렬한 것이었다.

순간 그는 퍼뜩 정신을 차렸다. 설영과 싸우느라 요란한 파공성이 한동안 터졌으니 머지않아서 중천의 무사들이 떼거리로 몰려들 것이다.

그는 숲이 끝나는 곳에 있는 담 쪽으로 달려가 가볍게 날아넘었다.

과연 담 밖에는 몇 명의 무사들이 있었다. 자기들 딴에는 숨느라고 숨은 모양인데, 양궁표의 눈에는 일목요연하게 훤히 보였다.

양궁표는 그들에게 신경 쓰지 않고 담 아래 내려선 후 골목 입구로 달려나가 대로를 따라 쏘아갔다.

그때까지도 어깨와 옆구리에서 피가 흐르고 있어서 달리

는 중에 몇 군데 혈도를 눌러 지혈을 했다.

뒤에 두 명의 무사가 미행하는 것이 느껴졌기에 속도를 조금 높여서 다섯 호흡이 채 지나기도 전에 그들을 떨쳐 냈다.

"귀환한다."

지하의 밀실에 있던 정미가 사층의 실내로 들어서자마자 한 사내가 무얼 하고 있다가 그녀에게 시선조차 주지 않은 채 툭 내뱉었다.

코밑과 입 주위, 턱 밑에 짧고 검은 수염을 길렀으며, 옥색 비단 유삼을 입은 후리후리한 키의 서생이었다.

하지만 정미는 목소리를 듣고 그가 설영이 변장한 모습이라는 것을 알아차렸다.

"이리 와서 너도 변장을 해라."

설영은 유건(儒巾)을 쓰면서 눈짓으로 탁자에 놓인 변장 도구를 가리켰다.

"무슨 일이지?"

정미가 능숙하게 변장을 하면서 물었다.

"잠시 후 이곳에 추격자들이 몰려들 거야. 그전에 여길 떠야겠어."

그것은 표면적인 이유였다. 설영은 자신이 쥐새끼처럼 웅크린 채 숨어 있다는 사실이 싫었다.

만약 낙양 일대에 대한 포위망이나 감시가 오랫동안 늦춰

지거나 거두어지지 않는다면, 자신들 역시 기약없이 낙영루에 숨어 있어야 한다는 사실도 견디기 어려웠다.

"괜찮겠어?"

정미가 한 장의 인피면구에 특수 접착액을 바르면서 조심스럽게 물었다.

설영이 하는 일이라면 무조건 따르는 그녀지만, 지금 바깥이 어떤 상황인지 너무도 잘 알기 때문이다.

설영은 머리에 쓴 유건을 매만지고 난 후 손을 내리면서 나직이 중얼거렸다.

"표적을 암살하는 것처럼 무사히 귀환하는 것도 임무의 연장이야."

설영은 그 사실을 양궁표와 싸우고 나서 사층의 방으로 돌아오다가 깨달았다.

과연 설영이 짐작한 것처럼 다섯 명의 낯선 무사가 담 밖에 숨어서 낙영루를 감시하고 있었다.

그들 중에는 조금 전에 양궁표를 미행하다가 실패한 두 명도 포함되어 있었다.

그들은 얼마 전에 이 근처를 순찰하던 중에 낙영루 후원 쪽에서 은은한 파공음이 터져 나오는 것을 들었다.

담을 넘어 확인하려고 했으나 낙영루의 호위무사들이 제지하는 바람에 뜻을 이루지 못했다.

그래서 즉시 도움을 요청하는 무사를 본대로 보낸 후 자신들은 이곳을 감시하고 있는 중이었다.

그렇지만 낙영루를 빠져나오는 설영과 정미를 그들은 두 눈 뻔히 뜨고서도 발견하지 못했다.

설영은 무사들의 옷차림을 오랜 옛적에 자주 본 적이 있었다.

그들의 가슴에는 '낙성(落星)'이라는 두 글자가 세로로 수놓아져 있었는데, 바로 낙성검가의 검수들, 즉 '낙성검수'라고 불리는 자들이었다.

십이 세 전의 설영은 중천군림성, 자신의 거처인 잠룡원을 벗어나는 일이 별로 없었다.

한 달에 한두 번 외출이 고작인데, 그나마도 여자 친구인 단소예를 만나러 낙성검가에 갈 때뿐이었다.

단소예는 낙성검가의 소가주였다. 그녀를 만나러 갔을 때 봤던 낙성검수들 복장을 설영은 지금 낙영루 담 밖에서 발견한 것이다.

낙성검수들 머리 위로 소리 없이 박쥐처럼 날아 넘어 그들의 뒤쪽 대로변의 담벽에 기대선 설영은 물끄러미 그들의 뒷모습을 응시했다.

가슴 저 밑바닥에서 무언가가 스멀거리며 솟구쳐 올랐다.

꾹꾹 눌러두었던, 아니, 깡그리 잊으려고 애썼던 과거의 한 조각이었다.

얼마 전 금호방주를 암살하기 위해서 개봉에 들어섰을 때, 설영은 가슴이 두근거리는 것을 느꼈다.

그는 태어나서 개봉에는 그때가 처음 와본 것이었다. 그의 가슴이 두근거린 이유는, 개봉에서 낙양이 지척에 있다는 사실 때문이었다.

그리고 금호방주를 죽인 후 도주길에 올라 낙양에 들어왔을 때, 그는 격동하는 마음을 다스리느라 무진 애를 먹었었다.

낙양에는 그가 육 년 동안 살았던 중천군림성이 있었고, 또한 낙양은 그의 고향이었다.

낙양의 대로를 걸으면서 그는 뭐라고 설명하기 힘든 복잡하고 묘한 감정들이 마른 대지에 쏟아지는 소나기처럼 그의 감성을 두들겨 댔다.

온갖 추억들과 원한들이 한데 뒤섞여서 아우성쳤다.

그러나 그는 추억은 한낱 부질없는 것일 뿐이고, 원한을 갚을 시기는 지금이 아니라고 스스로를 다독이면서 애써 감정을 삭였다.

설영은 여자 친구인 단소예를 만나러 낙성검가에 갔을 때 말고 낙성검수들을 다른 곳에서 본 적이 있었다.

육 년 전 중천군림성이 불길에 휩싸여 처참하게 멸문을 당할 때, 그곳에서였다.

설영은 자신의 거처인 잠룡원을 호위하는 임무를 맡은 일

월각 휘하 은월단 고수의 보호를 받으면서 탈출하는 과정에
서 여러 복장의 무사들이 중천군림성 수하들과 가솔들을 무
차별 도륙하는 광경을 목격했다.

당시 설영을 업고 탈출하던 은월단주는 그들이 중천오세,
즉 낙성검가, 진천방, 사해부, 혼천도문, 설란궁의 무사들이
라고 말해주면서 원한의 이를 갈았었다.

설영은 그날 이후 형 설무검의 최측근인 그들 다섯 세력이
중천군림성을 멸문시키고, 형을 죽인 것이라고 믿으면서 속
으로 원한을 곱씹으며 삼켰다.

그때 설영의 복잡한 심정 따위는 전혀 모르는 정미가 설영
의 옷자락을 가볍게 잡아끌며 가자는 시늉을 했다.

설영은 즉시 몸을 돌려 정미와 함께 어둠에 잠긴 대로변을
유령처럼 미끄러져 가기 시작했다.

쏘아가는 동안에 설영의 가슴은 다시 싸늘하게 가라앉았
다.

수하의 보고를 받은 낙화귀는 크게 놀라 한달음에 낙영루
삼층으로 달려 올라갔다.

삼층 어느 방 앞에 두 명의 흑의 무사가 장승처럼 우뚝 서
있는 것이 보였다.

그 방은 일개 기녀의 방이었다. 지금 저 방 안에 있는 인물
은 낙영루는 물론이고 표면적으로 드러나지 않은 많은 것들

의 주인이다.

물론 낙화귀의 생사여탈권을 한 손에 쥐고 있는 그의 주인이기도 하다.

원래 그 인물이 낙영루에 오면 항상 사층에 있는 루주의 거처에서 묵는다.

그런 그가 지금은 일개 기녀의 방 안에 있다. 설영과 정미가 사층에 있다는 사실을 알고 있는 것이 분명했다.

낙화귀가 급히 문을 열고 뛰어들자 실내 창 앞에 한 인물이 뒷모습을 보인 채 우뚝 서서 창밖을 굽어보고 있었다.

큰 키에 딱 벌어진 어깨, 한 자루 검을 메고 있는 당당한 체구의 사내였다.

"다, 단주! 언제 왕림하셨습니까?"

낙화귀는 황망하게 그 자리에 무릎을 꿇고 사내를 향해 깊숙이 머리를 조아렸다. 얼마나 놀랐는지 그의 목소리가 심하게 떨려 나왔다.

일신에는 비단으로 만든 새카만 흑의 단삼을 입었으며, 사십사오 세가량의 짧고 검은 수염을 길렀고, 네모 각진 다부진 얼굴의 사내.

태무의 사부이며 혈월단주인 장도명이었다.

낙화귀가 들어섰는 데도 그는 한동안 묵묵히 창밖만 응시하고 있어서 낙화귀는 감히 고개를 들지 못하고 그 자리에 얼어붙어 있을 수밖에 없었다.

"무아가 그자를 만난 연후에 그자로부터 아무런 연락도 없었느냐?"

반 각이 흐른 후에야 장도명은 여전히 뒷모습을 보인 채 무겁고 나직이 중얼거렸다.

"없었습니다."

낙화귀는 그것이 자신의 죄인 양 더욱 고개를 숙였다.

장도명이 말하는 '그자'는 낙화귀도 알고 있었다. 장도명은 필경 '그자' 때문에 친히 이곳에 온 것일 게다.

"음!"

장도명의 눈썹이 가볍게 찌푸려졌다. 그는 그자를 아무래도 자신이 직접 만나볼 것을 괜히 태무를 보낸 것인가 하고 약간 후회하는 마음이 들었다.

그러나 다시 생각해 봐도 그럴 수밖에 없었다. 상대는 지위가 총관이다.

그런 자를 만나기 위해서 장도명 자신이 만사 제쳐 놓고 달려올 수는 없는 일이었다.

그래서 제자이며 소단주인 태무를 자기 대신 보냈던 것인데, 예상했던 수확을 얻지 못했다.

장도명은 일개 해적단의 단주답지 않게 자부심이 대단한 인물이었다.

그는 태무가 만난 방파의 지존 정도라면 자신이 직접 나서리라 마음먹고 있었다.

총관이라는 자는 태무에게 고자세였을 것이다. 어쩌면 해적 두령의 제자라고 업신여겼을지도 모른다. 아니, 필경 그랬을 것이다.

장도명이 직접 갔다면 그런 수모를 고스란히 자신이 받았을 것이다. 사실은 그런 점도 태무를 보낸 몇 가지 이유 중에 하나였다.

장도명은 비록 해적단의 단주이지만 원대한 야망을 품고 있었다. 자신이 언젠가는 무림을 좌지우지하는 인물이 될 것이라는 확신을 갖고 있었다.

낙화귀는 장도명의 눈치를 살피다가 용기를 내어 조심스럽게 입을 열었다.

"소단주께서 그자를 만날 때 속하도 동행을 했었습니다. 그런데… 속하가 보기에는 아무래도 그자가 본단의 능력을 믿지 못하는 것 같았습니다."

"그자에게 우리가 혈월단이라고 말했느냐?"

"소단주께서 그렇게 말씀했지만 그자의 표정은 시종 시큰둥했었습니다."

장도명은 이미 태무로부터 서찰로 보고를 받았기 때문에 결과에 대해서 알고는 있었지만 어떤 상황이었는지는 구체적으로 모르고 있었다.

"우리의 능력을 과소평가하는 기색이 역력했습니다."

"과소평가라고?"

장도명의 입초리가 씰룩였고 눈살이 잔뜩 찌푸려졌다.

혈월단이 과거에 무언가 굵직한 사건을 터뜨렸거나 무림에 자자한 어떤 일이라도 성취한 적이 있었다면 구구한 설명없이도 얘기하기가 수월했을 것이다.

그러나 무림에서 혈월단이라는 이름은 그저 해적 나부랭이 정도로만 알려져 있기 때문에 처음부터 얘기가 쉽지는 않을 것이라고 예상은 했지만 이 정도일 줄은 몰랐다.

그렇다고 무림에는 조금도 알려진 적이 없었던 혈월단의 진짜 힘을, 현재 보유하고 있는 진짜 세력을 까발려 보일 수는 없는 일이었다. 그것은 위험천만한 무리수였다.

실체를 낱낱이 드러내지 않는 것은 무림에 속한 개인이나 방, 문파라면 정파든 사파든 누구나 원하는 일이다.

감추고 있었던 것이 불과 일 할뿐이었다고 해도 유사시에나 어떤 위험에 직면했을 경우 그 일 할이 이 할, 아니, 사 할 이상의 막대한 도움이 되어줄 것이라고 믿기 때문이고, 실제 무림에서 그런 일들이 비일비재하게 벌어졌다.

그러나 혈월단이 자신의 실체를 드러낼 수 없는 더 큰 이유는, 그것이 드러나는 순간 혈월단이 무림의 표적이 될 것이 자명하기 때문이었다.

더구나 혈월단은 사령단에 큰 신세를 지고 있는 입장이다.

아니, 한 포기 잡초처럼 형편없던 장도명을 오늘날 대해적단인 혈월단주로 키워준 배경이 사령단이었다.

그런데 혈월단의 감추어둔 실체가 드러난다면 장도명이 계획하고 있는 원대한 야망과 모종의 음모도 자연적으로 드러날 수밖에 없을 것이고, 그다음에는 사령단의 응징이 뒤따를 터이다.

사령단의 응징에 호락호락 당할 장도명이나 혈월단이 아니지만, 그리고 언젠가는 사령단도 넘어야 할 큰 산 중에 하나지만, 아직은 때가 아니었다.

"그년 말이다."

장도명은 아까부터 생각하고 있던 것을 비로소 입 밖으로 꺼냈다.

"소영이라는 계집, 그년이 금호방주를 죽인 것 같으냐?"

낙화귀는 움찔했지만 곧 공손히 대답했다.

"그런 것 같습니다."

"그렇다면 그 계집을 산 채로 잡아다가 그자에게 넘겨주도록 하자."

"……."

낙화귀는 크게 놀라서 고개를 들고 장도명의 뒷모습을 올려다보았다.

이십오륙 일 전에 태무가 장도명의 명으로 만났던 인물은 바로 낙성검가의 총관이었다.

낙성검가는 중천오세의 하나이며, 현재는 중천무림의 최

정상에 서 있다.

낙성검가주 낙성절정검 단해룡은 설란궁을 제외한 중천삼세와 중천칠지파의 추대를 받아 머지않아서 중천무림의 절대자에 등극할 인물이다.

그런 낙성검가의 총관이라면 권력의 핵심이라고 할 수 있다.

장도명은 그와 모종의 거래를 할 계획으로 은밀히 태무를 보냈다.

그런데 총관이라는 자는 태무의 말을 끝까지 들어보지도 않고 심한 모욕까지 주어서 내쫓았다는 것이다.

총관이 더 삐딱하게 나갔다면 태무를 죽일 수도 있었다.

정파, 그것도 낙성검가의 총관이 악명 높은 해적 혈월단의 소단주를 죽였다면 칭찬을 받을 일이지, 찾아온 손님을 죽였다고 지탄받을 일은 아닌 것이다.

장도명의 입가에 비릿한 미소가 떠올랐다.

"지금 중천무림은 금호방주를 죽인 살수를 잡으려고 혈안이 돼 있다. 이럴 때에 내가 살수를 잡아서 낙성검가에 선물로 바친다면 그놈들이 한 수 양보해 주지 않겠느냐?"

낙화귀는 입이 딱 붙어버린 것처럼 아무 말도 하지 못하다가 잠시 후에 겨우 어눌하게 입을 열었다.

"그녀는 절정고수입니다."

낙화귀는 설영이 양궁표와 싸우는 광경을 가까운 거리에

서 똑똑히 구경했기에 그가 얼마나 고강한지 잘 안다.

또한 설영이 정종무공, 그것도 아미파의 절학을 사용했다는 것도 알고 있었다. 하지만 그 사실을 장도명에게는 말하지 않았다.

"나도 봤다."

장도명의 말에 낙화귀는 움찔, 가볍게 몸을 떨었다. 그의 말은, 후원 숲에서 벌어졌던 설영과 양궁표의 대결을 지켜봤다는 뜻이고, 그 자신이 낙영루에 도착한 지 꽤 오래됐다는 뜻이었다. 그렇다면 그는 바로 저 자리에서 그 광경을 지켜봤을 것이다.

"그 계집이 그처럼 고강할 줄은 예상밖이지만, 제압하려고 하면 못할 것도 없다."

"단주께서 몸소 나서시렵니까?"

"그럴 필요까지는 없다."

낙화귀는 장도명의 실력을 어렴풋이 알고 있다. 그는 분명히 고강하다.

그러나 그가 직접 나선다고 해도 설영을 제압하지는 못할 것이다.

아니, 두 사람이 싸운다면 오히려 장도명이 이삼십여 초를 넘기지 못하고 패하고 말 것이다.

장도명은 기연을 얻은 적도 없었고, 뛰어난 무골을 지니지도 못했다.

삼십여 년 전, 그가 화전민촌의 어린 소년이었을 때 우연히 중상을 당한 채 쫓기고 있는 검객 한 명을 헛간에 숨겨준 채 돌봐준 일이 있었다.

그가 약초를 캐와 정성껏 치료한 덕분에 검객은 소생했고, 그 보답으로 검객은 어린 그에게 검술을 가르쳐 주었다.

검객은 동영(東瀛:일본)에서 온 무사, 즉 사무라이[侍]였다.

그는 자신을 일본에서 왕을 모셨던 미야사무라이[宮侍]라고 소개했다.

장도명은 사무라이에게 삼 년 동안 검술을 배웠다.

사무라이가 동영으로 떠난 후에는 화전민촌을 떠나 깊은 산으로 들어가서 동굴 속에서 짐승처럼 살면서 다시 십 년 동안 검술을 연마한 후 강호에 나왔다.

그가 은둔했던 곳은 절강성에 있는 바다에 면한 괄창산(括蒼山)이었으므로, 그가 첫발을 내딛은 곳은 바닷가의 큰 현인 서안현(瑞安縣)이었다.

그는 그곳에서 해적의 수하로 들어갔다가 한 달이 채 지나기도 전에 해적의 두령을 죽이고 스스로 두령이 되었다.

그 당시 그의 검술 실력은 해적질을 하기에는 아까울 정도로 고강했다.

그러나 그는 이미 발을 깊이 들여놓은 해적을 포기하고 싶은 생각이 없었다.

일 년 즈음 지났을 때, 장도명은 서안현을 중심으로 남북

삼백여 리 일대의 동해바다에서 활약하는 해적들을 평정하고 대두령이 되었다.

눈에 뵈는 것이 없고, 천하에 자신보다 강한 것은 없다고 여기던 우물 속의 개구리[井底之蛙] 같았던 시절이 바로 그때였다.

그러던 중에 사령단 중에 하나인 신귀단(神龜團)의 화물선을 약탈했다가 신귀단에서 보낸 신귀 고수들에게 장도명의 해적단이 절반 이상 죽임을 당하고, 장도명 자신은 산 채로 제압되어 신귀단에 끌려간 일이 벌어졌다.

그때 장도명은 안계를 넓혔다. 천하에 자신보다 강한 자가 없을 것이라고 생각했던 그는 신귀 고수 세 명의 합공에 너무도 맥없이 굴복당하는 치욕을 맛보아야만 했다.

그리고 새로운 세계, 너무도 드넓은 세상을 알게 되었다.

그것은 무림이라는 곳과 천하라는 곳이었다.

신귀단주는 그에게 자비를 베풀었다. 목숨을 살려주고, 신귀단의 말석(末席) 하나를 주는 대신 해적으로서 동해바다를 깡그리 평정하라는 명을 내렸다. 필요하다면 지원을 아끼지 않겠다고 했다.

신귀단의 주업(主業)은 해외 무역(海外貿易)으로 수백 척의 거대한 상선들을 보유하고 있었다.

나무가 크고 가지가 많으면 바람 잘 날이 없는 법. 그 당시의 신귀단은 중원뿐만 아니라 온 바다에서 수많은 해적들의 표적이 되어 있는 상황이었다.

그래서 신귀단주는 장도명을 이용해서 동해바다를 평정하게 하여 그 해역에서만큼은 약탈을 당하지 않겠다는 의도를 갖고 있었다.

그렇게만 되면 신귀단에 큰 이득이 될 것이고, 그렇지 못해도 손해는 아니었다.

그러나 장도명은 신귀단주가 기대했던 것 이상으로 넘치도록 응답해 주었다.

그는 오 년 즈음 지나서 동해의 제왕이 됐으며, 그로부터 삼 년여가 흘렀을 때에는 남해까지 석권해 버렸다.

그리고 현재의 그는 동해와 남해를 완전히 자신의 지배하에 두었으며, 북쪽으로는 고려(高麗) 넘어 해삼위(海蔘威:블라디보스톡)까지, 동쪽으로는 동영을 지나 신서란(新西蘭:뉴질랜드)까지, 서와 남쪽으로는 파사(波斯:페르시아)를 지나 토이기(土耳其:터키)와 포도아(葡萄牙:포루투갈)까지 막대한 영향력을 행사하고 있다.

어느 정도인가 하면, 배의 돛대 끝에 혈월단의 단기(團旗)가 펄럭이는 것을 보면 어느 누구도 집적거리지 않았으며, 무조건 한 수 양보했다.

장도명이 사령단과 인연을 맺은 지 어언 이십여 년.

바다에서는 해왕(海王)으로 군림하면서 혈월해신(血月海神)이라는 쟁쟁한 별호까지 얻었지만, 그는 여전히 사령단의 온갖 궂은일을 도맡아서 하는 말석의 지위에서 벗어나지 못하고 있는 신세였다. 지위가 서너 계단 상승했지만 말석이긴 마찬가지였다.

만약 그가 해적의 신분이 아니라 정식 신귀단의 수하였다면 지금쯤 신귀단의 핵심 인물이 됐을 것이고, 그는 지금처럼 다른 꿍꿍이를 품지 않았을 것이다.

아니, 혈월단은 십여 년 전부터는 신귀단뿐만 아니라 사령단 전체의 심부름꾼으로 전락해 버렸다.

그중에서도 봉황단의 잡일을 가장 많이 거들어주고 있는 형편이었다.

그러나 그는 죽은 체 사령단의 뒤치다꺼리나 하면서 평생을 허비할 생각은 추호도 없었다.

그는 지난 이십여 년 동안 온 바다를 돌아다니면서 숱한 경험을 쌓았으며, 두뇌를 발전시켰고, 또 야망을 키웠다.

그리고 얼마 전부터 그는 그 야망을 조금씩 실천에 옮기고 있었다.

낙성검가의 총관을 만나서 모종의 거래를 하려는 것도 그것을 진행하는 하나의 과정이었다.

"즉시 그년을 잡아와라."

장도명은 아까보다 더 나직한, 그러나 단호한 음성으로 명령을 내렸다.

"속하의 능력으로는 불가능합니다."

낙화귀는 할 수만 있으면 이 명령을 따르고 싶지 않았다.

그는 태무의 심복이었다. 또한 개인적으로도 냉혹한 장도명보다는 무뚝뚝하지만 신의를 중시 여기는 태무를 더 좋아했고 따랐다.

설영은 태무의 가장 절친한 친구다. 설영을 해치는 행위는 태무를 해치는 것이나 다름이 없는 일이었다.

만약 장도명의 계획대로 된다면 설영은 낙성검가에 끌려가서 죽음을 면치 못할 터이다.

낙화귀가 보기에 태무는 설영을 사랑하는 것 같지는 않았다. 그는 설영을 '친구'라고 했고, 자신의 목숨만큼 소중히 여긴다고 했다.

그러니 설영이 죽는다면 태무는 당연히 절망할 것이다.

더구나 지금은 설영을 죽이는 일에 낙화귀 자신이 앞장서야만 할 상황이다.

낙화귀는 조마조마한 심정으로 장도명이 마음을 바꾸기를, 그게 아니라면 최소한 설영을 함정에 빠뜨리는 일을 다른 사람에게 명령하기를 갈망했다.

그러나 그의 갈망은 허무하게 깨어지고 말았다.

"소영이 어떻게 알고 여길 찾아왔었느냐?"

"그것은……."

낙화귀는 장도명이 훤히 꿰고 있다고 간파했다. 태무가 설영에게 낙영루를 얘기해 주었을 것이고, 금호방주를 암살한 후에 쫓기던 설영이 이곳에 찾아왔을 것이라는 사실을.

게다가 그는 설영의 '소영'이라는 이름까지 거침없이 부를 정도였다.

낙화귀는 자신의 바람대로 일이 풀리지 않을 것 같은 불길한 마음에 가슴이 큰 소리를 내며 무너졌다.

"너라면 의심받지 않고 그 계집에게 접근할 수 있을 것이라고 생각하는데, 그렇지 않으냐?"

장도명의 그 말은 낙화귀의 가슴이 무너지는 소리보다 더 크게 고막을 울렸고, 비수가 되어 심장을 깊숙이 찔렀다.

"그… 런 방법이 있는 줄은 몰랐습니다."

낙화귀는 정말 몰랐다는 듯이 어눌하게 중얼거렸다. 그러나 장도명을 속이지는 못할 것이라는 생각이 들었다.

장도명은 그런 인물이었다.

그는 자신의 하나뿐인 제자인 태무와 설영이 절친한 사이라는 것을 누구보다 잘 알고 있었다.

그러므로 설영이 변고를 당하면 태무가 큰 상처를 받을 것이라는 사실도 짐작하고 있었다.

그러나 장도명은 조금도 개의치 않았다. 자신의 목적을 위해서라면 이보다 더한 일도 서슴지 않을 그였다.

第三十九章
중천군림성

　설영은 낙양 북문으로 방향을 잡았다. 지난번에 남문으로 가다가 사고를 쳤으니 아무래도 그쪽이 훨씬 삼엄할 것 같았기 때문이다.

　낙양이 고향인 그는 십이 세까지 낙양에서 살았으면서도 전혀 돌아다니지 않은 탓에 낙양 지리에 어두웠다.

　때는 해시(亥時:밤 10시) 무렵.

　설영은 중년 서생으로, 정미는 수더분한 중년 부인으로 변장한 모습이었다.

　늦은 시간이었지만 두 사람은 마치 유람이라도 나온 부부처럼 나란히 대로를 걸어갔다.

정미는 뭐가 좋은지 설영의 팔에 매달려 쉴 새 없이 조잘거렸다.

그들은 서두르지 않고 천천히 걸으면서 불야성을 이룬 대로 양편을 이리저리 구경하는 여유까지 부렸다.

급할수록 천천히, 바쁠수록 돌아가야 한다는 사실을 두 사람은 잘 알고 있었다.

검풍루 살수들의 변장술은 천하제일이라고 해도 손색이 없을 만큼 완벽했다.

검풍루에 소속된 역용(易容)의 대가들이 만든 인피면구는 너무도 정밀해서 그것을 착용한 후에는 미세한 표정의 변화는 물론이고, 땀까지 배출시킬 정도였다.

감시하는 눈이 있을지도 모르기 때문에 설영과 정미는 수상하게 보이는 행동은 일체 하지 않았다.

두 사람은 낙영루가 있는 장하로를 벗어나 상권의 중심지인 태평로로 접어들었다.

태평로 중간쯤에서 오른쪽으로 꺾어져야 북문으로 향하는 중천로(中天路)가 나온다.

육 년 전까지는 그 중천로 중간쯤에 중천군림성이 태산처럼 버티고 있었다.

지금은 중천군림성이 사라지고 없을 것이다. 그러나 그 자리에 무엇이 들어섰는지는 조금도 궁금하지 않았다.

밤이 늦었는 데도 태평로는 사람들로 붐볐다. 태평로에 여러 상단들이 자리를 잡고 있어서 작은 산더미처럼 물건을 실은 수레와 마차들, 그리고 등짐을 지고 있는 상인들이 분주하게 오갔다.

곡격(轂擊)이라는 말 그대로 거마가 폭주하면서 바퀴가 서로 맞닿고, 많은 사람들이 소리치며 부대꼈다.

그런 번잡함은 설영과 정미에게 도움이 돼주었다. 두 사람은 손을 잡고 태연히 대로를 걸어갔다.

두 사람이 어느 거대한 객잔 앞에 이르렀을 때 한 대의 이두마차가 객잔 앞마당에 막 멈춰서고 있었다.

두 필의 말이나 갈색의 낡은 마차는 태평로의 상인들이 자주 이용하는 종류여서 별로 눈에 띄지 않았다.

객잔은 삼층이었는데, '동방객잔' 이라는 커다란 현판이 걸려 있었다.

끼이―

객잔 본채 옆의 작은 문이 소리를 내며 열렸고, 마차는 그쪽으로 향했다.

문 안에서 두 사람이 빠른 걸음으로 나왔다.

양궁표와 단랑이었다.

마차는 옆문을 방금 열린 작은 문에 바짝 댄 상태여서 거리에서는 보이지 않았다.

단랑이 공손한 태도로 마차 문을 열자 거구의 사내 한 명과 갈의경장인 한 명이 천천히 밖으로 나섰다.

거구의 사내는 육 척이 훨씬 넘는 키에 딱 벌어진 어깨와 잘록한 허리를 지녔다.

강파른 인상에 우뚝한 콧날과 날카로운 눈매, 굳게 다문 입, 왼쪽 뺨에 두 치 길이의 비스듬히 새겨진 가느다란 흉터가 뚜렷했다.

설무검, 그였다.

그가 마침내 낙양에 온 것이다.

"고생하셨습니다, 형님."

"어서 오세요, 대형."

양쪽에 선 양궁표와 단랑이 오랜만에 만나는 설무검을 보면서 반가운 표정을 지으며 설무검에게 깊숙이 허리를 굽혔다.

설무검 뒤에 서 있는 갈의경장인은 한 자루 칠흑 같은 검집의 검을 어깨에 메고 있는데 뺨이 움푹 들어갔고, 날카로운 눈매를 지닌 삼십대 후반의 현조운이었다.

설무검은 담담히 두 사람을 바라보다가 양궁표의 오른쪽 뺨의 화상에 시선을 던졌다.

"다쳤군."

"별것 아닙니다. 죄송합니다."

설무검은 양궁표의 뺨에 난 화상만을 말한 게 아니었다. 그는 양궁표를 한 차례 훑어보는 것만으로 그가 일신에 가볍지 않은 부상을 당했다는 사실을 간파했다.

"소제가 잘못했습니다. 이형님을 제대로 보필하지 못해
서……."

단랑이 얼굴을 붉히며 말끝을 흐렸다.

그녀는 일껏 자신을 떼어놓고 나갔다가 피를 흘리며 돌아
온 양궁표를 치료해 주는 과정에 이미 흠씬 잔소리를 퍼부어
주었었다.

양궁표를 원망해서가 아니라, 워낙 아파도 아프다고 내색
을 하지 않는 양궁표가 어깨와 옆구리를 감싸 쥔 채 신음을
삼키는 모습에 은근히 알심이 생긴 탓이었다.

그때 마부석에 앉아 있던 한 사내가 땅으로 훌쩍 뛰어내려
다가오다가 멈춰서 양궁표와 단랑을 향해 정중히 허리를 굽
히며 말없이 인사했다.

그는 헌앙한 모습의 반호였다.

"들어가자."

설무검이 가볍게 고개를 끄덕이며 작은 문 안으로 걸음을
옮겼다.

양궁표와 단랑은 급히 양옆으로 비켜서며 길을 터주었다.

그때 비켜서던 양궁표의 눈길이 무심코 대로 쪽으로 향하
다가 마차 뒤쪽을 스쳐 지나가는 두 사람을 발견했다.

그저 경계하는 의미로 시선을 주었던 것인데, 마침 두 사람
중에 한 사람도 양궁표를 마주 쳐다보고 있었다.

두 사람은 일남일녀였으며 양궁표로서는 처음 보는 사람

들이었다. 아마도 무심결에 이쪽을 쳐다본 것 같았다.

그래서 막 시선을 거두려는데, 그쪽 남자가 양궁표를 향해 빙긋 미소를 지어 보였다.

어쩌면 착각이었는지도 모른다. 하지만 양궁표는 그 남자가 아는 사람일지도 모른다는 생각을 했다.

문득 양궁표의 눈빛이 가벼이 흔들렸다.

일남일녀는 곧 인파 속에 묻혀서 보이지 않게 되었다.

그렇지만 양궁표는 그들이 사라진 방향에서 시선을 떼지 못했다.

마른 모래에 물이 스미듯, 그의 뇌리에 방금 본 미소가 잔상으로 남아 깊이 새겨졌다.

방금 전에 그에게 미소를 지어 보인 남자는 입 주위와 턱에 수염을 깔끔하게 기른 중년 서생이었다.

그런데 그 눈빛과 미소가 매우 낯이 익었다. 양궁표는 고개를 갸웃거리다가 나직한 탄성을 흘려냈다.

"아!"

설영이었다. 그 눈빛과 그 미소를 양궁표는 죽을 때까지 잊지 못할 것이다.

그의 탄성에 모두 걸음을 멈추고 쳐다보았다. 그런데도 양궁표는 그마저도 느끼지 못했다. 그 정도로 설영을 다시 만났다는 사실에 적잖이 놀란 것이었다.

그때 양궁표는 또 한 사람이 마차 뒤를 막 스쳐 가는 것을 발견했다.

그는 아는 얼굴이었다.

낙영루 후원의 숲에서 양궁표가 천궁류를 발출했을 때, 그 것이 빗나가는 바람에 엉덩방아를 찧고 주저앉아 있다가 양 궁표하고도 눈이 마주쳤던 사내.

바로 낙화귀였다.

그는 몹시 긴장한 표정으로 전면을 뚫어지게 주시한 채 빠 른 걸음으로 걸어가고 있었다.

누군가를 미행하고 있는 것이 분명했다. 그렇다면 설영을 미행하고 있는 것이리라.

양궁표는 본능적으로 무언가 수상함을 느꼈다.

"랑아, 저자를 미행해라."

양궁표가 낙화귀를 주시하면서 중얼거리자 단랑은 즉시 낙화귀에게 다가갔다.

설무검은 인파 속으로 사라지는 낙화귀와 단랑을 잠시 쳐 다보다가 몸을 돌려 동방객잔의 후원 쪽으로 걸어갔다.

설무검 일행은 동방객잔의 후원에 있는 별채에 들었다.

이곳은 본채와는 뚝 떨어져 있는 데다 후원의 숲 가운데 위 치해 있으며 건물 내의 한복판에 가장 크고 넓은 방이 있었으 며, 그 주위로 여섯 개의 방이 육각(六角)으로 빙 둘러 위치해 있었다.

도합 일곱 개의 방이 있는 이 별채는 설무검 육 형제와 현
조운 일곱 사람을 위해서 특별히 지어진 것이었다.

별채 한복판의 방은 물론 설무검의 방이다. 회의실을 겸한
거실과 침실로 이루어져 있다.

또한 별채의 아래 지하에는 지상과 똑같은 방향과 공간의
일곱 개의 연공실이 마련되어 있었다.

지금 별채 한복판 설무검의 방 거실에는 설무검을 비롯한
양궁표, 반호, 현조운, 네 사람이 모여 있었다.

양궁표에게 그동안의 일을 자세하게 설명을 들은 설무검
은 깊은 생각에 잠겼다.

그는 낙양에서 멀지 않은 현에서 머물고 있다가 이번 소요
가 오래갈 것 같다는 판단이 서자 이대로 시일을 허비해서는
안 되겠다는 생각에서 무리를 하여 낙양으로 잠입을 강행한
것이었다.

설무검이 이곳에 도착하기 전에 금호방주 형곤을 중심으
로 중천오충을 결집시키려고 했던 일은 형곤이 암살됨으로써
수포로 돌아가고 말았다.

하지만 설무검에겐 그 계획만 있는 것이 아니었다.

그가 불구덩이 같은 지옥의 밑바닥에서 복수의 칼을 갈다
가 다시 낙양에 돌아왔을 때에는 철저한 준비를 갖추었다고
판단했기 때문이다.

"애썼다, 궁표."

설무검은 한참 만에 입을 열어 양궁표를 격려했다.

양궁표는 금호방주가 암살된 것이 자신의 탓이라고 여기고 있었기 때문에 설무검의 말에 당황해서 어쩔 줄 몰랐다.

“소제가 잘못하여 일이 이렇게 되고 말았습니다. 용서하십시오, 형님.”

“자네 잘못이 아니다.”

“형님, 하지만……..”

“어쩌면 지금 상황은 오히려 우리에게 유리할 수도 있네.”

“……..”

“지난 일은 빨리 잊을수록 좋아.”

양궁표는 자신을 위로하기 위해서가 아니라 어쩌면 설무검에게 또 다른 복안이 있을지도 모른다는 생각이 들었다. 그제야 적이 마음이 놓였다.

그가 아는 한 설무검은 위로를 한답시고 실언을 할 사람이 아니었다.

설무검은 현조운에게 가볍게 고개를 끄덕여 보였다.

쿵!

그러자 현조운이 마차에서 가지고 와 탁자 아래에 놓아두었던 하나의 길쭉한 검은색 자루를 묵직하게 탁자에 올려놓았다.

자루를 열자 검집에 들어 있는 두 자루의 검이 모습을 드러냈다.

검집의 바탕은 칙칙한 검은색인데 간혹 은색이 빗살 무늬처럼 섞인 독특한 모양의 은흑색의 검이었다.

"형님……."

양궁표는 그것이 무엇인지 즉시 간파하고 적이 놀란 얼굴로 설무검을 쳐다보았다.

설무검의 어깨에는 그의 분신이나 다름이 없는 천지검이 메어져 있지 않았다. 양궁표는 그가 마차에서 내릴 때부터 그것을 발견했지만 속으로만 이상하게 여겼을 뿐 왜냐고 물을 경황이 없었다.

그런데 지금 자루에서 나온 두 자루 검은 크기만 작을 뿐 설무검의 천지검과 똑같은 색이었으며 비슷한 느낌을 흩뿌리고 있었다.

양궁표의 짐작이 맞다면 두 자루의 검은 설무검의 검을 녹여서 만든 것이 분명했다.

현조운이 한 자루의 검을 두 손으로 들어 정중히 양궁표에게 바쳤다.

"주군께서 천지검을 녹여 여섯 자루의 검을 만드셨습니다. 이것은 그중 한 자루입니다."

양궁표는 검을 받기 전에 현조운과 반호, 두 사람의 어깨에 메어져 있는 검을 쳐다보았다.

그들의 검 역시 은흑색이었다. 아마 염탕이나 오장보도 똑같은 검을 메고 있을 것이다.

설무검의 천지검 한 자루를 녹여서 여섯 자루의 검을 만들어 나누어 주는 것은 마치 어버이가 자신의 피와 살을 자식들에게 떼어주는 것 같은 의미였다.

양궁표는 검을 받아 들고 복잡한 표정으로 설무검을 바라보았다. 그의 표정에는 감사함과 미안함이 뒤섞여 있었다.

"그럼 형님께선……."

설무검은 차를 마시며 조용히 대답했다.

"내겐 더 좋은 검이 있잖은가?"

"아!"

양궁표는 퍼뜩 떠오르는 것이 있어 나직한 탄성을 터뜨렸다.

그는 검을 두 손으로 받아 들고 무게를 가늠해 보았다.

족히 육, 칠십 근은 나감직했다.

육, 칠십 근 무게의 검이 여섯 자루면 모두 사백 근이 조금 넘는다.

그렇다면 설무검은 천지검은 물론이고 오른팔에 차고 있던 철갑까지 벗어서 함께 녹였다는 것이다.

양궁표가 살펴보자 검집은 아무 문양도 없이 그냥 칙칙한 은흑색이었다.

오른손에 힘을 주어 느릿하게 검을 뽑았다.

지잉!

종을 울리는 듯한 은은한 검명이 흐르며 은흑색으로 칙칙하게 빛나는 검이 뽑혔다.

길이는 석 자 다섯 치, 폭은 두 치 반. 검신은 달도 벨 듯이 예리하게 벼려져 있었다.

또한 양쪽 검신에는 시커먼 흑룡이 꿈틀거리면서 비상하는 문양이 도드라져 양각되어 있었으며, 검파에는 '이룡(二龍)'이라는 글이 새겨져 있었다.

양궁표가 둘째니까 이룡일 터이다. 아마 형제들은 순서에 따라서 '삼룡'이나 '사룡'이라는 글이 새겨졌을 것이다.

새로 하사받은 양궁표의 검은 이룡검(二龍劍)이었다.

그는 치미는 흥분을 겨우 억제하며 오른팔에 공력을 주입하여 가볍게 이룡검을 떨쳐 보았다.

우우웅!

그러자 마치 용이 울부짖는 듯한 은은한 용음이 터지면서 검신에서 두 마리 흑룡이 뿜어지며 허공으로 비상했다.

"아!"

양궁표는 크게 감탄하며 착각인가 싶어서 다시 한 차례 이룡검을 휘둘렀다.

후우웅!

착각이 아니었다. 이번에도 역시 두 마리 흑룡이 검신에서 뿜어져 허공중에서 꿈틀거렸다.

"여섯 자루의 검 모두 주군께서 일일이 도안하셨습니다."

현조운이 크게 놀라고 있는 양궁표를 보면서 엷은 미소를 지으며 설명해 주었다.

양궁표는 이룡검을 쥐고 격동하는 표정으로 설무검을 바라보았다.

"형님, 이 검은 정말……."

그는 말을 잇지 못했다.

설영은 중천로에 들어서면 아무것도 보지 않고 앞만 주시한 채 똑바로 걸어가려고 마음먹었지만 현실에서는 그게 뜻대로 되지 않았다.

중천로에서도 거대한 건물들이 가장 즐비한 지역에 이르자 조금 전의 결심은 어디론가 사라지고 그의 시선은 자신도 모르는 사이에 해바라기가 해를 향하듯 자연스럽게 한곳을 향하고 있었다.

과거에 중천군림성이 있던 자리였다.

설영의 걸음은 어느 웅장한 전문 앞에서 멈추어졌고, 두 눈은 커다랗게 떠졌으며, 얼굴에는 놀라움과 감회가 교차하며 떠올라 있었다.

그의 시선이 멈춘 곳에는 하나의 거대한 전문이 웅장하게 버티고 있었다.

놀랍게도 전문의 현판에는 눈에 익은 '중천군림성(中天君臨城)'이라는 다섯 글자가 용사비등한 필체로 적혀 있었고, 전문 너머 안쪽에는 수많은 전각군들이 하늘을 찌를 듯한 기세로 솟아 있었다.

믿을 수가 없었다.

육 년 전에 중천군림성 전체가 화마에 휩싸여 거의 잿더미가 되는 것을 두 눈으로 똑똑히 목격했거늘, 그것이 거짓말인 양 육 년 전과 똑같은 모습과 위용으로 예전의 자리에 버티고 있는 것이 아닌가?

잠시 망연자실한 얼굴로 중천군림성을 쳐다보던 설영은 지나는 무림인 한 명을 붙잡고 물었다.

"여보시오, 저게 어찌 된 일이오?"

그 무림인은 삼십대 중반의 장한이었으며 어깨에 한 자루 도를 메고 있었는데, 복장으로 미루어 중천오세나 중천십이지파에 속한 인물은 아니었다.

그는 설영이 가리키는 중천군림성을 보면서 오히려 의아한 표정을 지었다.

"저게 중천군림성이지, 뭐가 어떻다는 것이오?"

"중천군림성은 육 년 전에 불타서 없어졌고 멸문을 당했다던데, 어째서 그대로 있소?"

무림인은 설영과 정미를 한차례 훑어보더니 고개를 끄덕이고 나서 설명을 했다.

"보아하니 외지에서 온 사람이라 모르고 하는 말 같으니 설명해 주는 것이오. 잘 들으시오. 당신이 말한 것처럼 육 년 전에 과연 그런 일이 있었소."

무림인은 짐짓 엄숙한 표정을 지어 보였다.

"무림에는 중천군림성의 성주이신 중천절께서 폐관수련 중에 주화입마에 들어 돌아가셨다느니 여러 허황된 소문들이 떠돌기도 했지만, 사실은 그게 아니었소."

그는 이제 중천무림의 전설처럼 돼버린 하나의 이야기를 누군가에게 해줄 수 있게 된 것이 흥분된다는 듯한 표정으로 설명을 이었다.

"육 년 전, 억수같이 비가 쏟아지는 어느 여름밤이었소. 일단의 무리들이 야음을 틈타서 중천군림성에 잠입했소. 그들은 수백 명에 이르는 고수였는데, 잠입하자마자 중천군림성을 불태우는 것과 동시에 깊은 잠에 빠진 무사들과 가솔들을 닥치는 대로 도륙했소."

그는 몹시 안타까운 듯한 표정을 지었다.

"그 당시에 중천절께서는 밀실에서 폐관연공 중이셨기 때문에 바깥에서 벌어지는 혈겁을 전혀 모르셨소. 만약 중천절께서 아셨더라면 침입자들은 한 놈도 남김없이 깡그리 도륙을 당했을 것이오."

설영은 형 설무검이 그 당시에 폐관하지 않았었다는 사실을 너무나 잘 알고 있었다.

혈겁이 벌어졌던 그날 저녁에 설무검은 설영의 거처인 잠룡원에 몸소 찾아와서 볼일이 있어서 '설란궁' 에 다녀올 것이라고 말해주었었다.

평소 설무검은 그런 자상함을 보이지 않았다. 어쩌면 그는 자신과 중천군림성에 닥칠 변고를 어렴풋이나마 직감했던 것은 아니었을까?

설란궁주인 설란후 정지약(鄭芝若)은 설무검의 정혼녀였고, 설무검은 자주 그녀를 보러 갔기 때문에 설영은 그날 밤 설무검의 외출을 별로 이상하게 생각하지 않았다.

그 후 중천군림성은 자정이 훨씬 넘은 시각에 무참하게 멸문을 당했다.

"결국 중천절께서는 폐관 중에 죽임을 당하셨고, 중천군림성에 있던 사람들은 한 명도 남김없이 도륙을 당했소. 중천절에게는 일점혈육인 남동생이 한 분 계셨는데 그분 역시 참화를 당하셨다고 하오."

무림인은 설명을 하는 중에 자신의 말에 의분을 느꼈는지 주먹을 휘두르며 말을 이었다.

방금 그가 말한 중천절의 일점혈육이 바로 옆에서 자신의 말을 듣고 있는 줄은 꿈에도 모르면서 말이다.

"이것은 비밀에 속하는 말이지만 내 특별히 말해주는 것이오. 그 당시에 중천군림성을 멸문시킨 자들은 북천절과 남천절을 비롯한 북천과 남천의 절정고수들이었다는 것이오."

설영은 모르고 있었지만 그것은 굳이 비밀이랄 것도 없이 무림에 공공연히 떠도는 소문이었다.

설영의 얼굴이 돌덩이처럼 딱딱하게 굳어졌다.

무림인은 중천군림성을 응시하면서 자못 감회 어린 표정을 지어 보였다.

"중천군림성은 중천의 하늘이고, 성주인 중천절은 그 하늘 위의 절대자였소! 만약 그분이 아니었다면 무림은 삼천무림이 아니라 북천과 남천, 둘만의 쌍천무림(雙天武林)이 됐을 것이고, 중천은 갈가리 찢어져서 북천이나 남천에 속하여 도탄에 빠졌을 것이오!"

그는 설영과 정미를 북천이나 남천 쪽에서 여행 온 사람이라고 여겼는지 들으라는 듯이 한껏 의기양양한 표정으로 떠들어댔다.

"초대 중천절께서 폐관수련 중에 혈겁을 당하셨지만 그렇다고 중천무림이 끝장나는 것은 아니오! 중천에는 쟁쟁한 인물들이 하늘의 별처럼 많소! 그 인물들 중에서 낙성검가의 가주이신 낙성절정검 단해룡님께서 중천사세와 중천십이지파의 전폭적인 추앙을 받아 머지않아 제이대 중천절에 오르실 것이오! 지금 보고 있는 저 중천군림성도 단해룡님께서 지시하셔서 원래대로 복원을 한 것이오!"

문득 무림인은 설영의 표정이 싸늘하게 변해 있는 것을 그제야 발견하고 움찔 놀라는 표정을 지었다.

"왜 그러시오? 내 말을 믿을 수 없다는 거요?"

설영은 이를 부드득 갈면서 싸늘하게 중얼거렸다.

"중천군림성을 멸문시킨 자들은 북천과 남천이 아니라 중천오세다.”

평소의 그였다면 절대 이런 식으로 자신의 내심을 드러내지 않았을 것이다.

그러나 지금의 그는 육 년 동안 꾹꾹 눌러왔던 분노가 폭발하기 직전의 상황이었다.

중천군림성을 보면서 비참함과 원통함을 겨우 억누르고 있었는데 무림인이 거기에 불을 지펴 버린 것이었다.

무림인은 어깨의 도파를 잡으며 노골적인 적개심을 드러내면서 당장이라도 발도할 듯한 기세로 나직이 외쳤다.

“너, 이놈! 설마 북천이나 남천의 첩자냐?”

“가라.”

설영은 중천군림성을 뚫어지게 주시하며 중얼거렸다. 육 년 만에 돌아온 집 앞에서 하찮은 자의 피를 흘리게 하고 싶지가 않았다.

“이… 이 자식!”

무림인이 씨근거리면서 막 발도하려고 할 때 정미가 불쑥 손을 내밀어 그의 왼손을 슬쩍 잡았다.

“가라고 하지 않았느냐?”

“끄으으……”

정미가 손에 약간의 힘을 주자 무림인은 손목이 끊어지는 듯한 극심한 고통에 얼굴이 새하얗게 변했다.

그녀가 가볍게 밀면서 손을 놓아주자 무림인은 쓰러질 듯

비틀거리며 이삼 장이나 물러나서야 겨우 균형을 잡고는 잔뜩 겁먹은 표정으로 설영과 정미를 쳐다보다가 발이 보이지 않게 도망쳤다.

정미는 아마도 그가 이곳에 수상한 놈이 있다고 중천오세에게 발고를 하든가, 자신들의 패거리를 몰고 올지도 모른다고 짐작했으나 중천군림성을 주시하고 있는 설영을 재촉하지는 않았다.

그녀는 한 겹의 얇은 얼음이 깔려 있는 듯한 설영의 얼굴과 원한이 이글거리는 두 눈을 보면서 그가 중천군림성이라는 곳과 깊은 연관이 있을 것이라고 나름대로 추측하고 있었다.

설영은 육 년 전에 불타 버린 중천군림성을 낙성검가주 단해룡이 왜 복원을 했는지 대충 짐작할 수 있을 것 같았다.

육 년 전 여름밤에 중천군림성은 분명히 불탔고, 멸문을 당했다.

물론 흉수는 소문처럼 북천이나 남천이 아니라 중천절의 심복인 중천오세가 배신한 결과였다.

중천오세는 그 사실을 은폐시키는 것은 물론 흉수가 북천과 남천이라는 헛소문을 흘려냈다.

아마도 중천절의 죽음으로 중천무림에 속한 방, 문파들이나 무림인들의 인심이 이반(離叛)되는 것을 방지하는 것과 아울러서 북천과 남천에 깊은 복수심을 심어주려 했을 것이다.

불타 버린 중천군림성을 예전의 모습으로 재건한 것이나 초대 중천절을 신성화하는 것은 중천오세의 충성심이 중천절의 죽음 이후에도 변함이 없으며, 초대 중천절의 뒤를 이어 북천과 남천에 복수할 사람은 중천오세 중 한 명이어야 한다는 사실을 대외적으로 선포하려는 의도였을 것이다.

낙성절정검 단해룡이 중천군림성을 복원했고 또 제이대 중천절에 등극할 것이라면, 바로 그가 배신을 이끈 주동자일 것이라고 설영은 판단했다.

"여기에 계셨군요. 한참 찾았습니다."

설영이 중천군림성 앞에서 석상처럼 굳어버린 채 움직이지 않고 있을 때 뒤쪽에서 낙화귀가 불쑥 나타나 빠르면서도 나직한 어조로 말했다.

사실 그는 근처에 숨어서 상황을 지켜보다가 이제야 나타난 것이다.

물론 설영과 무림인 사이에 있었던 일도 하나도 빼놓지 않고 다 듣고 보았다.

"긴히 드릴 말씀이 있습니다. 잠시 저를 따라오시지요."

설영이 의아한 표정으로 뭔가 말하려고 하자 낙화귀는 대로변의 골목 쪽으로 총총히 걸어갔다.

설영과 정미가 나란히 골목으로 걸어가려 하자 낙화귀는 걸음을 멈추고 돌아서서 정중히 입을 열었다.

"혼자 들으셔야 할 내용입니다."

설영은 정미를 대로변에서 기다리게 한 후 골목 안으로 들어갔다.

낙화귀는 주변을 살피면서 설영을 직각으로 구부러진 골목의 안쪽으로 인도했다.

불야성을 이룬 대로와는 달리 골목 안은 몹시 어두컴컴했으며 그곳에서는 대로가 보이지 않았다.

"무슨 일인가?"

불쑥 나타난 낙화귀 때문에 놀랄 만도 하지만 설영은 침착하게 물었다.

"소단주께서 위험에 처하셨습니다."

"태무가 말인가?"

낙화귀는 초조함과 불안함이 극에 달한 표정으로 나직이 속삭였다.

그의 초조함과 불안한 표정은 사실 설영을 암습해야 한다는 것 때문이었으나, 설영의 눈에는 위험에 처한 태무 때문인 것처럼 보였다.

그랬기 때문에 낙화귀도 그런 표정을 굳이 감추려고 들지 않았다.

"그렇습니다."

"어떻게 된 건가? 자세히 말해봐라."

정말 태무가 위험에 처했다면 설영은 만사를 제쳐 두고 그를 구해낼 각오였다.

“저기…….”

그때 낙화귀가 갑자기 골목 바깥쪽을 보며 크게 놀라는 표정을 지으며 말문을 열려다 멈추었다.

설영은 급히 상체를 돌려 뒤돌아보았다. 하지만 그곳에는 낙화귀를 놀라게 했을 만한 것이 전혀 없었다. 그저 어두컴컴한 골목만 있을 뿐이었다.

파파팍!

“흑!”

순간 설영은 양쪽 어깨와 뒤통수의 후정혈(後頂穴) 세 군데가 뜨끔한 것을 느끼며 답답한 신음을 토해냈다.

“네놈이…….”

설영은 돌아서면서 낙화귀를 가리키며 말하다가 정신을 잃고 쓰러졌다.

마혈과 혼혈이 동시에 제압된 것이다.

낙화귀는 설영을 가볍게 부축하고서 착잡한 표정으로 그를 굽어보며 중얼거렸다.

“용서하십시오.”

정미는 일각이 지나도록 기다려도 설영과 낙화귀가 골목에서 나오지 않자 이윽고 천천히 골목 어귀로 다가갔다.

하지만 그때까지도 설영에게 무슨 일이 생겼으리라고는 상상조차 하지 않았다.

골목 안을 기웃거려 보았지만 설영과 낙화귀는 보이지 않았고 말소리나 기척도 들리지 않았다.

정미는 잠시 더 기다리다가 어느 순간 알 수 없는 불길한 마음이 훅 하고 치밀었다.

‘혹시…….’

속으로 중얼거릴 때 그녀의 신형은 이미 골목 안으로 유령처럼 쏘아들고 있었다.

그녀는 순식간에 골목의 막다른 곳까지 도달했지만 골목 안은 텅 비어 있었다. 설영과 낙화귀의 모습은 어디에서도 보이지 않았다.

골목도 텅 비고, 정미의 머릿속도 한순간 텅 비었다.

어떻게 된 상황인지 갈피를 잡을 수가 없었다.

골목 안에서는 말소리도, 다투는 소리도 들리지 않았었다.

만약 누군가로부터 습격을 당한 것이라면 무슨 소리라도 났어야만 했다. 더구나 설영처럼 고강한 사람이 쉽사리 당했을 리가 없다.

그렇다면 지금 이 상황에서 정미가 내릴 수 있는 결론은 한 가지뿐이었다.

암습이었다.

‘설마…….’

그녀는 낙화귀가 설영을 암습하지는 않았을 것이라고 생각했다가 즉시 생각을 바꾸었다.

설영과 함께 있었던 사람은 낙화귀뿐이었고, 그라면 설영이 조금도 의심하지 않았을 것이다.

"그자는 암습을 당해서 끌려갔습니다."

단랑은 양궁표의 방으로 들어서며 대수롭지 않다는 듯 보고했다.

그러나 단랑의 예상과는 달리 양궁표의 안색이 급변했다.

"뒤따르던 자가 암습했느냐?"

단랑은 아연 긴장했다.

"네, 그자가 중년 서생을 골목 안으로 유인한 후에 간단하게 혈도를 찍어서 혼절시켜 버렸습니다. 그런 줄도 모르고 중년 서생은 쭐레쭐레 잘도 따라서 들어가더군요."

단랑은 가볍게 미간을 좁히며 물었다.

"그런데 그 중년 서생은 누굽니까? 그렇게 손쉽게 당하다니 필경 형편없는 작자가 분명하겠지만……."

그녀는 양궁표나 자신이나 이곳에 아는 사람이 없기는 마찬가지인데 그가 어떻게 중년 서생을 알고 있는지 그 사실이 무척 궁금했다.

"그자가 그를 제압한 후 어디로 데려갔느냐?"

양궁표는 단랑의 물음을 무시하고 되물었다.

"그게 말입니다. 금호방주를 죽인 살수 놈들이 숨어 있다는 바로 그 낙영루로 들어가더군요."

"함께 있던 중년 여인은 어찌 됐느냐?"

“소제는 그자를 낙영루까지 뒤쫓느라 그곳에 남아 있던 그녀가 어떻게 됐는지는 모릅니다.”

양궁표의 얼굴에 자신도 모르게 팽팽한 긴장의 기색이 가득 떠올랐다.

그제야 그는 자신이 간과했던 몇 가지 의문을 떠올렸다.

금호방주를 암살한 살수들이 어째서 낙영루에 숨어 있었던 것인가?

그렇다면 낙영루는 살수 조직과 연관이 있을는지도 모른다.

그리고 일개 살수인 설영이 그렇게 고강하다는 사실이 지금까지도 도무지 믿어지지 않았다.

강호 경험이 부족한 양궁표는 설영이 아미파의 절학을 사용했다는 사실을 모르고 있었다.

거기에 이제 한 가지 의문이 더 생겼다.

낙영루의 인물이라고 추정되는 자가 여태까지는 설영을 숨겨주고 있다가 무엇 때문에 이제 와서 그를 암습하여 납치한 것인가?

암습을 할 생각이었다면 대로상에서보다는 낙영루에서가 더 수월하지 않았겠는가?

의문은 뭉게구름처럼 피어올랐지만 그중 어느 것도 답이 나오지 않았다.

양궁표는 이 일을 설무검에게 알려야 할 것인가를 잠시 고

민하다가 결국 알리지 않기로 결정했다.

만약 설무검이 자신의 방에서 휴식을 취하고 있는 중이었다면 보고를 했을지도 모른다.

그러나 설무검은 동방객잔에 도착하여 양궁표에게 보고를 받은 직후 자신의 방 지하에 있는 연공실로 현조운을 데리고 내려갔다.

사 년여 전에 현조운이 합류한 이후부터 설무검의 뒷바라지는 양궁표의 손에서 그의 손으로 넘어갔다.

그렇다고 설무검이 현조운만 총애한다든가 양궁표를 멀리하는 것은 아니었다.

설무검은 양궁표와 형제들을 아우로서, 현조운은 수하로서 넘치지도 모자라지도 않게 대우해 주고 있다.

양궁표의 추측이 맞다면, 설무검은 지금쯤 일생일대의 중대사를 행하고 있을 것이다.

그 일이 성공리에 마무리된다면, 그는 또 한 단계 발전된 모습으로 재탄생할 것이다.

第四十章
혈마룡검(血魔龍劍)의 탄생

　설무검은 상체를 벌거벗은 모습으로 돌 침상 위에 가부좌로 앉아서 운공조식을 하고 있었다.

　그의 상체는 실로 잘 다듬어진 조각상 같았다. 넓게 딱 벌어진 근육질의 어깨와 단단한 근육으로 이루어진 복근과 옆구리와 허리, 상체 곳곳에 새겨져 있는 무수히 많은 크고 작은 생채기들은 그의 인생이 얼마나 험난했는지를 단적으로 증명해 주고 있었다.

　그의 뒤에는 현조운이 장승처럼 우뚝 버티고 서 있었다.

　현조운이 사 년여 전에 설무검을 찾아왔을 당시 그의 공력은 오십 년 수준이었다.

지난 사 년 동안 그는 북두신공을 완성했으며, 무극파천황까지 입문했다.

그 결과, 현재는 백십 년 공력에 초일검류를 극성으로 터득한 절정고수가 되었다.

과거에 그는 중천오세 가운데 진천방의 일개 말단 향주의 신분이었지만, 지금은 진천방주라고 해도 전혀 거리낌 없이 상대할 만한 실력자가 된 것이다.

그때 뒤에 서 있는 현조운의 시선이 설무검에게 향했다.

설무검의 상체가 은은하게 금빛으로 물들기 시작했기 때문이다.

현조운은 설무검이 운공을 하는 것을 몇 번 본 적이 있었기 때문에 별로 놀라지 않았다.

이각 즈음 흘렀을 때, 설무검의 상체는 금을 녹인 물에 몸을 담갔다가 꺼낸 것처럼 온통 금빛으로 물들었다.

하지만 그렇게 짙지는 않은 흐린 금빛이었다.

그런데 설무검의 몸이 가늘게 떨리고 있었다. 또한 얼굴을 비롯한 상체 전체에서 굵은 땀방울이 마구 흘러내렸다.

현조운은 안타깝고도 걱정스러운 표정으로 설무검을 굽어보았다.

그는 지금 설무검의 운공이 막바지에 도달했으며, 너무도 중대한 일을 이루기 위해서 안간힘을 쓰고 있다는 사실을 알고 있지만 그로서는 전혀 도울 수 있는 방법이 없었다.

현재 설무검의 공력은 팔십 년 남짓.

현조운이 설무검을 찾아온 이후 사 년여 동안 일 갑자의 공력을 증진시킨 것에 비하면 설무검은 고작 사십 년 공력을 증진시킨 것에 그쳤다.

그의 신체가 거의 완벽에 가까운 금제(禁制), 즉 한 자루 검신이 몸에 비스듬히 박혀 있기 때문이었다.

그러므로 무극파천황의 또 다른 묘리, 즉 기해단전을 제외한 육단전만으로 운공을 하고 또 공력을 증진시키는 것에는 많은 무리와 한계가 따랐던 것이다.

그렇게 치자면 그가 그런 악조건 속에서도 팔십 년의 공력을 생성시킨 것은 기적이나 다름이 없는 일이었다.

지금 설무검은 지난 사 년여 동안 꾸준히, 아니, 숙식을 잊어가면서까지 매달려 왔던 일, 즉 파훼된 기해단전을 육단전의 공력으로 치료하는 것의 마지막 단계를 시도하고 있는 중이었다.

모든 일은 마지막이 가장 어렵기 마련이다. 승천하는 한 마리의 용을 아무리 훌륭한 솜씨로 그렸더라도 마지막에 눈알을 그려서 넣지 않으면 아무런 소용이 없는 법이다.

쿠쿵!

그때 설무검에게서 둔중한 음향이 흘러나오며 그의 몸 전체가 심하게 흔들렸다.

그의 상체에서는 조금 전보다 더 굵고 많은 땀방울이 비 오

듯이 흘러내렸다.

쿠쿠쿵!

진동은 한 번으로 그치지 않았다. 아니, 두 번, 세 번 거듭될수록 더 큰 음향이 울렸으며, 설무검의 몸은 당장이라도 돌침상에서 굴러 떨어질 것처럼 요동쳤다.

설무검을 굽어보던 현조운의 얼굴이 안타까움에서 놀라움으로 급변했다.

설무검 앞 바닥이 온통 시뻘건 피로 물들어 있는 것이었다.

현조운이 상체를 옆으로 틀어 설무검의 앞쪽을 보자 그의 코와 입에서 핏물이 줄줄 흘러 턱과 가슴을 흠뻑 적시다 못해서 바닥으로 떨어지고 있었다.

현조운은 더럭 겁이 났다. 설무검이 주화입마에 드는 것이 아닌가 싶어서였다.

그러나 주화입마에 들면 칠공에서 피를 흘린다. 설무검은 코와 입에서만 피를 흘리고 있으므로 주화입마는 아닐 것이라고 현조운은 애써 마음을 가라앉혔다.

진동이 그쳤고, 설무검의 몸이 잠잠해졌다.

그의 몸이 진동하는 것은 육단전의 팔십 년 공력으로 거세게 기해단전을 부딪치기 때문이었다.

오른쪽 어깨에서부터 찔러 넣은 검신은 그의 단전에 너무 깊숙이 박혀 있었다.

현재 검신은 폐와 간에서 완전히 분리되었고, 기해단전도

윗부분 칠 할 이상이 분리된 상태였다.

남은 것은 하단전에 깊숙이 꽂혀 있는 검첨 부분인데, 그것이 오랜 세월 동안 체내에 박혀 있다 보니 아예 하단전의 일부가 되어버린 것처럼 늘어 붙어 있었다.

설무검에게는 지금이 가장 중요하고 또 위험한 시기였다.

용을 그렸으되 눈을 그리지 않으면 아무런 소용이 없는 것처럼, 검신을 하단전에서 분리하지 않으면 그동안의 처절했던 수고가 한낱 물거품이 돼버리고 마는 것이다.

포기할 수는 없었다. 포기할 바에야 차라리 마지막 시도라도 해보다가 만약 잘못된다면 죽어버리는 쪽이 나았다.

그는 잠시 시간을 두고 팔십 년 공력을 온몸에 주천시키면서 최후의 일격을 준비했다.

성공하면 그토록 염원하던 검신을 몸에서 뽑아낼 수 있을 것이고, 실패하면 기해단전이 터져서 죽거나 폐인이 되고 말 것이다.

현조운은 잠시 동안의 적막의 의미를 간파했다. 그 역시 식은땀을 흘리면서 피를 말리고 있었다.

그때 설무검의 온몸이 은은한 진동을 일으켰다.

현조운은 설무검의 체내에서 팔십 년 공력이 기해단전을 향해 돌진해 가는 것을 깨달았다.

현조운의 손톱은 자신도 모르는 사이에 손바닥 속으로 파고들었으며, 이를 너무 세게 악물어 입에서 피가 흘러나왔다.

꾸꿍!

순간 여태까지와는 다른 묵직하면서도 경쾌한 음향이 실내를 울렸다.

그와 동시에 가부좌로 앉아 있는 설무검의 몸이 바닥에서 반 자가량 허공으로 튕겨 올랐다가 떨어졌다.

현조운은 두 눈을 부릅뜨고 설무검의 오른쪽 어깨를 쏘아보았다.

그곳으로 검신이 튀어나온다면 성공이고, 그렇지 않다면 실패였다.

순간 현조운의 부릅뜬 두 눈이 찢어질 듯이 더 커졌다.

설무검의 오른쪽 어깨가 불룩하게 위로 솟아오르며 팽팽해진 것이다.

투우…….

그리고 그곳에서 시뻘겋게 피에 물든 하나의 길쭉한 물체가 두 치가량 삐져나왔다.

현조운은 잘못 본 것이 아닌가 싶어서 눈을 껌뻑거렸다.

그러나 착각이 아니었다.

분명한 현실이었다.

"아!"

순간 현조운은 탄성을 터뜨리며 퍼뜩 정신을 차렸다.

설무검은 몇 차례에 걸쳐서 현조운에게 이런 상황에 대처하는 방법을 가르쳐 주었었다.

현조운은 즉시 무극파천황의 구결을 외우면서 공력을 극한까지 끌어올렸다.

이어서 오른손을 뻗어 설무검의 오른쪽 어깨를 뚫고 튀어나온 핏빛 물체를 잡았다.

다음 순간 현조운의 손에서 은은한 금광이 흘러나와 핏빛 물체를 감쌌다.

그것은 핏빛 물체에 투명한 금광의 막(幕)이 입혀진 듯한 모습이었다.

그 금막(金幕)이 핏빛 물체, 즉 검신을 감싸서 검이 뽑히는 과정에서 장기(臟器)나 뼈와 살을 터뜨리거나 베는 것을 방지하게 된다.

현조운의 얼굴은 더할 수 없는 긴장으로 물들었다.

이제 설무검은 할 일을 끝냈다. 이제부터는 현조운의 손에 달려 있었다.

현조운의 얼굴에서 굵은 땀방울이 뚝뚝 떨어졌다.

그는 눈도 깜빡이지 않고 호흡도 멈춘 상태에서 부릅뜬 눈을 검신에 고정시킨 채 아주 느리게 뽑아내기 시작했다.

금막에 감싸인 핏빛의 검신이 서서히 뽑혀 나왔다.

한 자, 두 자, 마침내 석 자 두 치에 달하는 검신이 완전히 뽑혔다.

그러자 푹! 하고 설무검의 어깨에서 핏물이 분수처럼 뿜어져 나왔다.

현조운은 즉시 몇 군데 혈도를 눌러 지혈을 했다.

이어서 돌 침상에서 내려와 한쪽의 석탁 위에 핏빛 검신을 조심스럽게 내려놓았다.

설무검은 계속 운공을 하고 있었다.

아니, 이제부터가 진짜 운공이었다. 기해단전을 세로 절반으로 쪼개어 파훼시켰던 검신을 뽑아냈으니, 이제는 그 틈을 메우고 복구를 해야만 했다.

운공을 끝낸 설무검은 목욕을 하고 다시 연공실로 들어섰다.

연공실에서는 현조운이 기다리고 있었다. 그는 설무검이 목욕을 하는 동안 그의 몸에서 뽑은 핏빛 검을 물로 여러 차례 깨끗이 씻기를 반복했다.

"주군……."

그런데 현조운은 죄라도 지은 듯한 얼굴로 말을 꺼내다가 잇지 못했다.

설무검의 시선이 석탁에 가로로 놓여 있는 한 자루 검신에 고정되었다.

검신은 여전히 핏빛이었다.

"아무리 씻어내도 더 이상 깨끗해지지 않습니다."

현조운은 설무검 옆에 서서 송구한 표정으로 설명했다.

슥―

설무검은 묵묵히 검신을 집어 들었다.

이백 근 무게의 천지검에 비하면 채 열 근도 안 나가는 이 검은 종잇장이나 다름이 없었다.

검신은 석 자 두 치의 길이에 폭은 한 치 닷 푼(약 4.5㎝)이 겨우 넘었다.

검신은 옥처럼 매끄러운 상태로 아무것도 묻어 있지 않았다.

그런데도 불구하고 검신 전체는 피보다 더 붉었다.

마치 혈옥(血玉) 같았다.

검신의 한쪽 면에는 ‘청천(靑天)’ 이라는 두 글자가 음각되어 있었다.

설무검은 이 검에 대해서 잘 알고 있을 뿐만 아니라 검의 주인에 대해서는 더 잘 알고 있었다.

검의 이름은 청천검(靑天劍).

그리고 검의 주인은 낙성검가의 가주인 낙성절정검 단해룡이었다.

설무검의 정혼녀였던 설란후 정지약의 옛 연인이기도 한 사내다.

배신자인 중천오세의 지존들 다섯 명 중에서 누군가 설무검의 몸에 검을 쑤셔 박았다면, 검을 무기로 사용하는 진천방주 담제웅이나 낙성절정검 단해룡 두 명 중 한 명일 것이며, 둘 중에서도 설무검에게 여자를 뺏겨 원한이 더욱 깊은 단해룡일 가능성이 높을 것이라고 짐작은 하고 있었다.

그것이 이제 현실로 드러났다.

문득 설무검의 입가에 흐릿한 미소가 떠올랐다.

현조운은 그 미소를 보다가 자신도 모르게 움찔 몸을 떨었다.

그 미소는 보는 사람의 심장을 얼려 버릴 정도로 싸늘하고도 섬뜩했다.

현조운은 설무검을 모신 지 오래됐지만, 그런 미소를 한 번도 본 적이 없었다.

그 미소가 조금 더 짙어지는가 싶더니 나직한 중얼거림이 흘러나왔다.

"나는 준비가 됐는데, 과연 그놈들은 죽을 준비가 됐는지 모르겠군."

휙!

그는 핏빛 검신의 슴베 쪽을 잡고 들어 올렸다가 석탁을 향해 가볍게 내려쳤다.

현조운은 그가 검신을 부러뜨리려 한다고 생각했다. 자신의 몸속에 틀어박혀서 그토록 고생을 시킨 검신이라면 누구라도 부러뜨리려고 할 테니까.

삭!

그런데 뜻밖의 일이 벌어졌다. 현조운은 당연히 검신이 부러질 것이라고 생각했는데, 검신이 석탁 한가운데를 미약한 음향을 내며 가볍게 통과해 버렸다.

그것은 마치 공기나 물을 베는 것처럼 아무런 저항도 받지 않는 광경이었다.

그래서 현조운은 설무검이 검신으로 석탁을 내려친 것이 아니라 허공을 베었다고 생각했다.

그런데 그것도 아니었다.

드극— 쿵!

곧 석탁의 절반이 세로로 쪼개지더니 그 자리에 무너져 버리고 말았다.

현조운은 크게 놀라서 잘라진 석탁과 설무검을 번갈아 쳐다보았다.

석탁은 서장에서만 나는 단단하기 이를 데 없는 청석(靑石)으로 두께는 무려 반 자 이상이었다.

단단하기로 치면 무쇠 못지않은 청석을 얇디얇은 검으로 일말의 음향도 없이 절단해 버렸다.

잠시 후에야 현조운은 지금의 상황이 정리가 됐다. 분명히 핏빛 검신이 석탁을 자른 것이었다.

그는 놀라는 표정으로 설무검의 손에 쥐어져 있는 핏빛 검신을 보며 물었다.

“이 검은 전설의 보검입니까?”

“이 검의 원래 이름은 청천검이라 하고 보검이 맞지만, 공력을 주입하지 않은 상태에서 청석을 두부처럼 벨 정도는 아니다.”

　슥—

　“네가 해봐라.”

　설무검은 핏빛 검신을 현조운에게 건네주었다.

　현조운은 검신의 끝을 잘 잡은 후 쓰러져 있는 석탁 앞에 우뚝 서서 한 차례 심호흡을 한 후 힘껏 내려쳤다. 물론 공력은 주입하지 않았다.

　쨍!

　핏빛 검신과 석탁이 부딪치자 불꽃이 튀었고, 현조운은 손아귀가 찢어질 것 같은 통증 때문에 하마터면 검신을 놓칠 뻔했다.

　현조운이 손의 통증을 참으면서 쳐다보자 방금 핏빛 검신으로 내려친 석탁의 부위는 아무런 흔적도 없었다. 물론 검신도 멀쩡하긴 마찬가지였다.

　현조운은 이해할 수 없다는 표정으로 핏빛 검신과 설무검을 번갈아 쳐다보았다.

　설무검은 현조운에게서 핏빛 검신을 돌려받으면서 나직이 중얼거렸다.

　“이 검은 나만의 검이다.”

　현조운은 그 말이 무슨 뜻인지 금세 이해하지 못했다.

　설무검은 핏빛 검신을 움켜쥐고 태산처럼 우뚝 서서 조용히 중얼거렸다.

"이 검은 혈마룡검(血魔龍劍)이다."

"……."

순간 현조운은 아무 말도 할 수 없었다. 심장이 심하게 쿵쾅거렸으며, 온몸에 소름이 좍 돋아나며 알 수 없는 공포와 흥분에 사로잡혔다.

그는 혈마룡검에 대한 전설을 잘 알고 있다. 아니, 무림에서 활동하는 사람치고 혈마룡검의 전설을 모르는 사람이 있다는 것은 말이 되지 않는다.

전설은 이 검이 그저 쇠붙이가 아닌, 살아서 숨을 쉬며 끝없이 피를 원하는 흡혈검(吸血劍) 혹은 영검(靈劍)이라고 기록하고 있다.

또한 혈마룡검은 오랜 세월 동안 가장 처절한 한(恨)을 품은 피[血]를 마신 후에야 비로소 탄생한다고 했다.

청천검은 장장 육 년여 동안이나 설무검의 몸속에서 박혀 있었다.

낙성검가주 단해룡에게 향한 서릿발 같은 원한을 품고서…….

그리고 설무검의 피 속에 잠겨 있었으며, 오장육부를 뚫고 단전에 깊숙하게 박혀 있었다.

청천검은 그렇게 육 년 동안 설무검의 피와 원한을 먹으면서 한 자루의 살아 있는 영검으로 변화하여 탄생한 것이다.

전설은 혈마룡검에 대해서 많은 이야기를 만들어냈다.

혈마룡검에 찔리거나 베이면 피가 흐르지 않는다. 검이 피를 흡수하기 때문이다.

그러므로 혈마룡검에 죽은 사람의 몸에는 한 방울의 피도 남아 있지 않는다는 것이다. 그렇게, 혈마룡검은 피를 마시면서 점점 더 강해진다.

강해지기 위해서 더 많은 피를 원한다.

또한 이 검은 천강검(天剛劍)이라고도 한다. 자르지 못하고, 뚫지 못하는 것이 없다는 뜻이다.

전설은 혈마룡검을 탄생시킨 자는 장차 천하제일인이 된다고도 예언했다.

그러나 혈마룡검은 끝없이 피를 부른다. 피를 마셔야지만 존재할 수 있기 때문이다.

그래서 혈마룡검이 가는 곳에는 피바람이 불고 피 비가 쏟아진다.

그 혈마룡검이 설무검에 의해서 탄생했다.

그리고 중천무림에는 피의 구름이 짙게 드리워졌다.

양궁표는 단랑과 함께 낙영루 주변에 은둔해 있었다.

“네가 잘못 본 것이 아니냐?”

벌써 낙영루를 세 차례나 들락거리며 샅샅이 뒤졌으나 끝내 설영을 찾지 못한 양궁표는 은둔한 장소로 돌아와 단랑을 닦달했다.

“소제가 두 눈으로 분명히 봤다니까요. 미행하던 자가 중년 서생을 암습한 후에 이곳으로 데리고 들어갔다구요.”

“그런데 없잖느냐?”

“그거야 내가 모르죠. 그자를 어디다 감췄는지… 아니면 소제가 이형님을 불러오는 사이에 다른 곳으로 옮겼을 수도 있겠군요.”

두 사람의 대화는 전음으로 이루어지고 있었다.

양궁표와 단랑은 대로변에서 낙영루의 옆 담을 끼고 뻗어 있는 골목 어귀 어느 집 모퉁이 안쪽에 숨어 있었다.

“그런데 도대체 그자가 누구이기에 이러는 겁니까?”

단랑은 아직도 사태의 심각성을 모르고 있었다. 그럴 수밖에 없었다.

그녀는 마치 산책이라도 나왔다가 무슨 장난이라도 치는 듯 건성이었다.

양궁표는 낙영루의 사층에 시선을 고정시킨 채 중얼거렸다.

“그가 금호방주를 죽인 살수다.”

“뭐요?”

단랑은 너무 놀라서 하마터면 전음이 아닌 고함을 터뜨릴 뻔했다.

그녀는 놀란 얼굴로 양궁표를 쳐다보면서 캐물으려다가 그만두었다.

낙영루 사층을 주시하는 양궁표의 얼굴이 너무도 심각하게 굳어 있는 것을 발견한 것이다.

하긴, 원래 양궁표는 농담이나 장난을 모르는 사람이니 방금 한 말은 사실일 것이다.

양궁표는 두 명의 살수 중에서 설영이 금호방주를 죽였을 것이라고 거의 확신하고 있었다.

이미 설영과 한 차례 대결을 벌여서 그의 무서움을 익히 알고 있는 양궁표는 금호방주의 실력이 어느 정도인지는 정확하게 모르지만, 설영이 암살하려고 작정하면 그리 어렵지 않게 해치웠을 것이라고 판단했다.

단랑은 한동안 눈만 깜빡거릴 뿐 침묵을 지키고 있었다.

그녀는 아까 양궁표가 낙영루에 갔다가 부상을 입은 채 동방객잔으로 돌아왔었던 일을 기억해 내고는 그가 틀림없이 납치된 중년 서생에게 당했을 것이라고 짐작했다.

한참 만에 단랑은 전음인데도 목소리를 낮추어 조심스럽게 물었다.

"두 명의 살수 일남일녀 중에서 누구였죠?"

"남자."

문득 단랑은 쳐다보는 것만으로도 가슴이 떨릴 정도로 아름답던 설영의 모습을 떠올렸다.

낙영루의 지하 밀실.

두 명의 살수를 찾느라 중천의 무사들이 낙영루에 들이닥
쳤을 때 설영과 정미가 잠시 숨어 있었던 그곳의 침상에 설영
은 혼절한 채 반듯한 자세로 누워 있었다.

침상 가에는 장도명과 낙화귀가 나란히 서서 설영을 굽어
보고 있었다.

설영은 인피면구를 벗겨낸 원래의 아름다운 얼굴을 되찾
은 모습이었다.

“너는 나가봐라.”

장도명은 설영의 얼굴에 시선을 고정시킨 채 나직한 어조
로 명령했다.

낙화귀는 공손히 허리를 굽힌 후 밀실을 나왔다.

그는 착잡한 표정으로 지하 통로를 따라 걷다가 우뚝 걸음
을 멈추고는 자신이 방금 나온 밀실의 굳게 닫힌 석문을 돌아
보았다.

그의 표정이 더욱 착잡해졌다.

그는 장도명에 대해서는 자세히 모르지만, 그가 여색을 밝
힌다는 사실은 알고 있었다.

아마도 장도명의 그런 면을 알고 있는 사람은 많지 않을 터
이다.

장도명은 여자를 보는 눈이 매우 높아서 아무 여자나 품에
안지 않는다.

청순하고, 몸매가 뛰어나며, 나이가 어려야 한다는 까다로

운 조건에 부합되는 소녀를 선호했다.

그런 사실을 뒤늦게 알게 된 낙화귀는 이후부터는 낙영루에 들어오는 어린 동기들을 선별해서 그중에서 장도명이 좋아할 만한 동기의 순결지신을 유지시킨 채 남겨두었다가 그가 낙영루에 왔을 때 상납하곤 했었다.

그러면 장도명은 낙영루에 머무는 기간이 얼마가 됐든 그 동기 한 명에게만 깊이 탐닉하고 다른 여자는 일체 거들떠보지도 않았다.

장도명이 볼일을 마치고 낙영루를 떠날 때에는 그동안 함께 지낸 동기에게 일률적으로 금화 열 냥이라는 꽤나 큰돈을 건네주었다.

여자에게 돈을 주는 것은 장도명의 오랜 습관이기도 했는데, 그 이유는 돈을 주어야지만 뒤끝이 깨끗하고 차후에도 여자가 귀찮게 들러붙지 않는다는, 자기 나름대로의 주관 때문이었다.

장도명이 다음에 낙영루를 찾을 때에는 그 동기를 다시 찾지는 않고, 낙화귀가 새로 준비해 둔 동기를 안는다.

낙화귀는 전례에 따라서 이번에도 장도명에게 상납할 동기를 고이 모셔두었다.

별일이 없었다면 낙화귀는 오늘 밤에 그 동기를 장도명의 방에 들여보냈을 것이다.

그러나 오늘 밤은 동기가 필요하지 않을 것 같았다.

장도명은 설영을 강간하려고 하는 것이다. 낙화귀는 직감적으로 그것을 알 수 있었다.

장도명은 태무의 절친한 친구인 설영을 중천오세에 팔아넘기려고 하는 것으로도 모자라서 그에 앞서서 그를 욕보이려 하고 있는 것이다.

만약 장도명이 설영을 팔아넘길 작정이 아니었다면 강간 같은 것은 절대로 꿈도 꾸지 못했을 터이다.

두 번 다시 보지 않을 것이라고 여겼으니 강간하려는 마음이 생긴 것이다.

걸음을 멈춘 채 밀실의 굳게 닫힌 석문을 쏘아보는 낙화귀의 얼굴이 보기 싫게 일그러졌다.

낙화귀는 홍등가의 온갖 더러운 짓거리들을 마다하지 않으며, 목적을 위해서는 수단과 방법을 가리지 않는 가장 치열한 삶을 살아왔다.

그러나 이것은 아니었다. 이것은 신의를 더럽히는 짓이며, 제자를 배신하는 짓이었다.

잠시 후에 낙화귀는 태무에게 죽을 때까지도 씻지 못할 대죄를 짓게 될 것이다.

그러나 낙화귀에겐 장도명을 그만두게 할 힘이 없었다.

'빌어먹을!'

그는 더욱 얼굴을 찌푸리며 몸을 돌려 다시 걸음을 옮겼다.

그는 지금 이 순간의 자신이 너무도 초라하고 비굴하게 느껴졌다.

"게 있느냐?"

낙화귀가 통로 끝에 있는 계단을 막 올라가려고 할 때 밀실 안에서 장도명의 외침이 터져 나왔다.

낙화귀는 뭔가 일이 잘못됐음을 직감하고 안색이 크게 변해 쏜살같이 밀실로 달려갔다.

스르릉―

석문이 다 열리기도 전에 밀실로 뛰어든 낙화귀는 침상 위에 누워 있는 설영을 발견하고 아연실색하면서 그 자리에 얼어붙고 말았다.

설영은 원래 서생 차림이었는데, 상의가 풀어져서 양쪽으로 활짝 젖혀졌고 바지가 무릎까지 내려져 있는 모습이었다.

역시 장도명은 설영을 강간하려고 했다.

그러나 설영의 옷이 벗겨져 있다는 것이 문제가 아니었다.

낙화귀의 시선은 설영의 가슴과 사타구니를 번갈아 오가다가 얼굴 가득 극도의 놀라움이 떠올랐다.

설영의 가슴에는 여자라면 반드시 있어야 할 유방이 없었다. 그저 잘 발달된 가슴 근육만 있을 뿐이었다.

더구나 그의 사타구니에는 어이없게도 사내에게만 있는 음경이 돌출되어 있었다.

'남자… 였다는 말인가?'

낙화귀는 쇠망치로 뒤통수를 호되게 얻어맞은 듯한 충격

을 받았다.

그는 힐끗 장도명의 표정을 살폈다.

장도명의 얼굴은 벌레를 씹은 것처럼 보기 싫게 잔뜩 찌푸려져 있었다.

지금 이런 상황에서 낙화귀는 설영이 남자였다는 놀라움보다는, 장도명의 분노를 풀어줘야 하는 것이 우선이었다.

"단주, 처소로 오르시지요."

낙화귀가 공손히 권유하자 장도명은 한차례 날카롭게 설영을 쏘아보더니 몸을 돌려 밀실을 나갔다.

낙화귀는 장도명을 따라 나가려다가 설영을 돌아보았다. 설영을 저대로 내버려 두고 나갈 수는 없었다. 그에 대한 최소한의 예의는 지켜주고 싶었다.

그는 서둘러 설영의 옷을 입혀주고 총총히 밀실을 나갔다.

『독보군림』 5권에 계속…

입소문을 통해 아는 분은 다 알고 계십니다!
올 한해 공인중개사 최고의 화제작!

1~2권 합본 | 이용훈 지음
3~4권 합본 | 이용훈 지음
5~6권 합본 | 이용훈 지음
용어해설 | 이용훈 지음

수험생 기본 필독서
만화 공인중개사

제목 : 만화공인중개사 쓰신 분에게 감사드립니다.

학원을 두 달 다녔어요. 근데 과연 그 숫자 외우기 그런 게 몇 문제나 나올까 생각을 했어요.
아니라는 생각이 드네요. 학원강의를 뒤로하고 서점을 갔어요. 내 머리에 가장 이해될 수 있는
책이 없나 하구요. 거기서 만화를 발견했어요. 무조건 세 번 봤어요. 3개월 걸렸어요. 문제집을 보라고
했는데 그건 시행을 못했어요. 근데 합격을 했네요.
어떻게 감사의 말을 해야 될지……
도서관에서 만화책 들고 다니니까 사람들이 비웃더라구요. 만화책으로 공인중개사를 공부한다고
미친 사람처럼 보더라구요. 근데 그거 다 감수하고 했던 내가 자랑스럽습니다.
어떻게 감사의 말을 해야 할지… 정말 감사합니다.
부디 행복하세요. 제 나이 41살에 좋은 스승을 만난 것 같습니다.
엎드려 감사드립니다.

－본사 홈페이지에 독자분이 올린 메일 中 에서 발췌－